Un punto AZUL en el MEDITERRÁNEO

Un punto AZUL en el MEDITERRÁNEO

Eva Espinet

Cualquier forma de reproducción, distribución, comunicación pública o transformación de esta obra solo puede ser realizada con la autorización de sus titulares, salvo excepción prevista por la ley. Diríjase a CEDRO si necesita reproducir algún fragmento de esta obra.
www.conlicencia.com - Tels.: 91 702 19 70 / 93 272 04 47

Editado por HarperCollins Ibérica, S. A.
Avenida de Burgos, 8B - Planta 18
28036 Madrid

Un punto azul en el Mediterráneo
© 2023 Eva Espinet Padura
© 2023, para esta edición HarperCollins Ibérica, S. A.

Todos los derechos están reservados, incluidos los de reproducción total o parcial en cualquier formato o soporte.
Esta es una obra de ficción. Nombres, caracteres, lugares y situaciones son producto de la imaginación del autor o son utilizados ficticiamente, y cualquier parecido con personas, vivas o muertas, establecimientos comerciales, hechos o situaciones son pura coincidencia.

Diseño de cubierta: CalderónSTUDIO®
Imágenes de cubierta: Shutterstock

ISBN: 978-84-18976-46-9
Depósito legal: M-27684-2022

*A mis abuelas, Adelina y Áurea,
mis dos puntos de luz*

«Somos la memoria que tenemos y la responsabilidad que asumimos. Sin memoria no existimos y sin responsabilidad, quizá, no merezcamos existir».
José Saramago

«Andábamos sin buscarnos pero sabiendo que andábamos para encontrarnos».
Julio Cortázar, *Rayuela*

Índice

I.	Un punto azul en el Mediterráneo, 1995	13
II.	Marina	24
III.	Hans	33
IV.	Los largos días	40
V.	Lo anterior a todo...	53
VI.	El primer baile, 1935	63
VII.	El dragón dormido	67
VIII.	El tiempo del adiós	80
IX.	Tiempos extraños, 1936	93
X.	Los años salvajes	121
XI.	Berlín, 1939	144
XII.	Viento del este	168
XIII.	El tren	178
XIV.	*S* de apátrida	196
XV.	El batallón de los patinadores	205
XVI.	El plan del hambre	218
XVII.	Chris	235
XVIII.	El triángulo rosa	242
XIX.	La niebla de la noche	247
XX.	Viento de primavera	258
XXI.	El país del silencio	267
XXII.	La última carta	275
XXIII.	Como la espuma del mar en el océano	282

I
Un punto azul en el Mediterráneo, 1995

Hasta la llegada de aquel verano, Alma había tenido el convencimiento de pertenecer a una familia como las demás. Sin saberlo, regresaba a Palamós, un pueblecito de pescadores, para postergar un presente que la atormentaba y redimir de un oscuro pasado a su familia...

Días antes, Alma había recibido una carta de su abuela Marina, cuyas palabras le habían inquietado. *L'àvia,* como cariñosamente la llamaba, ya en sus setenta y tantos, sentía debilidad por su nieta y, ahora más que nunca, precisaba de su cercanía. La joven también ansiaba sus cálidos abrazos, mecerse entre caricias y besos tiernos, delicados; a veces, besos de mariposa; otras, besos sonoros, espléndidos, que le provocaban la risa cuando se sentía desconsolada o con añoranza.

A las dos las unía una complicidad alimentada de largas estancias en las que Marina siempre se había ocupado de su nieta como una madre. Ella era quien la protegía, la alimentaba, le curaba las heridas, la levantaba de las caídas y la arrullaba con sus caricias. A Marina nunca le soliviantaron los arrebatos de Alma. La excusaba ante la ausencia de unas directrices maternales que habían marcado aquel carácter indolente. Ella sabía pasar por encima de eso, esperando que su nieta aprendiese a base de errores, mientras le susurraba: «Anda, quiero verte sonreír», y, si en alguna ocasión se despertaba con el ánimo bajo, exclamaba: «¡Hala, a la playa!». Por su parte, la joven Alma se reía o se conmovía con las historias que le contaba su abuela sobre su vida pasada con tanto detalle que a veces le parecía que le estaba narrando una quimera. Le divertían sus mentiras «piadosas» que, como las trampas con los naipes, Alma cazaba al vuelo.

En la mente de la joven, Palamós era como una minúscula isla en la inmensidad de un mar lento y cristalino que, al llegar el verano, se llenaba hasta la bandera de embarcaciones de lujo de todos los tamaños posibles, a las que había que limitar el paso para que no alcanzasen de un salto una orilla en la que había que esquivar pies de rana que chapoteaban alegres, brazos que lanzaban al aire pelotas morrocotudas con alias de bronceador, o *muslámenes* que sudaban para mover los patines acuáticos hacia el horizonte marino. Tras esa atmósfera estival se extendía un arenal de fino granito a lo largo de toda la villa, virgen en invierno y vibrante durante el estío.

Alma retornaba a ese lugar en el que saboreaba la libertad que le confiaba su abuela. Volvía al calor de aquel pueblo para reencontrar una paz perdida durante su estancia de dos años en Londres, convertida los últimos meses en una prisión sin escapatoria. Ahora, de manera perentoria, necesitaba poner un océano de por medio...

Hacia el mediodía, Alma avistó la bahía de Palamós. Conducía su Golf blanco de segunda mano, que, desde hacía dos años, había dormido en el garaje de su madre, en Barcelona. Se extasió ante una luminosidad que lo arrebataba todo. Divisó en la distancia el puerto. Junto a este, un batiburrillo de casitas blancas, arremolinadas sobre la colina, fulgía bajo la atenta mirada de un sol incandescente, anticipo de otro largo y cálido verano.

En el paseo emanaba, inconfundible y único, un aroma a mar en bonanza, a pescado recién capturado, a arena ardiente, a espuma blanca rompiendo sobre los pelados peñones y a resina de pinos; también a sofrito de paella y a calamares a la romana. Aquellos olores particulares embriagaban los sentidos más primarios de la joven y la devolvían por unos instantes a sus años más felices. Un calor pegajoso la obligó a bajar las ventanillas del coche; del exterior llegaron ráfagas de aire caliente, como salidas de un secador. Se hizo a un lado de la avenida y frenó el coche. Se observó en el espejo retrovisor: a pesar de vestir una camiseta mínima que dejaba al descubierto su delgadez, una película de humedad cubría su piel pálida como la ceniza, y en su rostro destacaban unas ojeras pronunciadas fruto del insomnio y de las peleas con Chris tras una ruptura que no esperaba. Frunció sus labios carnosos y los retocó ligeramente con un *rouge*. Conectó la radio. Solo la música era capaz de amansar a su fiera interior. Sonaban Los 40 Principales. «¡Bienvenida a España!», se dijo entre dientes. Las Spice Girls coreaban *Wannabe,* que aquel año de 1995 causaba furor entre las quinceañeras.

Alma llegaba justo el día que se celebraba la Nit del Foc, una noche mágica de brujas y encantorios, con hogueras que los niños desafiaban con sus saltos; otros, los más inocentes, esquivaban las piernas de los adultos con chispeantes bengalas; y los adolescentes, más envalentonados, asustaban a las muchachas con sonoros petardos y endiabladas tracas. Los ojos de la joven chispeaban ante la posibilidad de quemar los últimos meses vividos en Londres. La idea de resurgir de esas cenizas como un ave fénix le ayudó a recobrar un mínimo de la cordura perdida.

Orquestas y bandas amenizaban calles y plazas adornadas con guirnaldas y banderines, encargadas de inaugurar las fiestas del santo patrón. En la avenida frente al arenal, una feria bulliciosa vibraba con sus atracciones de sirenas y el *hit* musical del verano, de Ricky Martin. Una mixtura golosa de churros y chocolate caliente, de palomitas y algodón dulce, despertaba el olfato hasta del más saciado por la gula. Locales y turistas, borrachos de sensaciones, mar de cava y sangría, pululaban de un lado a otro, a la búsqueda de bagatelas en los tenderetes iluminados con farolillos.

* * *

Alma ascendió por una de las estrechas y empinadas callejuelas del casco viejo del Pedró, con sus portalitos y portones a pie de calle, hasta dar con un largo muro por el que trepaban centenares de buganvillas sobre un tapiz de hojuelas verdes. Una intensa fragancia de rosas, árboles frutales y hierba fresca le anunció la cercanía de la casa familiar. Al final de la cima, avistó el perfil a contraluz de su abuela Marina, que, al verla, comenzó a agitar alegre sus brazos, como un guardia urbano que dirige el tráfico, hasta conducirla a la entrada de la casa. Estimulada ante aquella presencia tantas veces añorada, Alma gritó un «*Àviaaa!*» que agrietó la paz del barrio, en aquellas horas de siesta impuesta por el fervor de la canícula. La villa parecía dormir apaciblemente al sol.

La anciana se asomó a través de la verja, acicalada con un vaporoso vestido azul turquesa que iluminaba sus vivísimos ojos esmeralda, siempre de manga larga y hasta los pies, decía ella que «para escapar del sol rufián», y a juego con una pamela de paja de ala ancha. A sus setenta y cinco años no había perdido un ápice de esa elegancia que fluía en ella como si le viniera de cuna: mantenía su figura esbelta y delgada; conservaba ese movimiento grácil de las extremidades, como una bailarina ejecutando un minué; y mantenía su sempiterna melena larga, ahora blanca nuclear, sujeta en un gracioso moño del que caían algunos mechones ondulados que ocultaban estratégicamente sus orejas.

—Por aquí… ¡Vigila las gitanillas! *Filla,* ¡cuidado, que me las matas!

La anciana, con mirada severa, agitaba las manos y negaba con la cabeza.

A Alma le sorprendió ese giro inesperado de humor de su abuela: nunca le había preocupado cómo ella entraba o salía con el coche.

La joven frenó en seco al entrar en el aparcamiento, repleto de viejos trastos, y salió del coche trotando para abrazar a la anciana.

—¡Cariño, *filla meva,* qué alegría! —La achuchó entre sus brazos.

Alma observó en ella que alguna preocupación le estaba pasando factura. La vio desmejorada, le faltaba el aliento… Alma correspondió a su abrazo con la misma intensidad y apoyó la cabeza sobre su hombro.

—*Àvia*, creía que nunca iba a llegar!

Aspiró una bocanada de las emanaciones que desprendía el jardín, de cítricos, de rosas salvajes y de un césped recién regado. Setos como altos vigías protegían, a modo de muros, aquel pequeño paraíso cuidado al detalle y en el que solo se escuchaba el canto de las chicharras que rogaban la llegada de agua bendita. Había llegado a casa. Ese, y no otro, era su hogar; excitada, se cercioró de ello mientras caminaba del brazo de su abuela hacia el porche de la casa.

La joven se dejó caer en el balancín que dibujaba flores con una paleta multicolor. A pesar de la calima que flotaba en el ambiente, se sentaron una arrimada a la otra, como si no quisieran perder el contacto recuperado. En la mesita de rafia y cristal frente al balancín, Marina había dispuesto una jarra y dos vasos enormes de limonada con hielo y canela que Alma apuró en segundos, y volvió a servirse otro vaso.

La abuela se aferró a una mano de su nieta, la acarició con la mirada puesta en ella, como si observase cada detalle de su piel blanca como el papel, rozando con sus dedos las uñas pintadas de negro. Alma reparó en su zozobra.

—No imaginas, *filla meva*, cuánto te he echado de menos. Este invierno ha sido muy largo —dijo la anciana como si le pesaran las palabras.

Una bruma se posó en su mirada.

—¿Estás bien, *àvia*?

—¿Y ese anillo en la ceja? —Lo señaló con el índice.

—Es un aro, *àvia*, un *piercing*. Lo más en Londres. Tengo otro en el ombligo, ¿quieres verlo?

—No, no, *si us plau*, me duele solo de pensarlo...

—A mí me mola, es *sexy*. —Rio.

Alma sacó un pitillo de un paquete de Marlboro casi aplastado de llevarlo en el bolsillo trasero de los *shorts*, y lo encendió con su Zippo.

—¿Sexi algo que duele?

—¡Que no duele, *àvia*!

—A mi edad cuesta entender estas modas. —Suspiró—. Por cierto, veo que continúas con el vicio de fumar. —Arrugó el entrecejo.

—Estas son las cosas que me recuerdan que ya estoy en casa. —Alma le guiñó un ojo con sorna mientras sorbía la limonada—. *Àvia*, no he venido para que te ocupes de mí. A estas alturas, sé cuidarme sola. En cambio, tú sí que me preocupas... Tu última carta me inquietó.

—¡Bah! Tonterías... Olvídate de esta vieja que ya no está para muchos trotes...

Observó cómo su abuela desviaba la mirada.

—Sabes que a mí no me engañas, te noto nerviosa y estás pálida... ¿Ha pasado algo?

—Cosas de vieja. —Chasqueó con la lengua—. Hace unos días me pareció ver por el *carrer* Mayor a un hombre que pensé... En fin, que ya había muerto... Fue como ver a un fantasma.

—¿Lo saludaste?

—No, no, ¡por Dios! —Hizo aspavientos—. Él no me vio y mejor así... Días después me encontré con mi amiga Julia y me dijo que corría el rumor de que el alemán había regresado a Palamós.

—¿El alemán?

—Olvídalo, *filla*... Cosas del pasado que todavía duelen...

Un denso silencio se posó entre ambas. Distraída, Alma comenzó a pensar en las cosas que quería revivir con su abuela: ayudarle a completar sus colecciones de mil y un objetos; jugar a encendidas partidas al siete y medio o a la escoba, en las que su abuela siempre ganaba todos los garbanzos a base de trampas veniales que ella aceptaba divertida; perderse con ella por los campos de trigo y olivares; recorrer en bicicleta los polvorientos caminos, con sus zanjas bañadas de amapolas, y recoger el fruto maduro de las zarzamoras, para más tarde preparar un bizcocho. ¡Y cómo no! Deseaba volver a disfrutar del goce de los encuentros casuales con esos conocidos y viejos amigos que veía, año tras año, en las mismas tabernas marineras, ocultas entre las callejas del casco viejo, donde resucitar la alegría de las noches entre sangría y cubatas, hasta que la madrugada se abriese en la playa con baños bautismales.

—¿Vamos a Cal Pep? —propuso Alma—. Me muero por comer unas gambas de Palamós. ¡Cómo las echaba de menos cada vez que me zampaba un grasiento *fish and chips* inglés! —Arrugó la nariz.

Cuando Alma y su abuela llegaron a la taberna, el propietario y cocinero, Pep, les dio la bienvenida con un guiño a Alma y ofreciendo su brazo a Marina para conducirla hasta su rincón favorito. La taberna era conocida entre los locales por su marisco recién capturado.

—¡Ya están aquí mis chicas! ¡Bienvenidas! Como siempre, la mejor mesa de la terraza frente a la playa.

Marina sonrió satisfecha. Desde aquel lugar las dos se convertían en espectadoras privilegiadas de todo lo que acontecía en la bahía. El paseo era un ir y venir de turistas y de locales que buscaban una mesa libre para comer. A unos metros, en el viejo malecón, varias mujeres zurcían los remiendos de las redes que se extendían como un delicado manto sobre la arena, junto a los *llauts* de los marineros varados hasta la próxima salida.

—Pep, lo tenemos claro: unas gambas de Palamós, *sonsos* fritos, navajas «a la sartén», acompañado de *pa amb tomaquet;* y de segundo un *arròs caldós*. ¡Ah! Y vino blanco de la casa bien frío, que no falte... *Àvia,* ¿te parece bien?

La anciana cogió la servilleta de hilo blanco y se la colocó sobre el regazo. Observaba todo sumida en un silencio que, de nuevo, llamó la atención de su nieta. Le sorprendió la actitud de su abuela, en posición de alerta, como si esperase que algo fuese a ocurrir.

A pesar de su bajo estado de ánimo, la llegada de Alma era una ocasión especial para la anciana, pues durante los meses de estío eran pocos los miembros de la familia que se dejaban ver por el pueblo. Cada vez con más ímpetu, Marina gozaba de la soledad y daba la impresión de no echar en falta a los hijos, quienes con toda probabilidad la concebían más como una carga que como una compañía placentera. Las nueras, más de paripés sociales donde exhibirse y aparentar, coreaban que aquella sentencia de *l'avi* Albert, «la familia lo es todo», que obligó durante décadas a todos sus miembros a reunirse cada domingo en la casa del patriarca, había perdido su significado. *L'avi* llevaba dos años criando malvas. A nadie se le escapaba que, tras la herencia, comenzaron a aflorar los agravios y las envidias, y ese bochornoso comportamiento «fraternal» transmutó en indiferencia, sostenido por falsos hilos de hipocresía.

—Cariño, cuéntame, ¿cómo te ha ido por Londres? ¿Es tan extravagante como dicen?

—¡Es guay! —respondió Alma. Encendió un pitillo y aspiró una bocanada de humo—. Aunque no soporto ese calabobos que cae durante días. Por lo demás, no me quejo: he terminado el posgrado de Literatura Inglesa, y el curro en el café me da para vivir. Sí, Londres mola…

—Entonces, ¿volverás a marcharte? —preguntó cabizbaja.

—Todavía no lo sé. —Alma reprimió el llanto con un trago de vino mientras su vista se perdía en la playa—. Acabo de romper una relación… ¡Mierda!

Los labios de la anciana se apretaron en una línea de desaprobación. Detestaba a la gente malhablada, y su nieta, cuando se mostraba contrariada, no se reprimía. Al ver aquellas lágrimas que luchaban por no derramarse, se abstuvo de mentarlo. Posó la mano sobre la de su nieta.

—Anda, brindemos.

Las copas chocaron entre sí.

—Sí, eso, bebamos y olvidemos tiempos pasados —asintió Alma frunciendo los labios.

Las dos se concentraron en los platos que se iban acumulando en la mesa.

—*Filla meva*, ¿has hablado con tu madre? —preguntó Marina reconduciendo la conversación—. ¿Sabe que estás aquí?

—Ni me la nombres… Paso. —Alma apuró la copa.

—¿Ya estáis otra vez a la greña?

—Le pedí que me viniese a recoger al aeropuerto. Le insistí en que quería hablar con ella y que pasásemos unos días juntas. Hace meses que no la veo… Pues ni por esas. No se dignó a buscar un hueco en su apretada agenda. Finalmente, tuve que cruzar Barcelona, tan solo para recoger el coche…

Alma se sirvió otra copa de vino.

—Ya conoces a tu madre —comentó Marina—. Es un desastre, incapaz de preocuparse por alguien que no sea ella. Estará con sus cosas, sus bolos o como se llamen esas giras teatrales que la llevan de aquí para allá… No se lo tengas en cuenta, *filla meva*.

—Necesito explicarle por qué he vuelto —dijo Alma.

Marina masticaba como una ratita el arroz, como si con cada bocado rumiase un pensamiento. No le quitaba ojo a su nieta, intentando entender sus sentimientos. No pasaba por alto que Alma siempre había llevado mal la ausencia de su madre. Durante su infancia, ella había sido testigo de cómo su nieta detestaba, amaba y odiaba a su madre a partes iguales porque tenía la convicción de ser invisible para ella.

—No olvides, *filla*, que es una actriz de los pies a la cabeza y la superan sus propias batallas…

Desde niña, Alma había aborrecido esas separaciones que se prolongaban durante meses, aunque su madre siempre volviese con una maleta cargada de regalos y de mimos antes de regresar a sus bolos por los teatros de España. Aquella niña solo ansiaba tiempo con ella para acunarse entre sus brazos, para que le cantase mientras la bañaba o le releyese mil veces *La ratita presumida*; para que le dijese, en definitiva, cuán valiosa era para ella. Ahora, la joven empezaba a comprender que, quizá, a su madre no la habían enseñado a querer. En cuanto a su padre, «mejor ni nombrarlo», apuntaba siempre con un rictus de amargura. Apenas lo recordaba, pues se fue de casa cuando Alma cumplió cinco años y nunca regresó. La herida de esa separación también dolía. Probablemente, como le confesó un día su abuela, ese rollizo bebé llegó a sus vidas sin avisar, cuando ninguno de los dos progenitores tenía especial inclinación por criar a una niña, aunque hubiesen cumplido con el ritual del matrimonio (aún no entendía Alma con qué fin).

—Sí, nunca cambiará —susurró.

—Ya... Pero sabes que a pesar de todo te quiere con locura...

—Si eso es así, todavía no me lo ha demostrado —le reprochó Alma.

—Pues aquí me tienes, *estimada*. —Se ofreció con una sonrisa cómplice.

—Nada cambia, ¿eh, *àvia*? Menos mal que siempre puedo contar contigo. —Alzó de nuevo la copa—. ¡Por nosotras!

Alma percibió que la carga de preocupaciones que arrastraba, como una mochila a sus espaldas, se había aligerado. Ahora quien realmente le importaba era su abuela.

Marina detuvo el tenedor ante su boca. Una nube oscureció sus ojos, como si el sol hubiera dado paso a una amenazante tormenta. Tenía puestos los cinco sentidos en una pareja mayor de rubios nórdicos que se aproximaba en dirección a ella. El hombre frenó en seco, incapaz de dar un paso, y observó sin pestañear a Marina; a su sonrisa, franca y abierta, le acompañó una ligera sacudida.

La mano de la anciana tembló y la copa que sostenía rodó sobre el mantel, derramó el vino y cayó al suelo.

—*Filla, no em trobo bé... Anem, si us plau* —balbuceó mientras sus manos trémulas trataban de secar el mantel con la servilleta—. ¡Vámonos!

—*Deixa, àvia...*

Marina se levantó de la mesa, trastabilló y salió con paso agitado de la terraza ante el asombro de Pep, que llegaba en ese instante empujando un carrito de tartas y *petit fours*.

—*Àvia*, ¿adónde vas? ¿Qué pasa? —Alzó la voz, a sabiendas de que sus palabras no la alcanzarían.

La joven desvió la vista hacia aquel hombre de aspecto ario que, ruborizado, fruncía sus espesas cejas blancas y hundía sus hombros.

Cabizbajo, con las manos en los bolsillos del pantalón, reanudó con paso corto su camino por el paseo marítimo.

Alma observó expectante sin comprender el significado de ese instante.

—Lo siento, Pep —se excusó—. Tomaremos el postre otro día, mi abuela se ha indispuesto...

II

Marina

Pálida, aturdida, la anciana avanzó por las travesías con paso agitado y agarraba el bolso con la fuerza impresa en unos nudillos emblanquecidos, como si temiera que se lo fueran a robar. Un chal le cubría los hombros a pesar del calor reinante. Con las prisas, su coqueto moño se había desmadejado y algunas greñas le caían sobre la frente, pero no estaba por la labor de retocárselo, como siempre hacía, casi como un tic; necesitaba verse impecable para los demás. Alma la seguía unos pasos por detrás, inquieta por aquella inesperada reacción. Presentía que su abuela terminaría por encerrarse en su dormitorio. Se lo había visto hacer en más de una ocasión: cuando un suceso la disgustaba, entonces optaba por quedarse en la cama y permanecía aislada durante varios días, como si la oscuridad la pudiera resguardar de una realidad fatal de la que huía, como si la protección del lecho fuese capaz de alejarla de aquello que más la hacía sufrir...

Tal como había imaginado Alma, la anciana se enclaustró en su habitación. La joven se dirigió a la cocina y preparó un vaso de leche templada con miel. Ante el rechazo de su abuela, que tenía la puerta cerrada a cal y canto, abandonó la bandeja junto a la entrada, como siempre hacía...

Alma deshizo las maletas. Se sentó un momento al pie del lecho y advirtió que la estancia se conservaba intacta, tal como la dejó el día que se marchó a Londres para iniciar una nueva vida. La cama conservaba la misma colcha a rayas verdes y grises, a juego con los cojines y la cortina del balcón que daba al jardín. El escritorio juvenil estaba quizá más ordenado, presidido por la Olivetti con la que se había sacado el bachillerato y la carrera de Filología Inglesa, y las estanterías tenían los mismos cuentos que habían alimentado sus sueños infantiles, la colección de *Los Cinco* de Enid Blyton y los libros de texto que había estudiado a lo largo de los años, mezclados con peluches, collares y marcos con fotos de la familia, de sus padres cuando eran novios y de una Alma quinceañera en una excursión con el colegio. Las paredes cubiertas con carteles de Kurt Cobain, Orbital y K. D. Lang mostraban su gusto ecléctico por la música de los noventa…

Por mucho que le daba vueltas, la joven no llegaba a entender lo ocurrido en la taberna. Todo había pasado como una exhalación, sin tiempo para digerir la escena. Una cosa tenía clara: ver a ese hombre había perturbado a su abuela, hasta el punto de salir en volandas del local como si huyera de un espectro.

Aturdida por el vino y el bochorno, abrió el balcón. No corría una gota de aire, aunque la estancia se impregnó de una intensa fragancia a rosas que la embriagó. Se recostó sobre la colcha, cerró los ojos y se quedó dormida. Primero su abuela y después Chris invadieron su sueño agitado creando un enmarañado ovillo de pensamientos inconexos, temerosos, apasionados y amargos… Su abuela huyendo por callejones sin salida, el anciano tras ella… Chris rozándole los labios con los suyos… Lo que siente la sacude como un barco a la deriva. Las manos de Chris caminan sobre su piel sin apenas rozarla. Siente sus ojos gitanos, diabólicos, que la penetran a través de la oscuridad. Se van las palabras, se queda sin voz, sin aliento. Repite en un susurro su nombre. Chris la atrapa, la estrecha entre sus piernas. Recoge su vibración, su rocío resbaladizo, sus temblores, sus jadeos al unísono, su risa, su sonrisa. Desfallecen…

Alma se despertó jadeando, empapada, sofocada, pensando en la posibilidad de que su abuela pudiese haber escuchado el resultado de ese sueño húmedo que le sabía enteramente a Chris. Se asomó al balcón tratando de aliviar sus sentidos embotados, sin éxito. El calor era sofocante. Optó por una ducha que tratase de aplacar las emociones exaltadas. Bajo un agua helada, lloró hasta el agotamiento; aquel fue un llanto doloroso, de abandono, de soledad, hasta que no tuvo más remedio que serenarse. Su abuela la necesitaba. Era consciente de que algo no iba bien.

Unos ruidos que llegaban del exterior la pusieron sobre aviso. Su abuela trasteaba en el garaje. Cuando llegó, la encontró arrodillada en el suelo, revolviendo el contenido de varias cajas y de un baúl polvoriento. Tenía en sus manos unas viejas fotografías que observaba con atención. Se las acercó al rostro como si fuese a besarlas y, entonces, profirió un lamento agudo que parecía brotar de lo más hondo de su ser. Sus manos se sacudieron y empezó a romper aquellas imágenes con una rabia desatada, insólita en ella. Totalmente derrumbada, aterida, su expresión endurecida se perdía entre los pedazos dispersos por el suelo…

—*Àvia! Què fas?!*

—*Deixa'm, si us plau!*

Su abuela se le reveló más envejecida e indefensa que nunca, totalmente abatida, con el peso de los años achicando sus hombros y el fatal descubrimiento encorvando su espalda. El paso de un tiempo lacerante impreso en esas viejas fotografías, como si su abuela estuviese desenterrando con sus propias manos un sarcófago que aprisionaba su memoria. Alma intentó estrecharla entre sus brazos, pero fue como toparse con una pared. Su abuela permaneció arrodillada, rígida y ocultándose el rostro con las manos.

—¡¿Por qué?! —gemía desconsolada.

La joven se sentó en el pavimento junto a la anciana, cuyo cuerpo, hecho ahora un ovillo sobre el cemento, temblaba convulso.

—Sss… —La rodeó con los brazos, acunándola como a un bebé.

Marina se dejó arrullar derrotada, volcando su peso sobre el cuerpo de su nieta. Su sollozo se volvió incontenible. Alma nunca la había visto llorar con el peso de tanto desasosiego. Y del llanto pasó a un silencio dañino, con el rostro demudado, los labios apretados, la respiración entrecortada…

—Ya, ya… Sss —repetía Alma con un hilo de voz mientras le acariciaba la frente y los cabellos—. Tranquila, *àvia*, ya está, ya…

En uno de los fragmentos esparcidos por el asfalto, Alma reconoció a un joven larguirucho y rubio, de belleza asilvestrada, sentado sobre una roca mientras posaba seductor ante la cámara. No tenía duda de quién era, aunque hubiesen pasado ¿cincuenta?, ¿sesenta años?

Marina, poco a poco, fue mitigando la pena mientras se enjugaba con un pañuelo de hilo las lágrimas y el sudor.

—Gracias, cariño… Perdóname, son estos malditos nervios —susurró entre hipidos.

—No pasa nada —masculló—. Va, venga, te preparo una limonada y, si quieres, te ayudo con los sellos. Te sentirás mejor. Este condenado calor nos está afectando. —Bufó mientras observaba el cielo amarillo, casi blanco, abrasador, que asomaba desde el jardín.

—Mejor un Marie Brizard —musitó Marina.

—¡Ole, esta es mi abuela! —dijo Alma con guasa.

Alma la levantó del suelo, no sin esfuerzo, y la acompañó a la galería, el refugio para las tardes de sol calcinante, tras un balcón con arcos de medio punto que se abría al jardín; del techo colgaban persianas venecianas que cobijaban el salón y la biblioteca de la luz radiante y la canícula. Cuando se sentó en el sofá, Marina dejó escapar un largo suspiro y sonrió como un corderito degollado.

La joven se dirigió a la cocina, que se abría al jardín a través de un gran ventanal. Preparó un café en el fogón de leña y, mientras lo dejaba templar, fue a la alacena, ubicada en una pequeña estancia que hacía la función de despensa, donde su abuela guardaba objetos del ajuar doméstico y provisiones suficientes para alimentar a una familia durante un mes. El aparador de cristal mostraba una amplia diversidad de licores, vinos, cavas y botellas a granel sin etiquetar. Extrajo una botella de anís Marie Brizard y se lo sirvió a su abuela en una pequeña copa de balón. Seguidamente, en la misma despensa, abrió un arcón congelador donde se conservaba a muy baja temperatura un sinfín de piezas de carne, pescado y verduras, como si estuviera esperando la llegada de una celebración familiar, y rellenó una coctelera con los hielos para el café.

Mientras se aseguraba de que cerraba herméticamente el congelador, Alma percibió una dolorosa punzada en el pecho. Resopló y se sentó un minuto en la mesa central de la cocina para recobrar el aliento. Su rostro tenía el color de la ceniza. Nunca había visto a su abuela reaccionar con tanta desazón. Le dolía su enorme tristeza, la dureza de su mirada. La joven se dirigió a la pila de mármol para refrescarse y se apoyó en ella con las dos manos. Respiró hondo, tratando de serenarse, antes de salir de nuevo al encuentro de la anciana.

Cuando Alma llegó a la galería, en el segundo piso, encontró a la anciana sentada frente a la mesa de cristal que se extendía a lo largo de uno de los sofás de tres plazas. Sobre ella había un balde lleno de agua en el que flotaban retazos de viejos sobres con sus franqueos, timbres y matasellos de otros tiempos. Marina estaba despegando con dedos temblorosos los sellos del papel y los iba colocando, uno a uno, con sumo cuidado sobre una toalla que cubría parte de la mesa, a fin de que se fueran secando. Siempre que algún acontecimiento la perturbaba, echaba mano de sus colecciones. Como ella solía decir, «la distraían de sus desvelos».

—Aquí te traigo el anís... Mano de santo...

—Gracias, cariño. —Bebió un trago largo.

—¿Te sientes mejor? —Sonrió ante el gesto de satisfacción de su abuela.

—Mejor...

Alma se sentó junto a ella en uno de los mullidos sofás de color grana, como el vino, situados estratégicamente frente a las arcadas de la galería, desde donde se podía contemplar el atardecer sobre la bahía de

Palamós. El rostro de su abuela, atento a aquella tarea minuciosa, dibujaba un gesto áspero, ausente. A falta de saber cómo expresar sus emociones, Marina se mostraba distante. En eso abuela y nieta se parecían como dos gotas de agua, así que la joven podía entender esa necesidad de alejarse para no herir a nadie. A veces su abuela parecía viajar tan lejos que ella no sabía cómo hacerla retornar de ese lugar donde se ocultaba.

A pesar de la presencia de su nieta, la anciana mantenía su mutis, aseverando con el ceño su expresión errática y apretando la mandíbula, concentrada en los sellos: monumentos, gente célebre, paisajes, estadistas, la figura de un príncipe heredero, el rostro de Franco de todos los colores, secándose al sol…

Su rostro contrariado y sus manos temblorosas, hurgando respuestas entre los timbres, le transmitían a Alma una gran inquietud.

—¿Qué tiene que hacer ese hombre en Palamós? —murmuró Marina, con un hilo de voz que apenas llegó a oídos de la joven.

Alma trató de recuperar mentalmente la escena de la que había sido testigo, intentando dar respuesta a esas dudas, aunque le costaba precisar cada detalle: «A ver si lo entiendo: mi abuela desvía su mirada hacia aquel anciano… Él la mira a los ojos, primero con una emoción que no puede reprimir, y le sonríe abiertamente; segundos después, con resignación, tras advertir que ella no le corresponde de la misma manera; y, finalmente, con temor. ¿O era vergüenza lo que observé en el anciano? Y ella huye de él como si fuera el mismo demonio… Todo es muy confuso…».

La joven hizo el gesto de aproximarse a su abuela, pero ella se giró hacia el lado contrario, con la clara intención de esquivar su mirada. Se comportaba como una niña a la que hubiesen regañado por una travesura. Alma no soportaba ese mutismo absurdo.

—*Àvia*… Me tienes en ascuas. —Deslizó con delicadeza la mano sobre el brazo anciano cubierto por la manga de gasa.

Marina dio la callada por respuesta.

—No tienes buena cara —comentó Alma, tratando de escoger bien las palabras para no molestarla—. Te fuiste de Cal Pep como si hubieras visto un fantasma y lo que has hecho con esas fotografías… No es de recibo, *àvia*…

Marina negó con la cabeza sin quitar la vista de los sellos.

—Bueno, *àvia*, ya me lo contarás cuando quieras, aunque no te librarás tan fácilmente de mí. —Le sonrió intentando quitar hierro al asunto—. Sabes que puedo ser muy persistente.

—Sí. ¡Eres de plomo derretido! —corrigió Marina con desdén.

—¡Vale, *okey, capito!* —Aquel comentario irritó a Alma, que dio la vuelta a la mesa y se enfrentó a su abuela—: Si quieres, no me lo cuentes, estás en tu derecho. Ahora bien, yo nunca te había visto reaccionar así. Vas a acabar enferma y eso no me gusta…

Marina se secó las manos con una esquina de la toalla, apartó el barreño, se mesó el moño y la miró resolutiva.

—Hans —dijo con cara larga y las mejillas encendidas—. ¿Es eso lo que te intriga?

—No. Me preocupas tú —musitó entre dientes, dolida—. ¿Quién es? ¿El alemán del que hablabas?

—Sí —murmuró—. Pero de eso hace muchos años…

Su mirada se extravió, esta vez entre los libros de la biblioteca situada en uno de los lados de la galería. Cogió de la mesa un abanico y comenzó a agitarlo con afectación en torno al cuello, el pecho y la nuca, mientras con la otra mano se mesaba el cabello que se alborotaba con aquella corriente improvisada.

—Pensaba que había muerto —suspiró Marina.

—¡Ay, *àvia*!

Atravesó la sala un silencio tan espeso que casi se podía batir. Alma observó cómo a su abuela le temblaba el pulso al tomar una lupa para estudiar los sellos, empeñada en no seguir con esa charla que tanto la incomodaba. Con esa vuelta al oficio del coleccionista parecía dar por terminada la conversación entre ambas.

Después de saborear el último trago de café helado, Alma volvió a la carga.

—Es el chico de las fotos, ¿verdad? —La buscó con la mirada.

—Sí —masculló Marina, y relamió la última gota de anís—. Al verlo, después de tanto tiempo, se me pasaron muchas cosas por la cabeza... Tampoco sé explicar lo que me ocurrió en el garaje... Supongo que fue la rabia acumulada durante tantos años...

—¿Erais amigos? —la interrogó Alma con tiento, tratando de no estropear el momento con una observación inadecuada.

—Fue más que un amigo...

—¿Estás hablando de un amor? —dijo abriendo los ojos como platos mientras encendía un cigarrillo—. ¡Vaya, *àvia*! ¡Flipo!

Alma había crecido con la convicción de que su abuela había sido mujer de un solo hombre, por supuesto, de *l'avi* Albert.

—Es agua pasada...

—Entonces, ¿sucedió tras perder a *l'avi*?

Alma no daba crédito. Aspiró el humo del tabaco con ímpetu.

Marina permanecía con la vista ausente entre los franqueos que flotaban en el barreño.

—Te repito: aquello ocurrió hace siglos, antes incluso de que estallara la guerra. Éramos unos chiquillos...

Alma exhaló agitada otra bocanada de humo. Que se revelara de pronto esa noticia, mantenida en secreto durante décadas, le parecía todo un hallazgo. ¡Esa mujer, su abuela, había vivido una historia de amor con otro hombre que no era su abuelo! Además, se trataba de un alemán, en aquella época... «¿En qué momento sucedió?, ¿qué ocurrió?», Alma hervía de curiosidad. ¡Su abuela guardaba un secreto!

—¿Por qué nunca se ha hablado de esto en la familia? —musitó.

—Porque nadie lo sabe.

—¡¿Qué me estás diciendo?!

La joven siempre había notado que en aquella casa flotaban palabras nunca mencionadas, como esas motas de polvo casi invisibles proyectadas por un rayo de luz...

La anciana seguía aturdida, sin saber muy bien cómo salir del atolladero.

—Alma, *si us plau,* por favor, tráeme un vaso de agua y abre alguna de las ventanas de la galería. Estoy un poco mareada… Entre este bochorno y tú, que eres más terca que una mula, creo que me va a dar un soponcio…

La obedeció. Cuanto antes recobrase su abuela el ánimo, antes le contaría por qué la presencia de ese hombre, ya anciano, la afectaba tanto.

Alma regresó a la galería en tres zancadas, cargando con las manos una jarra de agua helada y rodajas de limón. Sirvió un vaso a su abuela y se dirigió a abrir las ventanas de par en par. Entró el sonido agudo de las chicharras acompañado de una tenue corriente de aire caliente, como si alguien, de nuevo, hubiera activado un secador de pelo. Aquella tarde, un sol impenitente no daba tregua, ni siquiera con el paso de las horas. Se sentó junto a su abuela. Las dos, al unísono, apuraron las bebidas.

—Mmm. ¡Lista! ¡Cuenta, *àvia*! —manifestó una Alma que se frotaba las manos—. ¡Esta historia promete!

—Está bien, pero no me interrumpas. Me duele revivir unos hechos que creí olvidados…

III

Hans

Una mañana de junio de 1935, Palamós se despertó bañada por un sol poderoso que llenó de energía a la joven Marina, estimulada ante un sábado que se presentaba distinto a todos los demás. Con su vestido marinero, los brazos desnudos al viento y un escote con grandes solapas y una lazada, coqueteaba con su feminidad. Su cabello rubio, rizado, se mecía al viento mientras saboreaba a grandes bocados una manzana. Acompañaba a su padre, Conrado, un hombre espigado debidamente vestido con un elegante traje gris claro de botonadura cruzada y pajarita, como el propietario que era de una fábrica en expansión. No era habitual que Marina visitase el lugar de trabajo de su progenitor, pero su padre la había convencido para que ampliase sus estudios de alemán junto a otros jóvenes empleados de las oficinas, bajo la tutela de Dieter Lutz; aquel era el primer día de clase. Marina agarró el brazo de su padre tratando de alcanzar sus pasos enérgicos en el corto paseo desde el centro del pueblo hasta la fábrica.

Asomó tras un sendero un imponente edificio de dos plantas rodeado por un alto muro que se extendía más de un centenar de metros por cada lado, cerrando en bloque todo un recinto fabril. En la entrada se podía leer en hierro forjado MANUFACTURAS DE CORCHO ESTRAGUÉS & RITTER. Allí los esperaba con puntualidad británica el socio alemán de Conrado, Klaus Ritter, y su hijo Hans, un universitario de dieciocho años, ambos recién llegados de Berlín. Hans y Marina se observaron y apartaron la mirada incómodos. Azorada, Marina ocultó los restos de la fruta entre las manos, que enlazó tras la espalda.

El señor Ritter afiló su mirada azul bajo unas cejas pobladas tan grises como su cabello, y su rostro anguloso se suavizó; avanzó hacia su socio catalán, le estrechó la mano con firmeza y seguidamente cogió por el hombro a su hijo:

—Hans, te presento a Conrado Estragués, nuestro socio catalán. Un hombre respetado en Palamós, experto en la manufactura de tapones de corcho para las botellas del *champagne* que tanto le gusta a tu madre. Él se ha ofrecido a ser tu mentor.

—Mi padre me ha hablado mucho de usted. —Hans saludó a Conrado con un apretón de manos.

—Yo también me alegro de conocerle, joven.

Conrado sonrió mientras mesaba su mostacho canoso, que se expandía a lo ancho de aquel rostro soleado y bonachón, y se unía a unas anchas patillas que se dibujaban, frondosas, hasta alcanzar la perilla.

Klaus Ritter fijó la mirada en Marina y sonrió complacido.

—Y esta bella señorita es la dulce Marina, la hija de Conrado.

Hans, con un evidente sonrojo, se dirigió a la joven levantando levemente el sombrero. Sonrió con su mirada inmensamente azul y su tez blanca como la leche.

—Es un placer conocerla, *fräulein* Marina —murmuró con la intención de que solo ella le escuchase, al tiempo que le tomaba la mano para rozarla con sus labios—. Mi padre no me había comentado que el señor Estragués tuviese una hija tan hermosa…

Marina se ruborizó y, en un acto de tímida coquetería, se recogió un mechón de pelo rubio que jugaba con su tez aterciopelada.

—Y esta es la fábrica. —Señaló Klaus solemne, extendiendo los brazos como si quisiera abrazar el muro—. ¡Bienvenido, hijo!

Para el señor Ritter aquel era un momento de gran trascendencia: iba a mostrar a su primogénito una de sus industrias más florecientes de Europa y, lo más importante, cómo llevar aquel próspero negocio.

Los cuatro entraron en el interior del recinto, donde se abría, a cielo abierto, un patio central tan extenso como el resto del complejo industrial y que todos llamaban «la plaza». A las ocho de la mañana, la actividad era febril. Una decena de obreros seleccionaba la mercancía recién llegada desde el puerto, mientras el material más pesado circulaba en vagonetas sobre unos raíles por las múltiples zonas de la instalación. Tres alcornoques y una palmera datilera mitigaban, con su sombra, la canícula. Conrado y Klaus presidían la comitiva y, rezagados, les seguían Hans y una Marina todavía sofocada por aquel encuentro. Hans no podía disimular cómo el sudor perlaba su rostro, y en su pulcra camisa, bajo el traje de lino crudo, comenzó a hacer acto de presencia la huella húmeda de ese bochorno inusitado.

Marina observaba con una sonrisa disimulada cómo aquel joven alemán agitaba angustiado su sombrero de paja toquilla, mientras su padre, inalterable a la calima, se prestaba a hacer de guía. En un lado del terreno, un grupo de mujeres colocaba de manera ordenada decenas de tapones de corcho sobre una tela extendida, con el propósito de su secado.

—Observe allí. En el centro de la plaza se halla el hervidor, cuyo cometido es el de escaldar la materia prima recién llegada del puerto. En esa otra esquina, el pozo abastece de agua subterránea, si hay sequía o se produce un incendio. Verá que este patio separa dos naves, la fabril de los obreros, y las oficinas de la dirección y administración.

Hans seguía como podía las explicaciones del socio catalán, que se defendía en alemán. Marina le sonrió en silencio.

Los cuatro cruzaron con paso decidido el patio central.

—¿Y ese edificio, señor Estragués? —preguntó curioso el joven.

—Es Cal Rovira, un edificio residencial destinado a los temporeros que llegan de otras zonas del territorio como refuerzo en la campaña de verano. Los dos pisos se conectan con la nave de producción por esa pasarela. Esta gente vive y trabaja durante varios meses en la fábrica. Para todos resulta más cómodo.

A cada paso que daban, hombres y mujeres se retiraban el pañuelo, ceñido con cuatro nudos, o un sencillo sombrero de paja de ala que les cubría la cabeza, y se inclinaban en señal de respeto. Pañuelo en mano, se enjugaban el sudor que resbalaba por sus rostros polvorientos.

Sin duda, para los del pueblo, aquel joven extranjero y la hija del amo resultaban una pareja pintoresca. Los dos sobresalían en altura por encima de la mayoría de los paisanos. El muchacho era el clásico ario rubio, espigado, de mirada azul y piel blanca como el papel que en verano se enrojecería como una gamba asada; la joven poseía un rostro cautivador, siempre protegido por una amplia pamela. Los obreros de la fábrica cruzaban las miradas con las suyas sin disimulo mientras cuchicheaban.

—Mira, mira, los hijos de los patronos… Dios los cría y ellos se juntan…

Entraron en la nave de la factoría. Marina advirtió que el señor Ritter se movía como pez en el agua, precediendo la comitiva con pomposidad, y su hijo Hans solo era capaz de abrir la boca, como signo de admiración ante aquella superficie fabulosa sustentada por pilares de piedra y vigas de acero. En la cubierta, las claraboyas provocaban una asombrosa luz cenital sobre el espacio. Decenas de obreros iban y venían transportando mercancías; otros seccionaban láminas de corcho sin pulir en sofisticadas máquinas o elaboraban papel con las prensas más perfeccionadas del momento.

—Me siento especialmente satisfecho de esta maquinaria que adquirí en Fráncfort. Es el no va más de la industria corchera en esta región —presumió el señor Ritter.

Marina y Hans se aproximaron curiosos a una fila de jóvenes que trabajaban con grandes placas de corcho. La joven avanzó para explicarle en un murmullo lo que estaban haciendo:

—En esta fábrica es tan importante la habilidad de los hombres como la de las mujeres. A estas muchachas las llaman las rebajadoras, porque transforman esas panas en rebanadas, y a estas otras, las cuadradoras, pues modelan las rebanadas, que después lanzan a través de ese agujero al sótano, donde se escogen las mejores piezas…

—Es usted muy lista, *fräulein* Marina —le susurró Hans al oído, aun habiendo entendido a medias la explicación de la muchacha.

Conrado, vigilante, se acercó a los jóvenes y tomó de nuevo el control de la conversación:

—A pesar de su juventud, Marina conoce muy bien la fábrica… Déjeme que le cuente, joven, algunas cosas que usted encontrará de vital importancia: con la ayuda de esas garlopas, las planchas se humedecen para elaborar los tapones. —Señaló a un grupo de jóvenes obreras que solo levantaban la cabeza de su faena para saludar a los amos de la fábrica y su prole—. Ellas eligen las mejores piezas y discriminan aquellas con defectos. Este es un oficio de responsabilidad, porque son ellas las que garantizan la calidad del producto: un descuido puede comprometer la relación comercial con un cliente.

Un corpulento y altivo Klaus, siempre dispuesto a decir la última palabra, continuó la exposición.

—La incorporación de las mujeres en la fábrica nos ha resultado muy ventajosa; con ellas hemos disminuido, de manera sustancial, el precio de los productos. Cobran menos que los hombres y eso es así —carraspeó y aclaró con cierta petulancia— porque los hombres realizan el trabajo más duro y peligroso.

Marina dio un respingo. Ciertamente, se sentía obligada por su edad a tolerar la presencia autoritaria del señor Ritter, pero no le agradaba su manera de dirigirse a los trabajadores, e incluso a su padre, el auténtico amo y señor de la fábrica, el gran conocedor de todos sus entresijos. Sin su padre, con toda seguridad el señor Ritter estaría perdido…

Los cuatro bajaron al sótano, donde dos hornos despedían un calor abrasador que lo fundía todo. A unos metros se hallaban los molinos que trituraban el material defectuoso, con el que se confeccionaba lana de corcho, destinada a fabricar jergones y salacots, que aislaban del clima extremo a los soldados.

—El Ejército alemán nos los compra para las milicias consignadas en nuestras colonias africanas —subrayó Klaus Ritter con afectación.

Al finalizar el recorrido, cruzaron de nuevo el patio hasta la nave central, donde se hallaban las oficinas. Se trataba de una extensión de unos quinientos metros cuadrados con salas y despachos separados por cristaleras y distribuidos en dos plantas abiertas. Medio centenar de hombres con trajes claros, y algunas mujeres con vestidos y delantal blanco, se volcaban en tareas administrativas, de archivo o de información, y en gestiones financieras y gerenciales. Marina y Hans seguían los pasos de Conrado, que caminaba con determinación por los diversos pasillos, a menudo dirigiendo una mirada, una sonrisa o un saludo a los que levantaban la cabeza de sus quehaceres o se cruzaban en su camino.

Conrado abrió la puerta y, con una mano, invitó a entrar a los jóvenes en un amplio espacio decorado con un rico mobiliario e iluminado por una espléndida luz natural que atravesaba un ventanal extendido de pared a pared. Hans y Marina se quedaron embelesados con la extraordinaria panorámica de la bahía, bañada por un Mediterráneo brillante y en calma.

—Este será su despacho, Hans —anunció Conrado.

—¡Caramba! —dijo Marina—. ¡Esto sí que es un señor despacho!

Hans se acomodó en el robusto asiento de piel, delante de una señorial mesa de oficina. La acarició con su mano sintiendo el tacto de la madera noble de caoba. Flexionó los brazos y enlazó las manos tras la nuca mientras estiraba las piernas. Suspiró. Era más de lo que podía soñar un chico de su edad, por muy rica y poderosa que fuera su familia. Se levantó, hizo el ademán de estirar el traje y miró serio a los dos socios de la fábrica.

—Señor Estragués, padre, gracias por esta oportunidad que ambos me brindan. Espero poderles corresponder con buenos resultados.

Los dos socios sonrieron complacidos.

—Marina, ya es hora de que vayas a clase —señaló Conrado—. Te esperan en la sala de reuniones. Y, con respecto a usted, Hans, comenzaremos por estudiar las cifras de negocio de este año…

—Está bien, padre, pero invite a Hans al casino. —Marina se sonrojó—. Esta tarde hay baile.

La anciana hizo una pausa y respiró hondo. La cadencia de *Aquellos ojos verdes,* de Nat King Cole, que emitía la radio la devolvieron a la realidad. A Alma su mirada le supo amarga y se compadeció al sentir su mano temblorosa posarse sobre la suya, solicitando en silencio una tregua. Su nieta accedió tratando de escrutar lo que aquellos ojos ahora opacos, infranqueables, escondían. Dio por acabada su confesión; no quería lastimarla hurgando en esa vieja herida que posiblemente nunca había cicatrizado. Sentía lástima por ese ser que parecía envejecer un poco más cada vez que le daba una explicación sobre esa vida pasada.

Se percató de que aquello que le confesaba su abuela era totalmente nuevo para ella. Tal como había imaginado siempre, los relatos de la infancia habían sido fantasías para entretener a los nietos y pasar por alto un pasado que parecía atormentarla. Supuso que tenía mucho que contar, pero no iba a ser fácil sonsacarle esas penas que ocultaba bajo su férreo caparazón.

IV

Los largos días

La mente de Alma danzaba al son de aquella bulla callejera que no parecía tener fin durante las fiestas patronales, pero, por encima de aquel enjambre penetrante, no lograba borrar la expresión de angustia en el rostro de su abuela. Sus recelos se enredaban en una maraña de suposiciones. ¿Por qué había ocultado esta relación casi pueril a la familia?, ¿qué había tras ese amor de adolescencia que tanto le dolía?, ¿qué más callaba?, ¿por qué sufría tanto? Por más que le daba vueltas, las piezas no encajaban: todo aquel tormento no podía originarlo un amor de adolescencia. Tenía que haber algo más y, si lo pensaba bien, la actitud de su abuela le daba mala espina, no porque escondiese algo perturbador, sino porque posiblemente su huida hacia ninguna parte estaba provocada por el temor a desempolvar viejos secretos que entrañarían consecuencias funestas para ella misma o para la familia. «Aun así, ¿cuál es el motivo de tanta desdicha?», se preguntaba una y otra vez.

Se despertó sobresaltada en la quietud de la madrugada, agitada por un torbellino de pensamientos inconexos. En sus sueños, Alma veía al joven alemán de la fotografía desfilando con el uniforme nazi y haciendo la salutación marcial a Hitler ante una horda de militares que aullaban «*Heil* Hitler». Gotas de sudor perlaban su piel tras una noche de una humedad pegajosa. Sacudida por la pesadilla, se levantó para abrir de par en par el balcón, esperando que la fresca oscuridad mitigase su ahogo. Un sinfín de sonidos, azuzados por una leve brisa marina, se coló en la estancia procedente del centro del pueblo: ahora el lanzamiento de unos cohetes, ahora una música machacona, seguidamente los bocinazos de las atracciones de la feria, o borrachos en moto cabalgando las escarpadas cuestas, unos dando traspiés y vociferando incongruencias, y otros, a la carrera, presumiendo de motores trucados.

En la oscuridad de la habitación, Alma tomó una decisión: averiguaría dónde se hospedaba ese hombre cuya presencia trastornaba a su abuela, y estaba determinada a hablar con él. Quería saber cuáles eran sus intenciones y cuánto tiempo se iba a quedar en el pueblo. Presentía que no iba a ser una conversación agradable, y tampoco lo pretendía. Por supuesto, tenía claro de qué bando estaba, si bien necesitaba conocer las dos versiones de aquel relato, y quizá él estuviera dispuesto a aclararle sus dudas. Pasó las horas en duermevela, con esa idea martilleando sus sesos y dando vueltas entre unas sábanas húmedas que se le pegaban al cuerpo bañado en sudor.

Tras una ducha reparadora, se vistió con una camisa de cuadros rojos con las mangas arremangadas, unos vaqueros cortos y desgastados de talle alto, y sus veneradas Dr. Martens de piel negra adquiridas en Camden Town, más adecuadas para las inclemencias de Londres que para el verano mediterráneo. No le importaba sufrir las consecuencias; no quería ser un clon de todas las chicas que veraneaban en el pueblo.

Salió de la habitación transportada por un aroma de café que escapaba a borbotones de la cocina y se diluía por las estancias, invadiendo el piso superior. Mientras bajaba a saltitos la escalera reparó en los retratos de la familia que colgaban de la pared. Paró frente a una fotografía de color sepia en la que *l'avi* Albert posaba joven y elegante delante de una fábrica de corcho, una imagen que había contemplado cientos de veces. Un halo de nostalgia se posó en sus ojos, pero el intenso aroma del café, al que se le sumaba un inconfundible olor a pan tostado, la reavivó y la devolvió al presente. Recorrió a grandes pasos el salón, comprobando que, aunque pasasen los años, todo continuaba en su sitio, como cuando era niña. Al llegar a la cocina contempló cómo su abuela trajinaba entre fogones mientras tarareaba una vieja habanera. La abrazó desde atrás, provocándole un respingo.

—*Filla*, ¡me vas a matar a sustos!

—Hum, ¡huele que alimenta!

La besó y la anciana le devolvió el beso mientras proseguía con su tarea. A través de la ventana, Alma observó que en la mesa del jardín, bajo una gran sombrilla amarilla, su abuela ya había dispuesto un banquete de bienvenida: lonchas de jamón ibérico, queso de cabra fresco, pan de *pagés* tostado, tomates y aceite de oliva, confituras caseras, Nocilla, cruasanes recién horneados, y una jarra con leche y otra con zumo de naranja recién exprimido.

—Ya puedes bajar y empezar a desayunar. Ahora voy yo con el resto...

—*Àvia*, después del desayuno he pensado en dar una vuelta y hacer unos recados. ¿Te importa si te dejo un rato sola?

—¡Al contrario! Sal, airéate y deja tranquila a esta vieja que ya no está para muchas gaitas... ¡Hala, llévate el café a la mesa!

—Ya sabes que me encanta pasar tiempo contigo. —Alma salió de la cocina llevando consigo la cafetera italiana rebosante de humeante café.

—¡Zalamera! —Marina alzó la voz para que la oyese pese a hablar desde la cocina.

Alma se sentó a la mesa del jardín y, por un minuto, observó aquel festín que su abuela le había preparado, como todas las veces que regresaba a casa. Se sirvió un tazón de café con leche y untó una tostada con una dosis generosa de crema de chocolate. Al dar el primer bocado observó a su abuela mirando a través de la ventana de la cocina con íntima tristeza. La mirada conmovida de Alma se encontró con los ojos desamparados de la anciana. Marina, al sentirse observada por su nieta, desvió la vista hacia el interior.

Cuando Marina llegó a la mesa lo hizo con una sonrisa, como si aquel momento tras la ventana hubiese sido una figuración de la joven.

—*Àvia*, ¿te sirvo café y unas tostadas con la confitura de naranja que tanto te gusta?

—*No vull res...* No tengo apetito, *filla...*

Alma no sabía cómo comportarse con su abuela, a la que apenas reconocía tras esa expresión inefable, entre el dolor, el resquemor y la decepción que la distanciaban de todo, incluso de ella misma.

—*Àvia*, ¿has pensado en ver a Hans?

—¿Cómo se te ocurren estas cosas? —murmuró con el entrecejo fruncido.

—Bueno, sería lo normal... ¿No sientes curiosidad por saber qué hace en Palamós?

—A saber... Habrá venido, como cualquier turista, atraído por la playa y la sangría —dijo con desdén.

—¿Y si ha venido por ti?

—Anda, anda, no digas bobadas... Termina el desayuno, que se te enfría...

Alma atravesó la doble verja del jardín, se paró y aspiró el aire fresco, salino. La calle, cerrada a vehículos, estaba desierta. En algunos rincones todavía permanecía la huella de la celebración de la noche anterior: restos de petardos, bengalas chamuscadas, vasos con regueros de alcohol sobre el asfalto y alguna que otra guirnalda. De vez en cuando, se escuchaba en la lejanía algún petardo y llegaba el olor a pólvora que le traía recuerdos de tantos veranos. Cargó al cuello su Pentax réflex con película fotográfica, se colocó los auriculares de su discman y se sumergió en una nebulosa con Kurt Cobain. A la espalda llevaba una mochila con lo necesario para pasar la mañana fuera.

Ascendió la calle hasta alcanzar la cima, al final de la cual se extendía un mirador natural sobre un gran acantilado desde el que se oteaba la inmensidad del Mediterráneo y, a mitad de camino, las minúsculas *illes Formigues*. Por un lado, se podía descender la escarpada colina a través de una estrecha ensenada que conducía al faro. Bajo el acantilado una cala pedregosa reunía a los vecinos en el crepúsculo; familias enteras acudían allí provistas de neveras, dispuestas a darse el último chapuzón del día y a merendar mientras los adultos se relajaban jugando a los naipes.

Rebuscó un cigarrillo en la mochila, sin éxito. Se ahogaba y, sin embargo, ansiaba fumar. A Alma no le ayudaba tener la cabeza invadida por la imagen del anciano y del joven de la fotografía. Estaba mosqueada, pero también sentía un miedo incontrolable. Sabía que tarde o temprano se lo encontraría —el pueblo no era tan grande como para que un hombre como él pasase desapercibido—, pero no iba a esperar a que eso sucediera. Debía encontrarlo antes de que su abuela volviese a pasar de nuevo por el mal trago de encontrárselo en cualquier momento. No quería que la angustia la apresara de tal manera que la anciana acabase confinada en la casa como un pajarillo en una jaula. «¡Maldita sea!», se decía, machacándose la mente. Palamós era el refugio de su abuela y no iba a permitir que ese Hans invadiera su espacio personal para su propio goce. Recordar a su abuela tan triste y atormentada la sacaba de quicio, pero no solo eso la trastocaba. ¿Qué hacía ese hombre en Palamós después de tantos años? No estaba dispuesta a que ese anciano le hiciese daño y si fuera necesario levantaría cada adoquín del pueblo para encontrarlo y obligarlo a que se marchase de allí.

A lo lejos, las campanas de la vieja iglesia anunciaron la apertura del oficio de novena. Sonaban las nueve. Era todavía pronto para ir al ayuntamiento, también centro de turismo de la villa. Quizá allí le podían dar información sobre los lugares donde se hospedaban los turistas. Ahora le hacía falta cierta calma para concentrarse, poner orden a sus pensamientos y buscar la manera más rápida de llegar al anciano.

Respiró las horas tempranas, con el cielo de un azul impoluto sobre un mar adormecido que apenas alzaba coletillas de espuma. La atmósfera era lenta y sutil. El sol, que recién se levantaba, dibujaba estelas plateadas y despertaba con sus rayos los chirridos de los grillos. Alma recordaba cómo en los largos inviernos ese mar se oscurecía atormentado, fiero, y, agitado por una corriente insolente, se batía en bravo oleaje contra los peñascos y se alzaba amenazante, como un gigante a punto de escupir su cólera. Esa marea enfurecida, que parecía trazada por el pincel de un ofuscado genio, la atraía como un imán, tanto o más que los días plácidos; quizá porque le recordaba a ella misma en esos días en que la atenazaba la melancolía. Incitada por aquella estimulante naturaleza, la joven puso en marcha la cámara y destapó el visor. Observar el mundo a través de aquella lente precisa calmaba ese tormento que nublaba su mente y la centraba exclusivamente en disparar sobre su objetivo.

Al sentir el poderío del sol sobre sus hombros, Alma volvió sobre sus pasos en dirección al centro de Palamós. Al llegar al pueblo, se introdujo por una de las callejuelas solitarias y estrechas del casco antiguo que conducían a la calle principal. Las casitas se cosían unas a otras, ocultando tras de sí huertas, patios y jardines. Al atardecer, las travesías eran asaltadas por una chiquillería salvaje, niños que jugaban sin importarles si la oscura noche se cernía sobre ellos.

En la calle principal se había instalado, como todos los martes, el mercado ambulante, que vibraba con las decenas de puestecitos cobijados bajo viejos toldos verdes. Una enorme variedad de verduras y frutas extendía su paleta de color sobre los viejos aparadores. Alma se abrió paso entre el gentío que deambulaba para elegir el producto de calidad al mejor precio o para curiosear ese escenario vibrante. Había que sortear a niños que jugaban a pillarse y a mujeres que discutían con los tenderos la subida de los precios o la calidad de algún producto. Intentó echar un vistazo al puesto de alpargatas de rafia y esparto que cada verano compraba, al menos un par de distinto color para ir a la playa.

En la misma arteria se hallaba el ayuntamiento. En su interior, el centro de turismo era una amplia y soleada estancia con grandes ventanales que, en ese instante, estaba vacía. Se aproximó a un mostrador donde una adolescente mascaba chicle sin disimulo y, sentada en un taburete con las piernas colgando, repasaba apática las páginas de un catálogo turístico. Ante la presencia de Alma, se mesó la melena y se levantó del asiento con una inercia aprendida.

—*Bon dia!*

—Quisiera un listado de los hoteles de Palamós. Unos amigos franceses vienen a pasar unos días…

—Me temo que está todo ocupado…

—No importa, no tienen prisa. Son una pareja mayor que busca algo más que comodidad…

—Si no tienen inconveniente en pagar un poco más, yo sin duda les recomendaría el Gran Hotel, en el paseo marítimo, un establecimiento de toda la vida que gusta a los extranjeros de un cierto nivel. Aquí tiene un mapa y en este folleto podrán encontrar restaurantes, tiendas y playas, así como los lugares más interesantes para visitar…

—Con toda esta información voy más que servida. —Sonrió—. ¡Gracias!

Antes de regresar a casa, Alma entró en la biblioteca municipal, que guardaba un amplio archivo sobre Palamós y sus familias ilustres, cedido por algunos de sus paisanos. Solicitó libros, revistas, fotografías y documentos sobre las sagas familiares de la villa y los residentes extranjeros en el Palamós de los años treinta. Quizá esa búsqueda le sirviese para hallar algún documento de interés sobre la familia de Hans o, incluso, sobre la suya propia. Salió de la biblioteca cargada de documentación, ansiosa por encontrar alguna pista con la que iniciar sus pesquisas.

Unos días después, de manera fortuita, Alma descubrió el paradero del alemán; casi tropezó con él en la playa frente al Gran Hotel. Estaba plantado como un palo tieso en la orilla mientras contemplaba risueño a unos niños que intentaban, sin suerte, construir un castillo de arena demasiado próximo al agua. Líneas de espuma iban y venían lentas, acompasadas, tragando a su paso la muralla defensiva que habían levantado aquellos críos.

Le observó durante un largo rato desde la toalla, parapetada tras sus gafas de sol y un sombrero de pescador. Aquel individuo despuntaba como uno de esos árboles centenarios que rozan las nubes, con sus largas y nervudas ramas despojadas de sus hojas. Su cabello liso y blanco ondeaba salvaje sobre un rostro tostado, ajado por el sol y por el paso del tiempo. Observó que, tras el hombre, se hallaba tomando el sol la misma mujer que le acompañaba en el paseo en el momento del incidente con su abuela. ¿Sería su esposa? De vez en cuando, aquella mujer le dirigía algún comentario al anciano. Debía de rozar los setenta años y atendía a las preguntas del hombre sin desviar la vista dirigida hacia aquel sol cegador. Estirada sobre una hamaca, ocultaba su rostro bajo unas gafas de sol desmesuradas y una pamela de rafia que medio cubría una melena de mechas rubias.

El pulso se le aceleró. No sabía cómo abordar al anciano ni cuál sería su respuesta. ¿Cómo iba a reaccionar? Parecía afable, pero se le podía torcer la sonrisa en el instante en que supiese quién era o podía suceder que se emocionase en exceso. Cualquier eventualidad la inquietaba; había mucha gente alrededor y no quería meter la pata ni hacer el ridículo. ¿Y si no era él? Podía haber sido un simple espejismo fruto de la ansiedad de su abuela. Cualquier cosa era posible.

Al cabo de unos minutos, a Alma le venció la curiosidad y decidió dar un paso adelante, antes de que a aquella pareja se le ocurriese abandonar la playa. Se acercó a la orilla, se colocó junto a él y sumergió los pies en la transparencia del agua.

—Uf, ¡¡está helada!!

Se le erizó el vello y retrocedió sobre sus pasos, dando saltitos como un cangrejo y buscando refugio en la arena caliente.

—Sí —admitió el anciano con un tono ronco y sibilante—. ¡Está como un témpano, pero rica!

Alma distinguió en su habla un acento anglosajón, no el tono germano que esperaba escuchar, aunque arrastraba las erres. Eso la confundió.

—Soy Alma.

El tono le salió más áspero de lo que pretendía.

—Hans… Hans Ritter —dijo él mientras le ofrecía la mano.

—¿No nos vimos hace unos días, señor Ritter? —dijo enterrando la mirada en las pequeñas olas que iban lamiendo sus pies—. Ah, sí, en la terraza de Cal Pep; yo estaba comiendo con mi abuela y ella creyó reconocer en usted a un viejo conocido… ¿O tal vez la memoria le jugó una mala pasada…?

Percibió en él un ligero temblor de los labios. El anciano la observó sin mediar palabra, quizá valorando un parecido razonable con la Marina que él recordaba. Lo cierto es que todos los que conocían a Marina y a Alma se asombraban del extraordinario parecido entre ambas. La joven no lo tenía tan claro; «mi abuela es infinitamente más guapa», solía decir. A diferencia de los ojos verdes y brillantes tan expresivos de su abuela, Alma poseía una mirada penetrante, con unos ojos cuyo tono oscilaba entre el color avellana y un verde pardo, según la luz que se proyectase sobre ellos. Su melena corta y castaña también quedaba lejos de la hermosa cabellera dorada que su abuela había lucido durante su juventud. Lo que quizá les unía era una piel nívea y fina, unos labios carnosos y la nariz larga y estrecha, como también un carácter fuerte y obstinado. Sí, posiblemente la genética había jugado su papel en las dos.

La voz grave del anciano le devolvió a la realidad.

—Marina —susurro, distraído con unas nubes llevadas por la ventisca y que se deshacían como algodón—. Siempre pensé que había muerto...

A Alma le sacudió por la espalda una fría corriente. Recordó la misma frase pronunciada por su abuela.

—Me pregunto si un día de estos querría tomar un café —se atrevió a decir ella.

—Sí, por qué no. ¿Mañana a las cinco? Me hospedo aquí mismo. —El hombre señaló hacia el Gran Hotel—. ¿La acompañará Marina?

—Me temo que no —contestó Alma con cierto resquemor.

El anciano clavó su mirada clara en ella como si intentase penetrar en su interior y atrapar sus pensamientos. A la joven se le erizó el vello de todo el cuerpo. Él sonrió afable, se dio la vuelta y se alejó de la orilla en dirección a donde estaba su acompañante. Caminaba como si un gran peso achicara su espalda. Giró el rostro y exclamó:

—Salude a su abuela de mi parte. —En aquellos ojos había una súplica—. Dígale que me gustaría verla...

—Quizá en otro momento; mi abuela ahora no está para ver a nadie. —Su sonrisa se le quedó en los labios, sin tener claro si frente a ella tenía a un posible amigo o a un enemigo en potencia.

Turbada, le dio la espalda y se zambulló en el agua.

Alma nadó enérgicamente hacia las boyas, recordando cada una de las palabras del anciano. Cuando regresó a la orilla, había tomado la decisión de que, por ahora, no iba a contarle a su abuela su encuentro con Hans.

Al día siguiente, tal como habían quedado, Hans apareció solo en el jardín del hotel, exhalando una larga bocanada de humo. Al verla junto a la piscina sonrió con la mirada y dejó caer el cigarrillo en el camino de tierra, pisándolo con uno de sus zapatos italianos de color canela. Le estrechó la mano, y de su piel emanó un ligero perfume a vainilla y madera que la cautivó. A Alma le llamó la atención que, a pesar de su madurez, el hombre conservaba un aire despreocupado, indolente, más propio de un adolescente. Su apariencia desgarbada eran los restos de una rebeldía que enfatizaba con unas gafas oscuras de aviador que, a modo de diadema, le sujetaban el pelo. Unos mechones le caían sobre su rostro, ocultando parte de sus arrugas pronunciadas, y sus ojos se achinaban cuando sonreía o estudiaba a las personas. Una camisa de lino azul celeste, tan arrugada como su cuerpo, se descolgaba sobre sus tejanos blancos; las mangas arremangadas hasta los codos mostraban unos brazos bronceados cubiertos por un espeso vello rubio. Alma lo imaginaba con su abuela en los años treinta, antes de la Guerra Civil, atrayendo las miradas curiosas de todo el pueblo.

—Qué hay —dijo mientras extraía un paquete de pitillos del bolsillo de la camisa.

—Señor Ritter —saludó Alma, contenida.

Se sentaron a una mesa, bajo una palmera, cerca de la piscina, y el anciano le ofreció un cigarrillo que la joven rechazó con un gesto de la mano. Un camarero se acercó a la mesa y los dos coincidieron en pedir un café solo con hielo. De los labios de aquel hombre colgaba un nuevo cigarrillo; fumaba uno tras otro, a veces sin terminar de consumirlo, dejando que se extinguiera solitario en el cenicero.

—La verdad es que no sé por dónde empezar. —Alma mojó los labios en el café a fin de evitar aquella mirada fría y azul sobre la suya—. Tengo muchas preguntas…

—Espero que no me falle la memoria. —El anciano sonrió con los ojos y sorbió un poco de café—. Pero antes quisiera saber cómo está Marina…

—¿Desde que le vio? Conmocionada, nerviosa, aturdida…

—*I see…* Lo siento, no fue esa mi intención…

—¿Y cuál fue su intención, señor Ritter? —repuso Alma a la defensiva.

—Saludarla, por supuesto. Me llevé una gran sorpresa al verla y creí que, después de tanto tiempo, se alegraría al verme. —Frunció el ceño.

—Es curioso, pero no tiene acento alemán; más bien yanqui…

—Oh, *yeah,* es una larga historia… Desde el final de la guerra vivo en los Estados Unidos, al sur de California. Allí se habla inglés, *of course,* pero también español. Debido a mi negocio, hablo una suerte de *spanglish.* —Resopló divertido.

—Ya. Señor Ritter, mi abuela ha comenzado a contarme recuerdos sobre los dos —masculló—. Es una historia tan increíble como inesperada. Mi abuela no me ha contado mucho porque le duele recordar…

—Saber que Marina consiguió sobrevivir me consuela —interrumpió él.

—¿Qué quiere decir? —balbuceó.

El anciano contemplaba el café como si buscase respuestas en el fondo del vaso, ahora sin atreverse a mirarla de frente, temeroso de confesarle una parte íntima de su vida a una desconocida, por mucho que fuese la nieta de un ser al que amó.

—*Well,* los dos sobrevivimos a una guerra.

Se le oscureció el semblante y en su rostro apareció un rictus de amargura. Sus dedos aplastaron el cigarrillo mientras jugaba con la ceniza y las otras colillas que se iban acumulando en el cenicero.

—Señor Ritter, sufro por mi abuela. Creo que lleva mucho tiempo guardando un secreto que nadie sabía —confesó Alma con un hilo de voz—. Tras mucho insistir, accedió a contarme cómo se conocieron. Sin embargo, creo que oculta algo… Haberle encontrado quizá me pueda servir para entender lo que le pasa, pero, no se equivoque, no pretendo que vuelvan a verse si eso la va a hacer sufrir. Espero que lo entienda.

—Éramos unos niños —acertó a decir el señor Ritter—. No le voy a negar que me gustaría volver a verla, aunque comprendo que para ella pueda resultar traumático y lo último que deseo es hacerla sufrir. —Su mirada se sumergió en la piscina, donde varios niños se perseguían bajo el agua—. Entenderé si no desea verme…

Las frases se le clavaron a Alma como estacas en el cerebro. No llegaba a entender qué había sucedido entre ellos; ¿por qué tanto dolor?

Parecía que no se trataba de un mero amor de verano entre adolescentes… Algo escondían los dos.

—Hablaré con ella cuando mejore…

—Déjeme que le muestre *something*…

Hans extrajo del bolsillo trasero de su pantalón una billetera de piel negra. En su interior conservaba una vieja fotografía. Se la mostró con dedos temblorosos. Era de su abuela apoyada en una roca. Por su ropa y la posición del sol, posiblemente era verano, antes de la guerra. Sonreía de reojo, con la cabeza ladeada, a la cámara.

—Nunca la he olvidado…

Hans apuró el café, sin importarle cómo se le helaba el gaznate, y los pensamientos le salieron de la boca como una ráfaga.

—Aún recuerdo la mañana en que mi padre y yo viajamos por primera vez a Barcelona…

V

Lo anterior a todo...

Aquella mañana de junio de 1935, Hans estaba exaltado. Había terminado con buenas notas el primer curso de Ingeniería en la prestigiosa Universidad de Humboldt, en Berlín, y su padre había tomado la decisión de que le acompañase a España para aprender los entresijos del negocio en una de sus fábricas. Klaus Ritter poseía fábricas en varios lugares de Europa, pero no era un tema del que se hiciera mención en las cenas familiares; su esposa, Eva von Schnitzler, consideraba de muy mal gusto hablar de negocios en la mesa y se lo tenía prohibido: «Los asuntos de empresa se quedan fuera del ámbito familiar», decía siempre con una rectitud ejemplar. Hans y sus tres hermanas apenas veían a su padre; solo de cuando en cuando a la hora de la cena, trajeado con su impecable frac de cuello y pajarita blanca. El resto del tiempo vivía volcado en sus asuntos. España podía ser el lugar idóneo para fortalecer una relación de camaradería entre padre e hijo.

Un nudo en el estómago no le había permitido desayunar y ahora Hans sentía los nervios a flor de piel. Estaba ascendiendo por vez primera por la escalerilla de un Douglas DC-3; en boca de su padre, «un avión revolucionario». Hans había viajado en lujosos cruceros y trenes por Europa, pero este iba a ser su bautismo en el cielo. Como futuro ingeniero admiraba esta obra de ingeniería que se estrenaba ese mismo verano. Decían que superaba una velocidad de crucero de trescientos kilómetros por hora y, en breve, comprobaría su comodidad, en un espacio donde podían viajar hasta veintiún pasajeros. Aquello iba a ser toda una hazaña y Hans, aunque feliz y muy excitado, rezaba para no marearse o sucumbir a un aterrador miedo a las alturas.

Durante el vuelo a Barcelona, Hans no dejó de prestar atención a cada detalle que sucedía en el interior de la cabina. Desde su posición junto al pasillo atendía a las maniobras expertas de la tripulación. Verificar de cuando en cuando la seguridad con la que aquellos maestros del aire manejaban aquel aparato le daba cierto sosiego. En el despegue, Hans no pudo evitar agarrarse al brazo de su padre, al que, avezado en vuelos transoceánicos, este viaje le parecía un paseo.

—Calma, Hans, verás cómo en un abrir y cerrar de ojos estamos aterrizando en Barcelona. —Sonreía con cierta guasa mientras le daba palmaditas en el brazo para que se tranquilizase.

Una mujer, la navegante, se acercó a ellos para ofrecerles algunos de los diarios alemanes. Klaus sonrió con amabilidad y tomó un *Völkischer Beobachter*, el periódico oficial de los nacionalsocialistas. El avión hizo una maniobra para seguir ascendiendo, sin poder evitar una turbulencia que sacudió aquel ingenio como una coctelera. El joven palideció y comenzó a abanicarse con el periódico que le habían ofrecido.

—¿Sabes, hijo, que este es el primer avión en el mundo con control automático de vuelo? —señaló Klaus, cuyo rostro anguloso se relajó, divertido ante el evidente nerviosismo de su primogénito.

—¿Qué quiere decir? —preguntó Hans tratando de mitigar una náusea mientras se tapaba disimuladamente la boca con los dedos índice y anular.

—Pues que la tripulación puede accionar el piloto automático y el aparato va solo...

Hans, con la boca abierta y los ojos como platos, era incapaz de quitar la mirada de la tripulación de cabina. Su rostro palideció.

Klaus plegó el diario e hizo lo propio con sus minúsculas gafas de lectura con el fin de distraer al muchacho. Así le avanzó que residirían alrededor de tres meses en un pueblecito marinero, al norte de Cataluña, donde él era copropietario de una fábrica de corcho con un socio catalán. Hans se concentró en la explicación de su padre, al que nunca había visto ejercer el papel de hombre de negocios.

—Hijo, te he pedido que me acompañes porque creo que ya tienes edad para instruirte en los entresijos de nuestras empresas. —Su mirada gris se afiló.

—Le agradezco su confianza, padre.

—Deseo que apliques tus conocimientos universitarios en la empresa donde ya hemos comenzado a implementar la producción con la última tecnología alemana. El corcho es un material con muchas posibilidades, si bien la industria española está un tanto obsoleta. Aquí se te presenta una ocasión única para crecer como persona y comenzar a desarrollar tu futuro profesional. —Hizo una pausa, alzó sus pobladas cejas plateadas y carraspeó—. Hans, vienen tiempos complicados, tanto para España como para Alemania, así que debes aprovechar al máximo este momento. No se sabe qué puede ocurrir después…

El joven, todavía aturdido bajo los efectos del mareo, escuchaba sin entender qué quería decir con aquellas nuevas palabras que descubría en su disertación. Ante su mirada dubitativa, Klaus le aclaró que España, tras la proclamación de la Segunda República en 1931, vivía momentos convulsos, marcados por el fin de la monarquía de los Borbones y el golpe de Estado de un general llamado Miguel Primo de Rivera durante los años veinte.

—Ahora en España hay democracia. Sin embargo, un frente de fuerzas reaccionarias ve al Gobierno de la República como el enemigo a batir…

Al joven le chocó el gran conocimiento de su padre sobre el momento político por el que transcurría España, una cuestión de la que poco se hablaba en Alemania, al menos entre los jóvenes. Klaus posó su mano gruesa y venosa sobre la de Hans, con un afecto fuera de lo común.

—Hijo, tranquilo, no corremos peligro. Sin embargo, debes estar atento —le alertó, endureciendo el timbre de su voz—, porque entre los obreros de la fábrica existe un número cada vez más creciente de anarquistas dispuestos a desestabilizar la subsistencia de nuestra industria. Algunos de ellos hablan de imponer un nuevo orden, tan peligroso e intolerable como la colectivización; proponen que los obreros dirijan el negocio.

El joven le miró perplejo sin saber qué decir.

—Calma, chico, eso no va a suceder —se jactó mientras observaba el cielo a través de la ventanilla.

Hans advirtió que su padre estaba al corriente de todo.

—Es cierto que el reglamento laboral prohíbe despedir a los trabajadores sin una clara justificación —dijo implacable—. Estos cuentan con el respaldo de un sindicato fuerte y radicalizado, y lo último que deseo es provocar un conflicto obrero.

El joven desvió la mirada hacia la cabina para comprobar que todo seguía en orden, como si él pudiera controlar con la mente los mandos del piloto, al tiempo que daba vueltas a los comentarios de su padre. Lo cierto es que no acababa de entender por qué había esperado hasta entonces para ponerle en antecedentes del frágil momento que vivían España y, posiblemente, la fábrica. Quiso creer que hasta esa misma mañana le había tratado como a un niño y habría temido que, de contárselo en Berlín, él no hubiese querido acompañarlo; o, quizá, no deseaba que su madre se enterase de la realidad que les iba a tocar vivir. Comprendió que aquel no iba a ser un tiempo de placer y bonanza.

—Me parece, padre, que voy a echar de menos los veranos en la casa del lago, rodeados de naturaleza, amigos y fiestas interminables…

Mientras el joven viajaba con su mente a aquellos estíos privilegiados en Suiza, su padre zanjó la charla de manera abrupta, con una frase que se le quedó grabada entre ceja y ceja:

—Hans, los momentos de conflicto son un tiempo de oportunidad. Todos los industriales bien relacionados sabemos que se pueden obtener cuantiosas ganancias en la Península y en las colonias españolas de Marruecos. Hay mucho en juego —argumentó un exultante Klaus Ritter mientras observaba a través de la ventanilla cómo cruzaban los Pirineos, la puerta de entrada a España—. Es el momento de aprender cómo sacar rédito de todo ello…

—Padre, ¿qué trata de decirme? —Hans intuía que su progenitor sabía más de lo que contaba y tenía la sospecha de que estaba jugando sus cartas con ventaja, sacando provecho de las circunstancias.

—Con el tiempo entenderás que tener parte de los negocios en España, a las puertas de una contienda, es como trabajar en un laboratorio de ensayo privilegiado, que nos permitirá adelantarnos a lo que está por venir aquí y en Alemania. Europa va a necesitar nuestros productos. No lo olvides.

—¿Qué contienda? Habla de hacer negocios como si practicase un juego de magia...

—Puede ser que para ti sea magia, pero recuerda que venimos aquí con el fin de producir al máximo de nuestras posibilidades y obtener el mayor beneficio posible. Los alemanes no nos relacionamos mucho con los locales; lo justo para llevar a cabo transacciones comerciales y no llevarnos adversarios a casa. Como comprobarás en breve, el idioma es un problema; los españoles tienen una escasa educación y no hacen mucho esfuerzo por aprender nuestra cultura, y menos aún nuestro idioma. Entre los objetivos de esta gente no está la idea de prosperar, así que no te esfuerces mucho en hacer amigos. Trabaja y aprende. Tu futuro no está aquí...

Aquellas palabras se grabaron como hierro fundido en el cerebro del joven Hans. Nunca las olvidó.

Alma asintió y sonrió. Debió de ser duro para el joven Hans abandonar su país para integrarse en una empresa formada por trabajadores que su padre consideraba menos cualificados.

—Así que los españoles no tenemos educación —dijo frunciendo los labios.

El anciano contuvo la risa y solicitó al camarero un *whisky* con hielo para él y una cerveza para Alma. Se cubrió la vista con la mano y contempló el cielo rememorando aquel fascinante viaje de 1935, cuando solo los ciudadanos más ricos y privilegiados podían permitirse volar.

—Yo nunca había estado en España y me impresionó.

—¡Qué excitante vivir esa época en la que estaba todo por hacer…! ¿Cómo fue ese momento? —preguntó Alma cautivada por esos recuerdos tan lejanos.

—Desde el avión, Barcelona se mostraba hermosa, rodeada de montañas y el ancho mar. Mi primera sensación, con evidentes tintes pesimistas y aleccionadores tras la conversación con mi padre, cambió radicalmente al aterrizar. Al tocar suelo firme en el aeródromo de Barcelona, aspiré aquel ambiente cálido, y una inconfundible fragancia a sal marina me recordó que estábamos junto a un mar que yo no conocía, y eso me hizo olvidar lo mal que lo había pasado en el vuelo. En fin, ya estaba en España, listo para vivir una gran aventura, tan apasionante como impredecible, lejos del tedio familiar en Berlín.

Un elegante Mercedes Benz Cabriolet de 1934, conducido por un chófer uniformado, esperaba a los Ritter a la salida del aeródromo de Barcelona. El chófer reconoció la alta y corpulenta figura que se acercaba al vehículo con una ligera cojera, ocasionada por una bala en la Gran Guerra. Salió del vehículo y se posicionó delante de la puerta de pasajeros.

—Buenos días, señor. ¿Ha tenido buen viaje?

Klaus Ritter sonrió con ojos chispeantes como respuesta mientras accedía al interior del automóvil…

—Mmm, *Verzeihung*, perdón, se dice «chófer», ¿verdad? —se interesó el joven, que saludó levantando ligeramente su sombrero—. Mi nombre es Hans; soy el primogénito del señor Ritter.

—Un placer, señorito. —El chófer se inclinó ligeramente y alzó su gorra en señal de respeto—. Si gusta, puede llamarme Roberto.

Mientras conducía, Roberto les fue informando del viaje, con un entusiasmo casi patriótico y en una mezcla, tan extraña como exótica, de alemán y español que Hans a duras penas era capaz de entender.

—Señorito Hans, como podrá ver, tomaremos la carretera principal hacia la región catalana de Gerona y nos desviaremos hacia la costa hasta llegar a Palamós. Espero que disfrute del viaje. El paisaje en verano es una maravilla, los campos están verdes y cuajados de amapolas. Divisará muchas masías con grandes extensiones de viñedos, alcornoques, maizales, trigales, olivos y huertas. Aquí hay mucha riqueza, bien lo sabe el señor. —Observó a través del espejo retrovisor a Klaus Ritter, que repasaba unos papeles y le devolvió la mirada con un signo de aprobación.

Unas horas después vislumbraron la hermosa bahía de Palamós, sobre la que se proyectaba un sol de media mañana que aquel joven espíritu jamás había sentido en su piel. Contempló la playa, donde algunos bañistas cubiertos por un bañador oscuro hasta las rodillas retozaban en la arena y varios críos chapoteaban en la orilla de un mar plano y de un intenso azul que no parecía real. Decenas de casitas de piedra gris y cal blanca, con ventanales en arco y balcones, despuntaban desordenadas a lo largo de una colina que costeaba el mar hacia el cielo. Al fondo, se divisaban el puerto y la Casa de Aduanas. Entre ellas, se alzaba un campanario que pregonaba la llegada del mediodía. Tal como le iba avanzando el chófer, aquella era una pequeña villa de familias de pescadores y menestrales de las diversas manufacturas del corcho.

El vehículo continuó su marcha por el paseo central, donde se levantaba orgullosa una decena de casas señoriales, jalonadas en algunos casos por setos y arboledas y, en otros, por muros y jardines privados. Un trenecito de pasajeros y mercancías recorría con lentitud una línea que moría en una sencilla estación al final de la avenida. Klaus señaló con el índice una de aquellas mansiones de una arquitectura singular que denominó «modernista», donde se ubicaba la casa consistorial.

El vehículo giró por una senda y continuaron la marcha un centenar de metros más hasta frenar delante de un acceso enrejado, en el que se dibujaba el escudo familiar de la estirpe Von Schnitzler y la «R» del industrial Ritter. A través de la verja se divisaba un frondoso jardín, casi oculto por el muro de piedra que rodeaba la mansión. Un balcón, sostenido por columnas de mármol rosa, presidía la primera planta de la vivienda y se asomaba a un oasis donde habitaban milenarios olivos, pinos y palmeras. Era una hermosa casa mediterránea con una torre central y dos fachadas más bajas a los lados, flanqueadas por altos cipreses italianos. Dos hombres del servicio abrieron las compuertas de la finca y el automóvil avanzó por el camino principal hacia la mansión.

Klaus Ritter salió del vehículo apoyándose en su bastón de madera con empuñadura de marfil.

—¡Ya hemos llegado! Este es nuestro hogar en España, querido. Deseo que te guste —dijo mientras aprobaba con complacencia el buen estado de la vivienda.

Klaus Ritter había comprado la casa como residencia temporal, con el fin de supervisar cada año el buen funcionamiento de los negocios y ampliar las relaciones comerciales con la Península.

—Es magnífica, padre, y se halla junto a la playa...

—Hoy descansa y date un buen baño en el mar. Te ayudará a asentar el estómago. —Sonrió—. Mañana nos espera un día intenso.

Hans, sin dejar de observar la majestuosidad de aquella casa, percibió como si ese lugar siempre hubiera estado allí esperándolo. No pudo más que sonreír: estaba deseando conocer a la niña catalana de la que tanto había oído hablar...

Alma tomó un sorbo de la caña de cerveza que le acababan de servir mientras seguía con atención el relato del anciano.

—Hans, ¿le puedo hacer una pregunta personal?

—*Go ahead!* ¡Dispare!

—¿Qué sintió cuando vio a mi abuela después de sesenta años?

—Fue como..., como volver al casino y verla en el baile, cuando me quedé embelesado con aquella mirada verde, embriagadora... O como el día que merendamos arenques y le chorreaba el jugo por la comisura de los labios. —Achinó sus ojos como un pillo—. Se apoderó de mí su sensualidad, que comenzaba a manifestarse, aunque ella todavía no era consciente de su influjo, y sentí un arrebato físico inconfesable… O como la noche que nos despedimos y nos dejamos llevar por la exaltación del amor casi consumado. Nunca dejé de amarla…

—Entonces, también recordará el día en que se vieron por primera vez…

—¡Cómo olvidarlo! Lo recuerdo como si fuera hoy. Yo era un crío y, en cambio, por aquel entonces te consideraban un hombre. ¡Qué cándido era! —Encendió un cigarrillo y, mientras aspiraba la primera calada, dejó que el sol se posase sobre su rostro—. En Alemania, a esa edad, te prohibían fumar o beber alcohol, pero podías matar…

Alma se estremeció.

—*Anyway*… Marina… *Yes!* Tenía una belleza poco común. Su porte era elegante y grácil, pero fue su mirada lo que me atrapó, igual que el otro día en el restaurante. —Una sombra le bailó en los ojos—. No recuerdo si en aquel momento la saludé, seguramente con mi insignificante *Spanish* diría alguna simpleza fuera de lugar… Me vi como un tipo patoso ante aquella *beautiful girl.* Contemplé aturdido cómo su rostro se iluminaba con aquella mirada esmeralda, tan expresiva que sonreía sola y te lo decía todo. Así te miraba, con unos ojos grandes como estrellas. *Yeah*… Aquella mirada, un segundo tímida y cauta, un segundo después expansiva y brillante. Así era ella… Me gustó tanto que ya nunca pude apartarla de mi mente. —Suspiró.

El anciano aspiró otra bocanada de humo, examinó la fotografía de Marina que seguía sujetando entre sus dedos ahora temblorosos y fijó la vista en Alma, que, sin ser tan hermosa, cuánto le recordaba a aquella joven Marina de la que un día se enamoró.

—Señor Ritter, ¿por qué ha vuelto a Palamós? —preguntó Alma arisca.

—Bien, no es fácil de explicar. —Sus ojos tristes evadían los ojos inquisidores de la joven—. Tras retirarme, ya no le encontraba sentido a permanecer en los Estados Unidos. Desde siempre tuve claro que volvería a Palamós… Y llegar aquí me hizo ver que pertenecía a este lugar.

—Pero no esperaba encontrarse con mi abuela…

—No, desde luego que no. Quería volver a ver las tierras que tanto amé… Durante la guerra me convencí de que la había perdido para siempre. —Hans parecía defenderse como un animal herido—. ¿Cree que no fue duro convencerme de que Marina estaba muerta? Palamós era lo único que me quedaba de ella…

—Pues, sinceramente, no me lo creo…

—Nunca he perdido la esperanza de que apareciese viva, pero las probabilidades eran mínimas. —Le asomó en el rostro una mirada agria que hundía sus cuencas oscuras.

—Bueno, ahora ya la ha visto…

—Todo ha cambiado, ¿no le parece? *Yes.* He reencontrado al amor de mi vida… Todo adquiere un nuevo sentido para mí. No puede haber nada más valioso para un anciano al que le queda poco por vivir… Y sucede en el único punto donde fui enteramente feliz.

—Bonita historia, pero no me encajan las piezas de este puzle. Y si no, dígame, ¿por qué mi abuela lo rechaza y huye ante su mera presencia?

—No lo sé, Alma —dijo con una voz que parecía mascar pedruscos—. Yo también necesito entender lo que realmente sucedió. Cuando la vi en ese instante fugaz, pensé solamente en recuperar su amor. Quizá por eso deseo tanto verla. Si la herí de algún modo, me gustaría saberlo y, sin duda, quisiera que me perdonase. ¿No le parece lo más sensato?

—No sé si puedo creerle…

—Hay muchas cosas que no sabe de mí. —Bajó la voz hasta reducirla a apenas un susurro—: Usted no tiene derecho a juzgarme sin saber lo que realmente ocurrió…

—Quizá tenga razón…

—¿Damos un paseo hasta la playa? Déjeme que le cuente qué sucedió tras ese primer encuentro… Lo anterior a todo…

VI

El primer baile, 1935

Con la caída del sol se escuchó el sonido estridente y continuo de una sirena. Los trabajadores iniciaron su salida a borbotones de la fábrica en dirección, la mayoría, al centro del pueblo. Ese silbido atronador parecía diluirse con el súbito acompañamiento de otras sirenas que anularon cualquier otro sonido en el municipio. Aquel aviso, tan familiar para los operarios, marcaba el final de una extenuante jornada, comenzada en la madrugada y finalizada con el ocaso del sol. Así, todos los días de la semana, a excepción del domingo, declarada jornada de descanso y de asistencia obligada a la iglesia para las familias.

Tras la visita matutina a la fábrica, Conrado les ofreció disfrutar de la tarde del sábado en el Casino de los Señores. Hans recordó las palabras de Marina invitándolos al baile que cada sábado tenía lugar en el club. Sonrió. Volvería a ver a esa *beautiful girl.*

El casino era un *private club* donde se entraba por invitación y habiendo alcanzado la edad adulta. Con Hans hicieron una excepción, al ir acompañado por dos respetables socios de aquel círculo exclusivo. Todos sus miembros eran varones, con cargos y profesiones varias. El club se componía de varios salones, como el Fumoir, donde caballeros con trajes oscuros, con una o doble botonadura, solapas largas y zapatos de charol disertaban sumidos en una espesa neblina, producida por una decena de habanos que se fumaban con parsimonia; otros pasaban el tiempo sumidos en la lectura de la prensa local, de toda clase y opinión, al tiempo que degustaban un café, un vermut o un armañac, según se terciase. La salita de lectura contaba con una biblioteca selecta, concebida a partir de los gustos literarios de los socios. Contigua a esta, se hallaba la sala de juegos, donde se recreaban prolongadas partidas al tresillo, al póker o al tute, en las que a altas horas de la madrugada las apuestas alcanzaban sumas extraordinarias y se aspiraba rapé.

En el salón principal la protagonista era la tertulia, en la que se ensalzaban o censuraban las discrepancias políticas entre los socios, unos más liberales y republicanos, otros más conservadores y monárquicos. No siempre eran prosaicas y, algunas de ellas, se finiquitaban de manera acalorada con una ruptura diplomática o empresarial. Sin embargo, la mayoría de esas encendidas disputas se templaban con un habano y dos o tres lingotazos de *whisky* o brandi a discreción. Lo interesante para aquellos miembros es que aquellas disquisiciones servían para abrir o cerrar transacciones económicas. Con todo, aquella camaradería entre caballeros duraría lo que un pastel en el plato de un niño…

Los sábados por la tarde había *dancing* y se permitía la entrada de las damas, acompañadas de sus proles en edad de prometer. Mientras Conrado y Hans observaban complacidos a las hermosas señoras, Klaus Ritter comenzó a palpar un Cohiba. Lo presionó entre sus dedos pulgar e índice con el fin de verificar su estado y se lo acercó al oído para escuchar cómo crujían las hojas de tabaco. Llegado el momento, las facciones del señor Ritter se tornaron angulosas, y su forma de hablar, petulante. Exhaló ceremonioso una nube compacta. Complacido, observaba satisfecho cómo la pista de baile se iba llenando de jóvenes que bailaban boleros y tangos al son de una orquesta. El alemán, impecable con su traje oscuro, su bastón con empuñadura de plata y su brillante cabello plisado hacia atrás, imprimía en su figura carácter y autoridad. Era un tipo envarado, habituado a manejarse con soltura en los negocios y a no doblegarse ante nadie; un empresario que sabía cómo seducir a aristócratas, políticos y financieros.

En ese viaje, el joven Hans fue descubriendo la manera de actuar de su padre, medida al milímetro, primero en la fábrica y, después, en el trato con otros caballeros en ese círculo exclusivo.

Klaus Ritter se arrimó a su hijo:

—Como verás, aquí todo está politizado. —Presumía engreído—. Priman los intereses económicos y sociales de cada uno; así que, hijo, escucha, pero nunca descubras tus cartas. Para ellos, nosotros somos solo unos extraños que nos estamos beneficiando de su riqueza. Y es así, para qué negarlo —se congratuló—. Aquí, los que se hacen llamar caballeros no son más que unos provincianos que nunca han salido de sus dominios; les falta nuestro *savoir faire,* nuestro estilo cosmopolita de hacer las cosas *comme il faut,* nuestra *connaissance* del mundo actual. —Se recreaba en la lengua de moda entre los «respetables» ciudadanos europeos, sin ocultar su innegable acento germano—. Son gente orgullosa; por tanto, mejor no darles razones para discutir sobre minucias. A fin de que te hagas una idea clara, te diré que en este lugar abunda una escasa burguesía compuesta de ricos comerciantes, propietarios de cierto relieve económico, productores independientes y algún que otro catedrático, mientras que la presencia de la gran burguesía mercantil e industrial, como la de Fráncfort o Berlín, es excepcional, y no hablemos ya de la inexistente aristocracia, a la que tú y yo pertenecemos. —Se le subía el tono con cada frase, fruto de la excitación.

Muy próximo a ellos, Conrado, avezado a la lengua germánica, se sintió contrariado con aquella diatriba que escupía su socio, sin ocultar su falta de diplomacia, y con cada exhalación de su habano. Carraspeó molesto y, ante la llegada de su hija Marina al baile, interrumpió aquella perorata tan poco oportuna.

Hans se quedó mudo al ver aparecer a la joven Marina, rodeada de moscones que la cortejaban mientras ella, ignorándolos, se reía de algún comentario con un pequeño grupo de amigas. Era expansiva con ellas y discreta ante los desconocidos; pero, a la vez, mostraba una seguridad en sí misma y una inteligencia nada frecuentes en aquella época.

Marina, con la mirada dulce y retraída, observaba a Hans.

—¡Qué preciosa luces, querida mía! —dijo Conrado con orgullo al mismo tiempo que besaba a su hija en la frente.

—Señor Estragués, me gustaría bailar con su hija, si ella lo desea, claro.

Conrado sonrió con agrado y Hans ofreció su mano a Marina para acompañarla a la pista.

Ensimismados el uno en el otro, giraron sin escuchar la música. Al joven le brillaban los ojos. Se sentía dichoso de que ella hubiese aceptado bailar con él. Por su parte, Marina apenas podía abandonar aquella reserva inicial que la mantenía casi muda, respondiendo apenas con un «sí» o un «no» a las breves preguntas o comentarios del muchacho alemán.

El resto de los jóvenes de la sala los observaba con cierto resquemor, en parte aceptable: aquel extranjero bailaba con la muchacha más bonita del lugar… La joven tenía una belleza poco común que asustaba a los «palomos»; así llamaba el viejo Hans a los pipiolos que entonces la rondaban. Nadie, y menos Hans, se sustraía a aquel encanto.

—Aquella noche todos me envidiaron. Había logrado acaparar la atención de la joven más codiciada del pueblo.

Alma observó que el anciano estaba cansado tras el largo paseo por la avenida que rodeaba la playa. Demasiadas emociones por un día. Ella también lo estaba.

—¿Se da cuenta? —La miró fijamente a los ojos—. Usted podría haber sido mi nieta… ¿Nos volveremos a ver?

VII

El dragón dormido

Tras el primer encuentro, el anciano y Alma comenzaron a verse todos los días a media mañana. La joven lo recogía en la recepción del hotel e improvisaban paseos o excursiones por la costa para explorar aquellos lugares que habían marcado la relación del alemán con su abuela, en el Palamós anterior a la guerra.

En la entrada ajardinada del hotel, frente al mar, Hans y Alma respiraron al unísono el aire fresco, dispuestos a iniciar una jornada que el anciano calificó de «emocionante».

—Para mí significa desenterrar aquel tiempo feliz y, *of course,* redescubrir el sitio al que siempre quise volver.

El alemán se llevó la mano al pecho, como si se palpase el corazón, y su voz tembló.

—Hans, estoy deseando comprender cómo era mi abuela, qué pasó entre los dos… En fin, necesito conocer su pasado para entender qué le hizo sufrir tanto… Saber de buena tinta esa parte de su vida lo hace todo más plausible. —Lo interrogó con los ojos—. ¡Y qué mejor que hacerlo desde la óptica del hombre que la amó! ¿Verdad?

—¿Cuándo cree que podré volver a ver a Marina? —insistió el anciano, que solo tenía una idea en la cabeza.

—Tendrá que ser un poco más paciente, mientras yo encuentro el momento óptimo para que el encuentro se dé en las mejores circunstancias…

¿Cómo reaccionaría su abuela al saber que se estaba viendo con Hans a escondidas? Alma prefería no pensarlo, pues conociéndola sabía a ciencia cierta que no se lo tomaría nada bien. Lo que sí tenía claro era que antes de precipitarse en concertar una cita entre ellos necesitaba comprobar si aquel hombre era de fiar; por nada del mundo quería que él hiciese sufrir a su abuela por cualquier insignificancia; si bien la joven tenía la certeza de que, al final, ninguno de los tres podría sustraerse a ese momento. Lo que no intuía era que precisamente él carecía de ese tiempo preciado que ella le demandaba.

Guiados por los recuerdos del anciano, los dos se adentraron en las callecitas y pasajes que se extendían detrás del paseo marítimo en dirección a la montaña. Hans se quedó unos minutos sin perder de vista cómo aquella zona de chalés y mansiones había sufrido una gran metamorfosis sesenta años después; ahora discurría en paralelo a la avenida una extensa red urbana en la que abundaban edificios de apartamentos turísticos de diversas alturas y, ocultas entre arboledas y altos muros, asomaban algunas casas señoriales de una o dos plantas, con magníficas fachadas decoradas con esgrafiados de otros tiempos, grandes ventanales y balcones con columnas.

Alma observó en el rostro del hombre una sombra de desolación.

—¿Qué sucede, Hans? —Alma posó levemente la mano sobre su brazo.

—*No way!* —Arrastró las palabras—. *Shit!* No ha sobrevivido nada —se lamentó.

Encendió un cigarrillo y aspiró el humo, como si este le apaciguase el ánimo. Alma descubrió a un tipo triste, derrotado.

—Sí, la guerra lo destruyó casi todo, poco queda de aquel pasado —murmuró intentando congraciarse con él—. ¿Qué había aquí?

—La casa de mi familia…

—Lo siento mucho, Hans. ¿No había venido por aquí hasta ahora? —inquirió Alma.

—No me había atrevido a comprobar si podía seguir en pie… No hace tanto que he llegado… Necesitaba tiempo para «aterrizar» en el lugar que debía volver a ser mi hogar, tomarme unos días y después ya vería…

Siguieron caminando por las calles interiores, en dirección al centro del pueblo y, al cabo de unos centenares de metros, el anciano se paró en seco frente a un alto edificio de apartamentos. A Hans se le nubló la mirada.

—*Nothing*… ¡La fábrica tampoco ha sobrevivido…! *Fuck!*

—Hans, me sabe mal —masculló Alma.

El hombre parecía marchitarse por momentos.

—¡Ni rastro de los lugares donde un día fui feliz! —Sus pensamientos afloraban en voz alta. Tomó aire y continuó con tono cansado—: Así es, todo ha desaparecido.

—Hans, ¿quiere regresar al paseo?

A la joven le preocupaba su frágil estado de ánimo.

—Sí, salgamos de aquí —contestó sin disimular su crispación.

Volvieron sobre sus pasos hacia la playa. A petición de Hans, se sentaron en un banco bajo la sombra de un platanero.

—Posiblemente este ya no sea el mismo banco…, pero recuerdo muchas tardes en las que Marina me esperaba aquí mismo, sentada, observando la actividad en la playa y girando la cabeza de cuando en cuando hacia el sendero para verme llegar… ¡Qué le vamos a hacer! —Encogió los hombros—. Han pasado sesenta años, demasiado tiempo como para que las cosas bellas que yo amé sigan en su lugar… Como el amor que sentimos Marina y yo…

El hombre, visiblemente aturdido, navegaba con la vista por ese mar que siempre amó.

—Demasiadas sorpresas para un solo día, ¿verdad? —dijo Alma, incapaz de añadir más.

La mirada líquida del anciano se detuvo en el bullicio de unos niños que jugaban en la arena y su mente retornó a su pasado más alegre…

* * *

Aquel verano de 1935 los días fueron pasando lentos, ardientes, inexorables… El joven Hans progresaba a pasos agigantados en la fábrica. Al tocar el alba ya estaba en el despacho, entonces tomaba el primer café del día y se rendía al acto de avistar, a través del gran mirador, cómo los barcos zarpaban para faenar en alta mar.

Bajo la supervisión de su mentor, al joven alemán le fueron ofreciendo más responsabilidades, a medida que se iba manejando con soltura en la explotación de las cuentas y en la búsqueda de recursos financieros. Juntos, exploraban otras maneras de diversificar el negocio. Sin duda, Hans se sentía útil trabajando en la fábrica y apreciaba el tiempo que le dedicaba el señor Estragués para descubrir sus secretos. Su ambición era aprender lo máximo posible y satisfacer, con ello, las expectativas de su padre, al que no estaba en su ánimo defraudar.

Por la tarde, cuando sonaban las sirenas de la fábrica, un té le daba el tiempo para observar cómo arribaban esas mismas naves repletas de captura, listas para vender la mercancía en la lonja.

—Hans, está haciendo grandes progresos —le declaró una tarde Conrado mientras tomaban café en el casino—. Tanto su padre como yo reconocemos el esfuerzo que está dedicando a la fábrica y admiramos su enorme soltura con los números. —Sorbió un trago de la bebida y miró fijamente a los ojos del joven presintiendo sus dudas—. Aunque no se lo demuestre, su padre se siente muy orgulloso; solo pretende para usted un futuro brillante.

—Gracias por su confianza, Conrado. ¿Sabe? Le parecerá presuntuoso —sonrió con ojos brillantes—, pero me entusiasma saber que todo este conocimiento me va a dar una clara ventaja frente a mis colegas de la facultad. Estoy deseando la llegada del nuevo curso… ¿Sabe que el español está de moda en Alemania?

Al acercarse el final de la jornada, el joven Hans iniciaba la liturgia de desviar la vista hacia el gran reloj del despacho, como si al prestar más atención a las manecillas, las hiciera correr a mayor velocidad. Ansiaba compartir todos los minutos del resto del día con la bella Marina, aunque al principio sus charlas fuesen triviales debido a la dificultad para entenderse. Las familias habían pactado que Marina y Hans se podían ver siempre que fueran acompañados de otros jóvenes, aunque Hans sabía cómo burlar a la cuadrilla e idear momentos para ellos solos.

—Marina, debes prometernos, tanto a tu madre como a mí, que no te mostrarás a solas con el joven Hans, ni en la fábrica ni en el pueblo. Ya sabes cómo se las dan aquí y no quiero tener que enfrentarme a habladurías —aseveró Conrado mientras los tres cenaban en familia—. ¿Comprendes, hija mía?

Marina asintió en silencio, a sabiendas de que eso era precisamente lo que perseguía Hans. Él exploraba todos los escenarios posibles para poder pasar ratos a solas con ella, y la joven se dejaba llevar, alentada por la ilusión de volver a verlo. Cuando buscaban cierta intimidad, se refugiaban entre las sombras del parque tras la fábrica. En el sosiego de aquel oasis, llegaban de los árboles los ecos del atardecer. Los últimos rayos del sol se colaban entre las ramas y sus haces luminosos jugaban a hacer figuras sobre el rostro de Marina; iluminaban sus ojos como piedras refulgentes, embriagando al joven de una agitación embarazosa: el pulso se le aceleraba, el corazón le latía con fuerza en el pecho y un fuego recorría su interior. Entonces, tomaba una mano de Marina entre las suyas y ella le correspondía con una mirada profunda, penetrante, en la que Hans anhelaba sumergirse y vivir para siempre. Pasaban de las miradas a los besos cada vez menos inocentes, a las caricias y a los abrazos, hasta que Marina, estremecida también, ponía fin a aquel alarde de emociones que los podía llevar sin duda más lejos, cosa que ella trataba de evitar a toda costa.

El joven alemán sentía que aquel verano se precipitaba hacia su fin con demasiada celeridad y le inquietaba separarse de Marina. Era lo mejor que le había pasado en mucho tiempo y no quería renunciar a volver a verla una vez regresase a Berlín.

—Quisiera que lo nuestro nunca terminase —le susurró una de esas tardes con cierto desasosiego.

Ella le correspondió acariciándole el rostro.

—Hans, no quieras atrapar el tiempo —murmuró—. ¡Vivamos el momento! Ya veremos lo que nos ofrece el futuro. Seguro que encontraremos el modo de volver a estar juntos.

Indagó las posibles respuestas con sus ojos esmeralda, a veces llenos de una inesperada melancolía, que se posaron sobre la mirada de aquel joven por el que sentía emociones nunca exploradas...

Él se asombraba de la lucidez con la que ella respondía a sus ansias y del aplomo con que se tomaba la vida, como si asumiera con estoicismo lo que el destino les tenía dispuesto; pero a Marina también le invadían grandes temores.

—Hans, pronto volverás a la universidad, con tus amigos y colegas, y te olvidarás de Palamós... y de mí —comentó la joven haciendo pucheros.

—¡Eso no pasará! —La besó rozándole los labios—. Te escribiré todos los días y, con la excusa de la fábrica, convenceré a mi padre para regresar a Palamós cuanto antes. Siempre te llevaré conmigo...

—¡Sí, Hans! Vuelve pronto. Yo siempre te estaré esperando...

—Se me ocurre que también podrías visitarnos —dijo embriagado ante la ocurrencia—. Berlín es una ciudad maravillosa y podríamos hacer tantas cosas juntos...

—¡Uf! Dudo que mi madre me lo permita; es muy recta para estas cosas... Dice que soy solo una niña y que debo aprender a actuar con decencia. —Bajó el rostro para ocultar su disgusto—. No imaginas lo que es vivir en este pueblo y ser hija de un prócer. ¡Me siento observada y analizada por todos! Mis padres, los vecinos, la gente de la fábrica; hasta los que no me conocen parecen controlarme...

—Te comprendo. —Le pasó un brazo por el hombro y la atrajo hacia sí—. ¿Me lo dices a mí?, ¡el forastero! —Le sonrió con aire burlón—. Aquí es difícil pasar desapercibido, pero también cuesta mucho trabajo hacerse cómplice de la gente, en especial de tu familia. No sé si me ven con buenos ojos…

—¡No digas eso! Aquí todos te aprecian… ¡Y yo más que nadie! El problema es que para todos soy una chiquilla que está sucumbiendo a los encantos del extranjero, que pronto se marchará para recuperar su vida…

—¿Y es así? —Rio con guasa al tiempo que enredaba sus dedos entre los tirabuzones dorados de la joven.

—Sabes que sí. —Se ruborizó—. ¿Y tú?

—¡Oh, sí! ¡Te adoro!

Los dos se fundieron en un largo beso, ocultos bajo la pamela de Marina, olvidando por un rato las promesas hechas a la familia.

El anciano soltó una sonora carcajada al recordar ese momento en el parque.

—¡Éramos unos mojigatos! ¿Se dice así? Marina, entonces, pensaba que no debía hacer nada que mancillase su honor. Tampoco yo pretendía hacer nada que la pudiera molestar…

—Bueno, yo no le imagino como un mojigato. —Le guiñó un ojo con ironía—. Seguro que, más de una vez, mi abuela le tenía que parar los pies…

Rieron los dos imaginando los pensamientos de cada uno, mientras caminaban por el paseo marítimo invadido por el mercadillo de artesanos y la feria ambulante.

—¿Sabe una cosa, querida? Cuando descubrí por vez primera esta costa, me pareció uno de los lugares más arrebatadores que jamás había visto. ¡No hay duda de que lo sigue siendo! —dijo el anciano hundiendo su mirada nostálgica en el mar—. Me atraparon esta bahía, entonces salvaje, y las playas chicas o calas, como decís los catalanes. En aquella época vivir ese amor con Marina fue inolvidable…

—¿Y qué hacían para no ser el blanco de los comentarios? Entonces, a una pareja alta, rubia, guapa —rio— le debía de resultar complicado pasar inadvertida… Hace unos días comentó que mi abuela siempre iba acompañada de amigas…

—*Of course!* ¡No vaya a creer que salíamos siempre solos! Eso ocurría en contadas ocasiones. Marina tenía sus carabinas y su cuadrilla de amigos. Por fortuna, todos me aceptaron como uno más. —El anciano se paró y observó cómo unos adolescentes jugaban a lanzarse una pelota de rugbi en la playa—. Recuerdo a Charly, un escocés al que llamábamos el Petirrojo, por el intenso color de su pelo, y que era amigo de Marina desde la infancia; a Pierre el Franchute, con el que yo rivalizaba por Marina y con quien siempre discutía sobre política. ¡Ja! Un alemán y un francés peleándose por España, suena a chiste, ¿verdad? —Se carcajeó—. Por último, estaba Julia, una guapa y simpática sevillana, hija de un político republicano amigo del señor Estragués; cada año, la familia de Julia trasladaba su residencia de verano a Palamós.

—Julia es una de las pocas amigas de aquellos tiempos que le quedan a mi abuela.

Alma recordó que había sido precisamente ella quien había reconocido a Hans y se lo había comentado a su abuela, aunque tampoco ella se había parado a saludarlo… ¿Por qué?

Una tarde de domingo, la joven Marina y Hans salieron con la cuadrilla a explorar el camino de ronda, desde San Antonio a Playa de Aro. Cuando Julia, Charly y Pierre se distraían, Marina y Hans se perdían por los sinuosos parajes y se ocultaban entre la floresta. Se perseguían entre los riscos, se arrojaban agua del mar y Marina se subía al hombro de Hans imitando una torre humana, hasta que caían como fichas de dominó sobre los mantos de agujas de los pinos. El joven se lanzaba sobre ella para sacarle las cosquillas hasta que se abrazaban y se besaban vigilando que no apareciese el «trío de la bencina», como les apodaba Marina cuando estaba a solas con Hans.

—¡Basta, Hans! —exclamaba una Marina hilarante, mientras las olas le calaban el vestido y le refrescaban las mejillas encendidas, que trataba de ocultar con las manos.

Pronto los gritos y las risas atraían al resto del grupo, que los estaba buscando. Avanzada la tarde, descansaban todos bajo los pinares. Era la hora de merendar hogazas de pan con arenques frescos, pimientos verdes fritos y miel, una delicatesen que cocinaba Áurea, la madre de Marina. Engullían aquel suculento bocado entre risas, mientras los jugos rezumaban entre sus manos y las comisuras de sus labios. Hans contemplaba extasiado cómo Marina saciaba su apetito, provocando en él un frenesí que, a duras penas, podía contener. Aquella turbación enardecía a los muchachos. Charly y Pierre se mofaban del escaso arte de Hans para la simulación…

El viejo Hans miró a Alma con una sonrisa pícara, la misma que indudablemente debió de encandilar a Marina.

—¡Yo era muy correcto con Marina, aunque no de piedra, *you know!* —El anciano se desató en una sonora carcajada—. Buscaba cualquier ocasión para acercarme a ella, robarle un beso, una caricia… *Yes!* ¡Era un pillo!

Cuando el tiempo lo permitía, la cuadrilla navegaba mar adentro, en una de las barcas de vela latina o veleros que tomaban prestados de la familia. Julia y Charly eran marineros experimentados y capitaneaban la expedición; los demás, practicaban el arte de izar las velas como buenamente podían. En la soledad del Mediterráneo, hacían carreras o buceaban a kilómetros de la costa.

—Tranquila, agárrate a mí —le susurraba él a Marina.

Con sus brazos, Hans la protegía del fulgurante fondo marino; las sombras rocosas atraían a la joven tanto como la asustaban. Poco a poco, ella iba cogiendo confianza con el oleaje, las corrientes y el contacto con la fauna marina, y nadaba más suelta, aunque sin alejarse de la embarcación, ni del brazo del joven.

Fondeaban en calas adonde solo llegaba algún que otro marinero solitario, que hacía caso omiso de los juegos de los adolescentes y continuaba faenando con la red o el sedal en la orilla. Otras veces, divisaban la costa desde algún islote, como el *Drac adormit,* al que accedían a nado hasta caer rendidos. Jugaban a adivinar los nombres de aquellas rocas fantasmagóricas que surcaban el litoral: «¡El dragón dormido!, ¡el gigante!, ¡las hormigas!». Hasta que el ocaso les apresaba con sus flechas de colores atravesando el cielo. Llegaba entonces la hora de saciar la sed con el porrón de vino, al abrigo del barco, y de liar tabaco y degustarlo a base de profundas caladas, mientras el sol se fundía en los límites del mar. Aquella tarde todos hablaron del futuro.

—Cuando vuelva a Sevilla, mi padre quiere que siga con mis estudios en el internado —contó Julia, al timón del barco—. Odio ese lugar. Mis padres dicen que lo hacen para alejarme del mundo taimado de la política, que rodea a mi familia, pero a mí nadie me ha preguntado si eso es lo que yo quiero, si soy feliz. —Frunció el ceño mientras miraba al frente controlando el pilotaje de la nave.

—¿Y qué te gustaría hacer? —le interrogó Pierre con curiosidad, mientras aspiraba una calada del cigarrillo que los chicos se iban pasando de mano en mano.

—Cualquier cosa menos pasar la vida en ese lugar —replicó Julia—. Parece que no me quieren en casa. Ellos dicen que solo piensan en mi seguridad. Yo, en cambio, echo de menos a mis hermanos, y odio a las niñas de ese colegio. ¡Son unas cursis! —exclamó marcando su deje andaluz que a todos les provocaba la risa.

—Julia, al menos tú podrás seguir estudiando. En cambio, mi vida ya parece totalmente planificada —dijo Marina—. Mi madre quiere que dirija su taller y ya me ha buscado hasta un pretendiente, Albert, de la familia Mas. —Miró fijamente a Hans sin evitar que la tristeza la embriagara—. Y ni siquiera le conozco…

—Uf, os quejáis de vuestros padres; pues tendríais que conocer a mi madre —añadió Hans con tono jocoso—. Controla mi vida al milímetro y seguramente ya ha escogido con quién me casaré, alguien con linaje, como dice ella... Y, como veis, mi padre ya está organizando mi futuro profesional para cuando tenga que hacerme cargo de los negocios de la familia; siempre bajo su dirección, ¡claro!

—¡Vaya aburrimiento de vidas que nos esperan! —advirtió Charly, sentado a horcajadas en la proa y cuyos pies se sumergían en el mar con la inmersión del barco en cada ola. Se giró hacia la cuadrilla y gritó—: ¿Qué tal si nos olvidamos de lo que nos espera a la vuelta de las vacaciones y nos damos un último baño? ¡Tonto el último!

El anciano hizo un inciso en sus recuerdos de adolescencia y desvió la vista hacia donde un día se alzaron majestuosas la mansión familiar y la fábrica. Se quedó inmóvil, cabizbajo y chasqueó la lengua, antes de volver a dar la espalda a aquel escenario que claramente le afectaba. De algún modo se despedía para siempre de ese lugar, de aquel mundo que ya no le pertenecía.

—¿Le apetece ir al puerto? Necesito mover este esqueleto de huesos roídos... Recuerdo que era todo un espectáculo ver faenar a los pescadores —masculló—. Además, no me gusta mucho rememorar la parte más íntima de esta historia justo aquí donde mi viejo mundo ha desaparecido...

—Hay algo que no entiendo, Hans. Parece que sus vidas estaban muy organizadas y, en cambio, le prometió a mi abuela que estarían juntos.

—Éramos jóvenes y teníamos ilusiones. Entonces, creíamos que podíamos cambiar nuestras vidas, que finalmente nuestros padres no lo podrían controlar todo, que cederían a nuestros deseos...

Hans hizo una pausa, encendió un pitillo, aspiró con calma y continuó con su viaje emocional, esta vez hacia el puerto.

* * *

Durante el largo verano de 1935, eran muchas las tardes o noches que Marina recibía invitaciones para disfrutar de improvisadas fiestas en los jardines de masías, chalés o mansiones, algunas fastuosas. En ocasiones, los hijos de los propietarios tomaban «prestadas» las casas cuando estos bajaban a Barcelona de compras, por negocios o con intención de asistir a una cena en el reservado de algún restaurante o a la ópera, en un palco privado del Gran Teatro del Liceo. La noche se prolongaba para los adultos en el Oshima, un atrevido salón japonés donde se despendolaba la aristocracia barcelonesa hasta el alba.

Hans siempre llevaba consigo su gramófono y una colección de vinilos adquirida en los viajes con sus padres por Europa. Pinchaba la música que hacía furor entre los berlineses y que apenas había aterrizado en España. El *swing* era un nuevo estilo de música acrobático y muy *sexy* que excitaba a todos con solo escuchar la primera nota. Apartaban el mobiliario del salón y, desinhibidos por el champán, bailaban hasta bien entrada la madrugada. Tomando como pareja a Marina, Hans aleccionaba a la cuadrilla sobre los diferentes movimientos y piruetas. La primera vez, Pierre tuvo que reprimir un arrebato de celos hacia aquel alemán que parecía tenerlo todo para ser el centro de las fiestas.

—¡No imagináis cuánto detesta esta música nuestro Gobierno! —dijo un Hans entusiasmado y haciendo girar a Marina como una peonza y, seguidamente, la cogía bajo los brazos y la ayudaba a realizar una acrobacia en el aire que provocaba el suspiro de las chicas y los aullidos de ellos—. Dicen que somos unos degenerados —se burlaba— y han prohibido su emisión en las radios, pero en Berlín todos conocemos las estaciones de radio clandestinas donde se puede sintonizar esta música y los clubs prohibidos donde podemos bailarla. Cuando salimos del país con nuestras familias, también sabemos dónde se pueden comprar los vinilos…

Hans y Alma caminaban por el muelle principal, parándose frente a los barcos que descargaban decenas de cajas con el pescado recién capturado. El anciano rememoró, con nostalgia y con la mirada perdida entre las diversas especies marinas, aquellas fiestas en las que sonaba una música entonces ilegalizada por el *Führer*.

—La adquiríamos en el mercado negro, la escuchábamos en las radios «enemigas» del Reich y la bailábamos en clubs y antros de mala muerte… Esa política autoritaria del Gobierno, lejos de amilanarnos, exhortaba nuestra rebeldía. Así nos convertimos en los *Swing Kids;* en París, éramos *les Zazous*. Cuando estalló la guerra, el Gobierno clausuró los locales e inició una oleada de arrestos; a algunos de mis colegas más radicales los deportaron a campos de concentración, donde pocos sobrevivieron… Me enteré de ello una vez finalizada la guerra.

Los ojos de Hans se volvieron de acero y sus manos se tensaron en un puño. El aire pesaba. Entre el viejo y la joven pareció instalarse un silencio que casi ahogaba.

A Alma le intrigaba y le asustaba por igual que Hans, tras esa etapa rebelde, hubiese sido un nazi. Él todavía no se había sincerado y su abuela no se lo había confirmado, pero Alma comenzaba a tener sus sospechas. Las fechas coincidían y las piezas iban encajando en el puzle mental de la joven. El problema era cómo verbalizarlo; temía equivocarse y herir al anciano, aunque tenía la extraña sensación de que hacía días que el viejo Hans había reparado en sus temores. Pese a todo, él no tocaba el tema y eso acrecentaba más sus dudas. También ella optó por no precipitarse y esperar. Todo a su debido tiempo…

El anciano se llevó a la boca otro pitillo y extravió su mirada en el mar.

VIII

El tiempo del adiós

Como todos los mediodías, Alma volvía a casa para comer con su abuela. La encontró en la cocina elaborando una ensalada de tomates aliñados con limón, ajo para potenciar su sabor, albahaca para añadir un golpe picante al paladar y aceite de arbequina para otorgarle una fresca untuosidad.

—Tengo casi a punto la tortilla… Ah, ¡que no se me olvide! Ha llamado tu madre…

—¡Recibido!

—*Filla,* tiene ganas de verte…

—¡Manda narices! Yo también tenía ganas de verla…

—Solo quiere saber si querrás bajar a Barcelona para estar unos días con ella.

—¡Venga ya! ¿Ahora precisamente? ¡Ni de coña!

—*Filla, no siguis vulgar!*

—Es que me pone de los nervios…

—Volverá a llamar. Quiere hablar contigo.

—Pues que espere sentada. —La joven se retorció un mechón de cabello—. Ahora, soy yo la que está liada… Se lo puedes decir así mismo cuando vuelva a llamar.

—También le podemos proponer que suba ella…

—¡Ni se te ocurra! No pinta nada en este entierro…

—¿Qué entierro? *Filla,* no te entiendo…

—Olvídalo, sé lo que me digo... ¿Comemos?

—¡Sois de lo que no hay! Siempre a la greña...

—OK. —Suspiró—. Cuando pueda la llamo. ¿Te quedas más tranquila?

Marina volvió a la cocina refunfuñando por los rincones mientras Alma se sentaba a la mesa. La anciana regresó con dos platos de ensaladilla casera.

—*Àvia*, ¡me vas a cebar como a un gorrino! —Se palmeó la barriga—. Tú, en cambio, comes como un pajarito...

—Ay, *filla*, cuando tenía hambre no teníamos para comer... Y, ahora que no nos falta de nada, no tengo hambre... ¡Qué sinsentido!, ¿eh? —masculló mientras escudriñaba el plato con el tenedor.

—Mmm, dime —añadió Alma con la boca llena—, ¿dónde dejamos la conversación sobre Hans?

—*Filla*, ¡qué empeño en reabrir las heridas del pasado! ¡Bah! Son solo viejas historias...

Hasta el jardín llegaba un aire salobre que se mezclaba con los aromas de los árboles frutales y una rica fragancia a madreselva que emanaba puntual a esas horas. Alma siguió comiendo para darle un respiro a la anciana, pero en los postres volvió a la carga...

—Hablando de ese pasado que no te gusta recordar... ¿Qué me dices de tu pasión por coleccionarlo todo? —dijo con retintín—. Al final, solo se trata de acumular cosas del pasado..., ¿no?

Para la joven, esa fascinación por compilar cualquier objeto le parecía que, con los años, iba adquiriendo ciertos tintes de obsesión compulsiva. En cambio, para la anciana las colecciones eran parte de un universo que había creado para alejarse de un pasado que la atormentaba. Lo recopilaba todo: postales, fotografías, cerámica, sombreros, monedas, cuadros... Todo pulcramente ordenado, clasificado en álbumes, en cajas de hojalata que antes conservaban galletas o chocolatinas, o sencillamente distribuido en cada una de las estancias de la casa. En la biblioteca se amontonaban centenares de libros, decenas de enciclopedias, tomos sin estrenar, envueltos con su celofán original que ya amarilleaba, pilas de revistas y fascículos de lo más variopinto. En su habitación, un armario escondía un sinfín de cajones y estantes que atesoraba abanicos con filigranas de marfil de otras épocas, gafas, pañuelos, echarpes de seda, sombreros, pamelas y guantes de los años treinta y cuarenta; en la parte inferior, todo un muestrario de sandalias y zapatos de tacones medianos y altos; todo ello enumerado de manera meticulosa para una ocasión o temporada concreta.

—Seguramente, para los jóvenes como tú, estas colecciones no tengan ningún valor sentimental. Para mí, sí —observó con cierta altivez—. Son los recuerdos de mis padres, de *l'avi* Albert, de mis hijos, de vosotros… Las cosas bonitas que he ido reuniendo con esfuerzo y dedicación. Esta casa y todo lo que hay en ella me mantienen viva —replicó ahora visiblemente molesta—. Además, yo no colecciono con el fin de acumular, sino por el placer de reunir objetos que me hablan de un tiempo dichoso, de un amor particular, en fin…

—*Touché!* —respondió Alma con una sonrisa—. ¡Ahí le has dado, *àvia*! Cierto, esta casa eres tú; estás en cada rincón, en cada planta, en cada objeto… ¡Y eso es precisamente lo que me gusta!

—¡Zalamera! —Sonrió—. He preparado un granizado de café, ¿te apetece?

Mientras Marina servía los granizados de café en el porche, Alma apareció cargando al hombro su mochila, de la que comenzó a extraer toda la documentación que había encontrado en sus diversas visitas a la biblioteca y que mostraba un Palamós de antes de la guerra: folletos de un pueblecito de pescadores que iba creciendo con la manufactura del corcho; fotografías de color sepia en las que se mostraban decenas de hombres y mujeres saliendo de la fábrica o trabajando en el puerto, bañistas con traje de época en la playa, o viajeros llegando en un trenecito hoy desaparecido; gacetillas con minuciosas crónicas locales y anuncios de la época «con precios sin competencia»; libros y artículos de prensa que hablaban sobre las familias corcheras, «la salvaje» Costa Brava de los años treinta con príncipes rusos, Dalí, Coco Chanel o Marlene Dietrich solazándose en mansiones ocultas entre paisajes agrestes frente al mar, la República y la Guerra Civil, los bombardeos apagando la deslumbrante luz de ese tiempo azul…

—¡Cielo santo! ¿De dónde ha salido todo esto? —interpeló la anciana con cierto recelo.

—*Àvia*, me he encontrado con un verdadero tesoro, ¿no es increíble? Lo he sacado del archivo, todo un filón… No sabía que podía haber tanta información sobre vuestro pasado…

—¿Qué pasado y qué tesoro muerto? —Sorbió una cucharadita de granizado tratando de contener su enfado.

—El vuestro, *àvia*…, el tuyo y el de Hans…

—*Ai, filla meva!* ¡Y dale con remover las aguas!

Alma le mostró a su abuela un libro sobre las sagas familiares del corcho.

—*Àvia*, toda esta documentación habla de la fábrica de tu padre y su socio, Klaus Ritter. ¿No es apasionante? —insistió una Alma incapaz de disimular su excitación.

—No sabía que toda esta información se había salvado de la guerra…

Alma comenzó a extender las fotografías de señores en sus fábricas, con sus familias, en recepciones sociales o en el casino, entre los que aparecían sus antepasados. Se podía comprobar que la familia Estragués había sido relevante para la vida del pueblo. Marina observó todas aquellas imágenes con atención, sin dar crédito a lo que su nieta era capaz de hacer para profundizar en aquella parte de su vida que ella hacía todo lo posible por enterrar… Suspiró. «¿Por qué tanto empeño? Seguramente no le va a gustar nada lo que pronto le revelará toda esta información», pensó la anciana azorada por todas aquellas viejas fotografías. Sin embargo, ya era tarde para ocultar cualquier secreto: sobre la mesa se mostraba, como un libro abierto, parte de su biografía familiar y la de sus ancestros.

Marina tomó la servilleta de hilo, se limpió la comisura de los labios y se quedó pensativa.

—Alma, *maca*, no sé si me siento preparada para contarte lo que tú quieres saber…

—¿Tan grave es?

—Con el tiempo, mi pasado se ha transformado en un monstruo al que temo enfrentarme. —Carraspeó y una sombra oscureció el iris de sus ojos.

—*Si us plau, àvia!* ¡¡Por favooor!! —rogó a su abuela con las manos unidas.

—¡Mira que eres cansina! En fin… Pero no esperes el relato de una heroína…

Marina contempló el jardín, como si se trasladase a otro tiempo, y comenzó a hablar casi como una autómata.

—Recuerdo el día en que Hans y yo fuimos conscientes de que nuestro tiempo juntos tocaba a su fin…

El verano de 1935 se precipitaba con la misma rapidez con la que las hojas iban cayendo tras las tormentas estivales. El mundo de Marina y Hans se iba estrechando cada vez más. Una tarde de finales de septiembre, cuando las sombras ganaban terreno al sol, deambulaban perdidos entre las desiertas callecitas del viejo barrio de la villa agarrados del brazo. Hans tenía la cabeza en Alemania y era incapaz de contener su ansia. Marina estaba sumida desde hacía días en una terrible angustia ante la pérdida del amor físico. El joven le pasó el brazo por el hombro.

—Mi dulce Marina, no imaginas cuánto te voy a echar de menos, a pesar de que hay momentos en los que siento cierta nostalgia por mi país. ¿Cómo puede ser si también ansío quedarme en esta tierra donde nunca he sido más feliz? ¡Lo siento, Marina, soy pura contradicción! —dijo pronunciando con intensidad las erres, tanto como la emoción que le corría como un torrente desbocado por las entrañas—. Regresar a mi país supone no estar juntos y eso me aterra… Sí, volveré a encontrarme con mis amigos, con mis colegas de la universidad, incluso con las fierecillas de mis hermanas. —La sonrisa se le quedó en los labios, atrapada por una melancolía que luchaba por hacerse presente—. Pero siento que, sin ti, esa felicidad se me escapa de las manos. Temo despedirme de ti y que sea un adiós definitivo…

Hans dejó de hablar. Su mirada se intensificó, se humedeció. Los dos habían aprendido a no necesitar expresar sus sentimientos con palabras. Captó en los ojos de su amada un desconsuelo enorme que no soportaba.

Marina se abrazó con fuerza a Hans al amparo de una sombra. Hundió su rostro trémulo, su mirada desamparada, en el pecho del joven. Las lágrimas resbalaban silenciosas por la solapa de él, mientras evitaba que Hans la viese desmoronarse.

—¡Por favor, vuelve, Hans! ¿Cómo imaginar una vida sin ti? ¡Maldición! —Se mordió la lengua—. Discúlpame… Entiendo que estos días te sientas exaltado por tu regreso a Alemania tras pasar cuatro meses en el extranjero, en un lugar en el que no conocías a nadie… Volver a casa siempre es un motivo de alegría —musitó entre hipidos—, pero tus palabras son como aguijonazos en mi corazón…

—Siento haber sido tan torpe…

—¡Ay, Hans! Eres tan discreto que apenas me has hablado de los negocios de tu padre, de tu familia o de tu país —le increpó—, y yo tampoco me he atrevido a preguntarte. Quizá piensas que para mí no eres importante, pues te equivocas. —Comenzó a golpear el pecho del joven con sus puños, lo que Hans aceptó como un castigo digno—. ¡No imaginas cuánto! —Un silencio sepulcral los invadió por unos instantes—. ¿Cómo podré seguir con mi vida si no estás a mi lado?

—Lo sé, *my beautiful lady* —murmuró él mirando al suelo—. Pero sabes que lo mío solo es una alegría momentánea… En cuanto los días pasen y vuelva a la rutina, mi vida planificada al extremo me resultará del todo insoportable. Mi madre no ha parado de repetir en cada carta «quiero que estudies, quiero que seas un alemán ejemplar» —repetía aflautando la voz y subiendo el índice en una grotesca pantomima—. Le preocupa que pase tanto tiempo aquí. —Le guiñó un ojo con cierta guasa.

—Ja, ja, y que vayas con malas compañías…

—Eso no lo dudes. —Rio con sus ojos como el mar cristalino, y estrechó contra su cuerpo a la joven buscando fundirse con ella.

Marina sabía que Hans se sentía abrumado por su madre, quien ejercía una autoridad desmesurada sobre él y lograba controlarlo incluso a distancia.

Durante los últimos días de su estancia en Palamós, a principios de octubre, Marina trataba de distraer a Hans con una agenda apretada: visitaban a los amigos que todavía no habían regresado a su tierra, bailaban en el casino, se bañaban en la playa o hacían excursiones por la costa, que Hans ya conocía como la palma de su mano.

Una tarde lluviosa, tras la jornada laboral, Marina y Hans jugaban una partida de *bridge* en la habitación del joven. Entre mano y mano, Hans le desgranó a la joven parte de lo que le esperaba a su regreso a Alemania.

—La universidad es el único espacio en el que se me permite cierta libertad. En ella, mis ojos se han abierto a la realidad del país y he comenzado a comprender que ciertos aspectos sobre mi familia y su entorno no los comparto: esa vida ajena a la realidad social que les rodea, a los problemas de la ciudadanía; a veces pienso que vivimos en una burbuja. Detesto seguir las normas de una sociedad elitista, clasista y esnob, en la que mis padres se mueven como pez en el agua; a mí se me antoja desfasada y racista… Por suerte, los debates en la facultad me hacen sentir que estoy vivo, que tengo mis propias ideas y que estoy al día de los acontecimientos que ocurren en mi país. Todo está cambiando con el *Führer*…

A Marina le preocupaba que, por mucho que Hans asegurara ser un universitario libre, sus padres dirigían las riendas de su destino de manera férrea, anulando su capacidad de madurar por sí mismo. En esos días, Eva von Schnitzler había escrito a su hijo cartas turbadoras que no ayudaban a sosegar su joven espíritu, y la joven poco podía hacer para cambiar esa realidad. Con dieciocho años, Hans no tenía edad para emanciparse y establecerse en Palamós, como muchas veces había soñado en voz alta.

—Me entristece muchísimo abandonar el pueblo y la fábrica… ¡Soy un espíritu contradictorio!, ¿no? —Sonrió con cierto rictus de amargura—. Me gusta el trabajo que hago y parece que me he ganado la confianza de los trabajadores. Trato de aprender rápido los entresijos del negocio, la parte que más me seduce. —Se acarició el mentón—. Posiblemente, no, con toda seguridad, aquí he logrado la independencia que no tengo en Berlín. Además, me fascinan la vida sencilla de este pueblo, la amabilidad de la gente, esta maravillosa luz del Mediterráneo…

—¿Y algo más? —Sonrió Marina como una niña traviesa.

Hans la besó en los labios sellando la respuesta.

—Déjame que te enseñe la última carta que ha llegado de mi madre y entenderás cómo me siento…

Berlín, 1 de octubre de 1935

Querido hijo:

Espero que cuando recibas esta carta te encuentres bien. Supongo que estarás muy animado ante el pronto regreso a casa. Aquí te echamos en falta, sobre todo tus hermanas, que preguntan cada día cuándo vuelves.

Querido, conoces mis fuertes convicciones y mis ideales sobre esta patria nuestra que está renaciendo como un ave fénix de las cenizas, tras sufrir aquella agónica e insultante derrota en la Gran Guerra. Ahora, nuestro amado Führer *está resuelto a conducir a nuestra raza hacia la grandeza. Esto nos demuestra que no hay un líder como Hitler, que ame más a su país y a su pueblo. Estos días están ocurriendo cosas de las que deberías haber sido testigo, como yo lo he sido, para poder llegar a entender este momento crucial que vivimos: la quema, por fin, de esos libros herejes que los judíos esconden en sus casas y negocios; la prohibición de proclamas comunistas; poner freno a la degeneración homosexual… En fin, solo Adolf Hitler, con su carisma e inteligencia, será capaz de salvarnos de este caos que perturba la paz de nuestra patria…*

Hijo, en estos tiempos tan decisivos, es necesario tomar partido. Es conveniente, querido, que te prepares para aquello que está por venir. Te aseguro que el momento que hoy vivimos será trascendental para el futuro de nuestra nación. Déjate guiar por nuestros consejos y no olvides nunca quién eres…

Hans hundió las manos en los bolsillos y evitó la mirada, seguramente reprobadora, de Marina.

—No tengo el recuerdo de haber visto un ambiente de exacerbación patriótica como el que vive ahora mi madre, y me preocupa. Durante estos últimos meses se ha convertido en una fervorosa creyente, pero eso no es todo; mira qué me ha enviado…

Esa epístola propagandística iba acompañada de un paquete que Hans acercó a Marina. Lo abrió expectante y sus manos se alzaron para mostrar un uniforme de color negro y mostaza, *muy à la mode entre las juventudes del líder espiritual Adolf Hitler,* escribía la madre de Hans en la posdata de la carta.

—Me ha inscrito en las Juventudes Hitlerianas hasta que cumpla los diecinueve años. Dice que después podré ingresar en el partido nazi o si lo prefiero en el cuerpo de combate de élite de las Waffen-SS. ¿Te parece normal?

Para Marina, aquel presente era la escenificación esperpéntica de lo que le esperaba a Hans en Alemania. Cuando más tarde decidió probarse el uniforme, Marina sonrió nerviosa; le producía un gran repelús ver a Hans disfrazado con aquella ropa militar.

—Pareces un bufón…

—Bueno, tampoco te pases —replicó molesto, aun a sabiendas de que ella tenía razón.

Hans se quitó el uniforme, cuya tela gruesa picaba como el demonio, hizo un ovillo con él y lo desterró al último cajón del armario.

A Hans le inquietaba aquel enaltecimiento absurdo de su madre. Hasta entonces Eva von Schnitzler había sido más dada a celebrar eventos de postín, consagrados a la beneficencia social, y a tardes de *apfelstrudel* con otras damas de la sociedad, en los cafés de moda de Berlín, que a asistir a mítines políticos en círculos privados o en estadios, formando parte de una masa fanática, cegada ante los exacerbados ideales y las proclamas belicistas del *Führer*.

—Para mí, todo esto no tiene sentido —dijo Marina mientras observaba con el entrecejo fruncido el cajón todavía abierto que contenía aquel uniforme—. No entiendo a un Gobierno que ensalza la superioridad racial y que desprecia a una parte de sus ciudadanos, como a los comunistas o a los judíos...

—Ahora, al hablar contigo, compruebo que hay una distancia ideológica con mi familia; desde luego no puedo comulgar con esos valores...

Ante esas manifestaciones, Hans se sentía abocado, como un romántico idealista, a buscar una vida de autenticidad en un pueblo tranquilo como Palamós, acaso de la mano de una joven como Marina, con la que estaba explorando emociones más terrenales...

Una mañana de domingo, antes de salir de excursión con la cuadrilla, Hans recibió una llamada de su madre. Eva von Schnitzler quería escuchar la voz de su hijo, pero también ansiaba estar al corriente de un asunto que la inquietaba.

—¿Quién es esa joven española que está intentando embelesarte? —inquirió con tono ladino.

—¿Se refiere a Marina? Veo que padre le tiene al corriente de mi vida aquí... Marina es una buena amiga —mintió, con la única pretensión de tranquilizarla—. Aquí la gente es muy amable. Todos me han aceptado como a uno más... Ya, madre, ¿no esperará que dedique el día únicamente a trabajar y a estudiar? Eso sería muy aburrido… Esperaba que se alegrase por mí. Marina es adorable y distinguida, ¿qué hay de malo en salir de vez en cuando con ella?

Eva von Schnitzler no le permitió terminar de hablar.

—Recuerda que regresarás pronto a Alemania —dijo airada—. Mientras tanto, querido, no debes bajo ningún concepto encariñarte con esa *fräulein*. Solo te traerá problemas; las españolas son muy astutas, así que, hijo, ándate con tiento. Tengo planes para ti y nada, ni nadie, debe distraerte de ellos. ¿Has comprendido, querido?

Hans se estaba enfureciendo con su madre. Ella no había estado nunca en España, ¿cómo podía hablar de esa manera de las españolas y más aún de Marina, a la que él tenía en gran estima?

Eva von Schnitzler no esperaba respuesta alguna de su hijo, él únicamente debía acatar su voluntad y comportarse como un buen alemán.

Llamaron a la puerta y Hans se sintió salvado por la campana. Era Marina. Despidió a su madre con una frase cortés y distante:

—No se preocupe, madre, no la defraudaré. Ahora debo salir… Hasta pronto… Sí, cuídese.

Finalmente, llegó el tiempo del adiós. La última noche, antes de que Hans partiera a Barcelona y, de allí, a Berlín, tras cenar en una taberna en el casco viejo, Marina y Hans pasearon, cogidos de la mano, por última vez hasta el faro, en la Punta del Molí, donde podían deleitarse con el ocaso en la intimidad. Desde el promontorio, se divisaba la entrada de los barcos en la bahía, que llegaban de los profundos bancales de las *illes Formigues*. En el cabo de aquel risco podían avistar también *La mà del gegant,* una colosal mano de piedra que se introducía en la oscuridad del agua. Hasta allí apenas se desplazaba nadie y, si lo hacía, podía ser otra pareja que también se ocultaba de las miradas, en el lado opuesto del faro, o retrocedía para alejarse sobre sus pasos en busca de otro rincón ajeno a testigos indiscretos. Poco a poco, el sol se fue ocultando allá donde el mar tocaba el cielo, pintando un tapiz de rosas, encarnados, bergamotas y púrpuras. Aquel lugar recóndito se convirtió en su refugio, donde expresar con libertad sus sentimientos: del deseo al anhelo febril.

El adiós trajo la unión apremiante de los labios. Lo que sentían les sacudía como un barco a la deriva. Las manos de Hans caminaban sobre la piel de Marina sin apenas rozarla. Percibía la caricia de esos labios carnosos sobre los suyos, su *rouge* le sabía a cereza. Marina se ruborizaba cuando la lengua del amante se aventuraba en busca de la suya, un fuego intenso recorría su columna. Los besos eran ligeros, sedosos, tiernos, después apresurados… A ambos les sacudía un espasmo. Ella respondía a su deseo: le besaba como si quisiera comérselo a mordiscos, mientras las lágrimas brotaban como ríos por su rostro. De los besos a las manos, que se perdían en cada recoveco, que exploraban revoltosas cada espacio ignoto. Se recorrían con sus alientos, con sus sollozos, como el roce de una pluma, las mejillas, las sienes, los cuellos, hasta que el rostro de Marina se sumergía entre las salvajes greñas rubias del amante. Aspiraba la fragancia a madera y canela que desprendía su piel masculina. Una de sus manos se sumergía bajo las telas y acariciaba su espalda, gotas de sudor la recorrían; el gesto la turbaba, incapaz de frenar unas sacudidas en su interior que la enervaban… La mano de Hans recorría su cadera en busca de sus nalgas… Marina se ocultaba en la nuca de Hans. El miedo la paralizaba, igual que ese goce jamás sentido. Perdía el norte… Sus caricias la atrapaban como una araña en su red. Gemía impelida por el embrujo. Una fuerza prodigiosa la elevaba como si quisiera hacerla flotar sobre la inmensidad negra del mar. Una oleada de fuego extenuaba sus emociones. Jadeaba. Buscaba su mirada, ahora brillante, líquida. Le dirigía una sonrisa de niña atrapada infraganti en una travesura. La poseían la duda, el temor, la avidez incontenible de dejarse llevar por ese mago que la hechizaba. Sentía sus ojos felinos, que la penetraban a través de la oscuridad. Se iban las palabras, el dolor, se quedaba sin voz, sin aliento, repetía en un susurro ronco su nombre. El joven la atrapaba, la estrechaba entre sus piernas entrelazadas en su cintura. Recogía su vibración, su rocío resbaladizo, sus temblores, sus jadeos al unísono, su risa, su sonrisa. Se deleitaban en el placer contenido, esperando que ese instante se perpetuase para siempre. Las caricias se hacían imperiosas; los besos, mordiscos dolorosos. Desfallecían. Nada volvería a ser igual…

IX
Tiempos extraños, 1936

A mediados de octubre, Hans y su padre aterrizaron en el aeródromo de Tempelhof, en Berlín. Hacía días que en tierras germanas un aire gélido empañaba las mañanas de un otoño que había mudado el verde de los árboles a castaños, naranjas, rojos y amarillos. El joven ario, vestido con un traje de verano, tiritó al descender de la aeronave; veinte grados de diferencia entre Barcelona y la capital alemana implicaban una variación palpable que le hizo torcer el gesto. Durante el vuelo, Hans había permanecido totalmente ausente, turbado por una profunda tristeza, con la vista puesta en las nubes que asomaban en el exterior de la ventanilla, como si a través de ellas pudiera alcanzar el mar de Palamós y a su añorada Marina recorriendo la orilla.

En los meses sucesivos, los apellidos de la familia abrieron a Hans las puertas de las escuelas donde se formaba a los futuros líderes del Tercer Reich. Tras su paso por las Juventudes Hitlerianas, el joven ingresó en las fuerzas regulares de la Wehrmacht, donde se licenciaría, con veinte años, como oficial. Su madre presumía de que su primogénito estaba recibiendo una instrucción de excelencia para ser un caballero ario ejemplar y, llegado el momento, darlo todo por la patria, inclusive la vida. Estos eran los planes de unos estrictos progenitores que Hans no pudo ni siquiera objetar.

Una tarde, tras volver de la playa, Marina se acercó a su nieta cargada con varias cajas de madera de habanos.

—Eran de *l'avi*. Le gustaba fumar un habano tras la comida; seguidamente, una siesta reparadora antes de volver a la oficina… Era su momento y no faltaba nunca a ese ritual sagrado…

—¡¿Qué hay dentro?! —Alma abrió con impaciencia uno de aquellos viejos estuches.

—Es parte de la correspondencia que mantuvimos Hans y yo. A veces, si me gustaba mucho una carta, escribía una copia; verás que otras fueron devueltas desde Berlín, algunas sin llegar a manos de Hans… Ignoraba que las seguía conservando. Han aparecido hoy limpiando el garaje, ya sabes, estaba todo manga por hombro…

La joven sacó apresuradamente un pequeño paquete atado con un lazo de color rojo. Eran sobres y hojas escritas a mano, replegadas, de un amarillo ocre y con alguna que otra mancha de humedad debido a su manipulación, ¿o a alguna lágrima perdida?; acaso, leídas y releídas en infinidad de ocasiones…

—Gracias a estas cartas, Hans y yo fuimos conociendo la realidad de nuestros países, noticias que difícilmente llegaban por los canales ordinarios, como la radio o los periódicos. En esos días todo estaba controlado, aquí y allí. Me hablaba de los planes que tenía su familia para él. Entre líneas yo podía adivinar cuáles eran las pretensiones de sus progenitores, unos planes en los que, por supuesto, no había espacio para mí. —Hizo una breve pausa y su rictus se torció—. Hans no se atrevía a mencionarlo. En fin, éramos unos inocentes, enamorados del amor. Entonces, creíamos ingenuamente que la vida nos pertenecía… ¡Qué poco duró aquello!

—¡¿Las leemos, *àvia*?! —dijo Alma con la exaltación de una niña deseosa de abrir los regalos bajo el árbol de Navidad. Se frotó las manos, ansiosa por conocer el contenido de aquella vieja correspondencia.

—Adelante...

En aquellos años, cuando la joven Marina recibía las cartas de Hans, presa de una alegría palmaria, subía a grandes zancadas las escaleras para encerrarse en su habitación. Temblaba, reía, daba saltos en la cama y besaba las cartas de su amado. En esa ocasión, el envío era doble y muy especial: se trataba de un paquete acompañado de un fabuloso ramo de rosas para celebrar los dieciocho años de Marina. Aspiró la dulce fragancia de las flores. Hans no se había olvidado de ella. Marina palpitaba de felicidad y apenas podía abrir el envoltorio que se le escapaba de las manos. En su interior, una carta de Hans y un paquete envuelto en papel de regalo con una lazada roja.

Berlín, 20 de abril de 1936

Meine sehr geliebte, *mi muy querida Marina:*

¡Feliz cumpleaños, querida mía! ¡Dieciocho años! Deseo de corazón que estas flores, que he escogido pensando en ti, te alegren el día. ¡Su perfume me ha trasladado a los días más felices contigo! En el paquete encontrarás también un presente que, espero, te acompañe todos los días mientras me recuerdas. Prométeme que seguirás leyendo la carta antes de abrir el regalo, ja, ja, todo tiene un orden... ¡No seas impaciente, my beautiful lady!

Hoy, en la academia de instrucción, he recibido mi primera insignia como oficial del Ejército. Creo que te sentirías muy orgullosa de mí si pudieras verme: ¡puedo decir que ya soy un caballero, un oficial!

Pero solo a ti te puedo confesar algo que, a oídos de mis camaradas o de mis padres, resultaría tan inconcebible como absurdo: me considero un soldado de paz. ¿Tiene algún sentido? Me podrían fusilar solo por pronunciar estas palabras… En mis sueños me enfrento a tanques y a fusiles para que no se disparen. Supongo que tú tienes mucho que ver, mi queridísima Marina. No quiero perderte y esta situación que yo nunca esperé me aleja temporalmente de ti. Estos no eran los planes que habíamos trazado juntos. Una vez más, nos tendremos que armar de paciencia (si la paciencia fuera la única arma en mi vida, me sentiría plenamente feliz…).

¡Mi amada Marina! Se me escapa la cordura cuando mi mente viaja hacia Palamós y te veo convertida en una ninfa inalcanzable, casi lo eras cuando nos conocimos, aunque tu dulce inocencia te hacía tan real como hermosa; ahora mis anhelos te recrean de una perfección absoluta que, creo, nunca lograré atrapar…

En el campamento, mis colegas hablan de sus prometidas. Yo callo. ¿Eres mi prometida? ¡Eres más que eso! Si bien los dos sabemos que nunca pusimos adjetivos a nuestros sentimientos. Al menos, así lo veo yo… Eso sería demasiado vulgar cuando pienso en ti. ¡Soy tu enamorado! ¿Eres tú mi amor? ¡Ojalá sea así! Entonces todo aquello por lo que voy a luchar adquiriría su sentido más noble…

Marina, debo confesarte que eres mi salvavidas en este mar que me ahoga. ¡Cómo han cambiado los papeles! ¿Te acuerdas de cuando yo te rodeaba con mis brazos para que te sintieses segura en la profundidad del océano? Ahora me gustaría sentir los tuyos, cálidos y suaves. ¡Cuánto te añoro!

En fin, nada tiene sentido, ni siquiera ser llamado a la conquista de Europa. Querida, escríbeme siempre que puedas mientras me confiesas tus sentimientos más secretos. Tus palabras, jamás escuchadas antes, me subyugan. Te siento más cerca que nunca. ¡Por qué no decirlo! Anhelo tus besos tiernos, tus caricias, tu mirada arrobada. ¡Yo también te echo muchísimo de menos, mi deseada Marina!

> *Estoy enamorado y por primera vez sé lo que significan estas palabras. Esto es algo que tendremos para siempre. ¡No lo dudes!*
> *Tuyo,*
>
> Hans
>
> *P. D.: Me encantaría poder estar ahí para celebrar este día tan especial contigo. ¡Ahora ya puedes abrir el regalo! ¡Espero que te guste! Yo siempre llevo conmigo tu fotografía, aquella que te hice en el camino de ronda; la guardo en el bolsillo de la camisa, junto a mi corazón.*

Marina abrió expectante, con manos trémulas, el paquete envuelto en papel de seda de color bermellón con una lazada a juego. Un marco de plata encuadraba una fotografía de estudio de Hans, posando ceremonioso con el traje de oficial de la Wehrmacht. El uniforme le sentaba como un guante y su porte era el de un hombre adulto con un soldado dentro.

La joven lloraba de alegría, de tristeza, de emoción. Sus sentimientos hacia Hans no podían ser más profundos. ¡Cuánto lo extrañaba! Pero Marina también se estremecía al pensar con cierto temor cómo había cambiado todo para él tras su regreso a Berlín. Que Hans hubiese abandonado la universidad le apenaba, como también le inquietaba la formación militar que estaba recibiendo, como si le estuviesen preparando para una guerra futura que su familia parecía esperar como agua de mayo. La idea de retomar los estudios o trabajar en alguno de los negocios de su padre habían pasado a un segundo plano, si no al olvido. También le inquietaba esa abnegación del joven hacia su familia y hacia su patria, algo que Marina no reconocía, pero que merecía su respeto. Eva von Schnitzler ya se lo dejó claro a su hijo en la correspondencia enviada el pasado verano a Palamós, y Hans parecía haber despejado sus dudas: el primogénito de la estirpe se debía a su país, y su honor de caballero pasaba por someterse al mandato del

Führer, el líder de la nación alemana. Klaus Ritter y Eva von Schnitzler habían depositado el futuro de su único hijo varón en manos de Hitler.

Alma leía una carta tras otra, deseando conocer todas las historias que encerraban los sentimientos arrebatados de la pareja, la vida que llevaron separados uno del otro…

—¡Madre mía, *àvia*! ¡Todo lo que se cuenta en ellas es superemocionante! —prorrumpió emocionada.

—Sin duda, aquel fue un tiempo excepcional para todos —dijo la anciana con ojos acuosos—. En Alemania, se estaban desencadenando rebeliones provocadas por el ansia imperialista de Hitler de anexionar antiguos territorios que, en boca de aquel dictador, le pertenecían por derecho: Austria, Renania, Checoslovaquia, Polonia y, llegado el momento, la Unión Soviética. Hitler aspiraba a recuperar el imperio perdido y, con ese propósito, formó a gran velocidad un colosal ejército de «Atilas», entre los que se hallaba Hans.

—¿Y en España qué pasaba mientras tanto? —insistía una impaciente Alma.

—Aquí, en 1936, los republicanos salían victoriosos en las urnas, pero poco duró y las cosas se fueron complicando: militares, conservadores, comunistas, marxistas y anarquistas se enfrentaban por unos idearios tan opuestos como mezquinos. Todos los días se convocaba una huelga, todas las madrugadas se mataba a alguien, todas las noches ardía una iglesia…

—¿Hablas de la caída de la República?

—Sí, nos causó a todos un fuerte impacto. Los militares rebeldes se cargaron las libertades que nos ofrecía la República y quienes más lo padecimos fuimos las mujeres, que perdimos todos los derechos conquistados con ella: el derecho al voto, la igualdad salarial entre hombres y mujeres, la posibilidad de divorciarnos… ¡Volvimos a ser las siervas de nuestros padres y maridos!

—¡Qué injusto, *àvia*!

—Verás, eso no fue todo... Entre las familias y los amigos, si se mencionaba lo que pasaba en la calle o se escuchaban las noticias oficiales en la radio, se acababa siempre en encendidas disputas —evocaba con un mohín—. Si te decantabas hacia un bando u otro, el de la facción contraria te recriminaba por rebelde o falto de moralidad, y tomaba nota mentalmente sobre tus tendencias políticas.

»El país se dividió en dos. Así llegó primero la imposición de las ideas y, como eso no sirvió, surgieron los insultos, las reyertas, las peleas de gallos, los puñales y las pistolas... ¡A ver quién tenía razón, a ver quién era el más fuerte! Los que no deseaban verse inmersos en trifulcas callaban incómodos. Unos silenciaban a los otros.

»Y así es como un silencio tácito acabó por dominar el ambiente y terminó con los encuentros en los cafés y en los casinos. El desorden y la confusión invadió la paz de los hogares: hermanos, vecinos, camaradas e incluso matrimonios comenzaron a dividirse, a acusarse, a denunciarse, hasta llegar al extremo de matarse entre sí. Hubo mala sangre, traición y demasiada sinrazón. Todo por unos malditos ideales...

A la joven le inquietaba alterar a la anciana, así que decidió no escarbar más en su frágil memoria. Rememorar el periodo previo a la guerra la estaba trastornando.

—*Àvia,* ¿lo dejamos para más tarde?, ¿qué tal si te ayudo con los sellos?

Marina se lo agradeció con una mueca de alivio. Le acarició el brazo, le apretó la mano y, seguidamente, tomó la gran lupa con la que se ayudaba para colocar, por fechas o temas, los sellos en un álbum. Y de nuevo las envolvió un mutismo que se podía calibrar con una balanza. Con la mente en otro lugar, Marina se alejó una vez más de la realidad, como si viajase a algún lugar remoto en el que quizá hallaba cierta paz. Alma la observaba de reojo temiendo que en cualquier momento se desmoronase, al tiempo que ella daba la vuelta a los sellos húmedos sobre la toalla y guardaba en una carpeta los que ya estaban secos.

Palamós, 25 de julio de 1936

Lieber *Hans:*

¿Cómo estás?
Hace semanas que no sé nada de ti... Ich vermisse dich so sehr! *¡Te echo tanto de menos!*
Unos días atrás nos despertamos con una horrible noticia que jamás pensé que te anunciaría: ¡estamos en guerra! Las noticias que nos llegan de Madrid son confusas. Ha habido un alzamiento contra el Gobierno de la República, vamos, un golpe de Estado en toda regla. Unos enarbolan banderas y lanzan vítores, deseosos de combatir al enemigo; otros han salido a la calle armados con mosquetones, pistolas y navajas. Mi padre ha leído en la gaceta que no hay víctimas, pero dice que ya se ha detenido a políticos, periodistas y empresarios. ¡Todo va demasiado deprisa! Incluso aquí, un pueblecito apacible, ya ha llegado la revuelta. Según comentan, Palamós pronto será atacada por mar. ¡Estoy espantada, Hans!
Durante la comida, mi padre nos ha contado que la región está en manos de las milicias y de los carabineros. Han colocado cañones mirando al mar y vigías en las torres de los campanarios. La gente habla de revolución; yo veo una horrible guerra entre vecinos y hermanos. ¿Qué va a ser de nosotros?
Hans, ya no tenemos alcalde y un Comité de Defensa Antifascista ha declarado el toque de queda: A PARTIR DE LAS NUEVE DE LA NOCHE ESTÁ PROHIBIDO TRANSITAR POR LA CALLE, igual que no se puede salir del pueblo sin un permiso especial. Me siento atrapada... Da miedo ir por la calle, muchos van armados y registran las viviendas para

quedarse con los vehículos, las armas y las radios. Nos han pedido que entreguemos cualquier objeto que tengamos de oro y plata, que destruyamos las imágenes religiosas, ¡incluidas las estampitas! Se lo han llevado todo. Por la causa, dicen... ¡Ya! ¡Son unos desalmados! Muchas familias han huido a las montañas...

Hans, menos mal que tu padre ya se ha ido... Esta mañana han comenzado a repatriar a los extranjeros. Anoche los alemanes ya lo hicieron en barco desde Barcelona; hoy, barcos británicos y franceses han llegado para recoger a sus compatriotas. ¡Me cuesta tanto creer que estamos en guerra!

No dejo de recordar aquellos días en los que me abrazabas mientras nadábamos en la inmensidad del mar y me enseñaste a no tener miedo de aquella oscuridad que veíamos bajo nuestros pies. ¡Cuán segura me sentía con tu brazo rodeándome la cintura! Hoy ya no puedo nadar sola, ni avanzar por la orilla más allá de mis tobillos sumergidos en las frías aguas... Entonces no fui consciente de mi dicha... En el faro, bajo el refugio de la noche; en las tabernas ocultas entre callejuelas, quizá embriagándonos hasta decir basta; en nuestros juegos a perseguirnos, que acababan en arrumacos bajo los pinares de los caminos de ronda... También pienso en todo lo que no llegamos a hacer... Me cuesta mucho recorrer todos los lugares que nos unieron; sin embargo, algo muy dentro de mí me lleva a revisitarlos, aunque me ahogue una tristeza infinita, la amargura de no poder compartirlos más contigo...

Ayer, aprovechando la oscuridad de la noche, sucedió algo espantoso: saquearon la vieja iglesia. ¡Como si viviéramos en la Edad Media! Una procesión de hombres armados se llevó los santos, los apóstoles y el mobiliario hasta la playa. Desde la cima de la plaza Murada, lanzaban como bestias muebles y reliquias, para luego hacer arder todo como en una foguera de Sant Joan. Únicamente se salvaron el altar y el órgano. Dicen que otro grupo de salvajes ha fundido las campanas para fabricar armas con ellas; ahora, solo se escucha la pequeña campana, que nos alerta de cualquier peligro. Menos mal que siempre hay gente buena y valiente: unos vecinos impidieron que hombres con monos azules, «las ranas azules», quemasen el resto del mobiliario en el interior de la iglesia mientras otros disparaban a los santos. ¡Menuda salvajada! Una rana jamás se comportaría así…

Hans, ¿qué ha pasado con mi país? La paz se ha esfumado de un plumazo. ¡Hace solamente un año tú y yo disfrutábamos de una vida alegre! ¿Recuerdas? Pues todo aquello ya no existe, ni siquiera se puede pasear por la playa o por las rondas. El domingo no hubo baile, ni cine y en la placita del faro, donde tú y yo habíamos pasado tantas tardes felices, han instalado otro puesto de vigilancia. El casino es de los marxistas, ya no hay señores, ni tertulias… La guerra se lo ha llevado todo…

La última vez me preguntabas por la fábrica. Por suerte, tras varios días cerrada a cal y canto, vuelve a funcionar. Los obreros han regresado y mi padre les ha pagado los jornales, incluso de aquellos días que no trabajaron. El sindicato vigila de cerca cualquier movimiento. Hans, sabes bien que tu padre no se ha de preocupar por el negocio. Mi padre le guarda un profundo sentido de la lealtad y afecto. En el momento en que todo esto termine, ambos volverán a regentar la fábrica como hasta hace poco, y tú y yo nos encontraremos de nuevo.

Hoy he caminado hasta la Fosca y a cada paso que daba escuchaba tu voz alegre que me llevaba a correr tras de ti, salpicados ambos por la espuma de las olas. Yo jadeaba y tú te quedabas quieto observando mis gestos. ¿Pensabas en otra cosa?… Me sonrojo solo de pensarlo, sí, temblaba bajo los pinos. Lo sé, una señorita no debería expresar estas emociones en una carta (entonces, ¿dónde si no…?). Puedo escuchar a mi madre *diciéndome estas cosas y me río. Los tiempos han cambiado, ¿no lo crees así? ¡Dios mío, cuánto te añoro! ¡Tantísimo que me duele escribirlo y mis dedos tiemblan! Si ahora mismo te tuviera a mi lado, te abrazaría con toda mi alma... ¿Está bien decir estas cosas? Perdóname si soy muy atrevida... Y, si no, ¿para qué sobrevivir a esta guerra?*

En el atardecer, desde la plaza Murada, me llega tu mirada intensamente azul, líquida, como aquel día en el que llegó el momento del adiós... ¡Te vuelvo a besar!

Hans, ansío tus noticias.

Tuya,

Marina

A Marina le importaba lo que sucedía en Alemania y estaba atenta a las noticias que llegaban de allí. Le asustaba escuchar en la radio cómo el fascismo iba tomando posiciones cerca de la frontera española y Hitler cada vez influía más sobre Franco, el líder de los rebeldes. El aspecto físico de ambos le repelía: esos bigotitos tiesos y enjutos, tanto como ese fanático despotismo que destilaban. Franco había protagonizado un golpe de Estado contra la República, y con el Alzamiento había llegado la guerra. Mientras tanto, Hitler avanzaba con paso firme en su intención de conquistar los territorios vecinos y de recuperar el honor, tras la humillación que pagó Alemania con la derrota en la Primera Guerra Mundial. Ante ello, Europa daba la callada por respuesta y aceptaba a regañadientes las acciones beligerantes del país germano. El ansia de poder de Hitler llevaba al Ejército nazi a invadir un territorio tras otro, tal como le había relatado Hans en su última carta.

Marina envió decenas de cartas a los padres de Hans. Tal como pactó con el señor Ritter, ellos las remitirían al frente, allá donde estuviese destinado su hijo.

Joan, el cartero, una figura ya familiar para Marina, llamaba cada día a su casa para entregar la correspondencia. Al principio, las cartas de su amado llegaban cada día; más tarde, una vez a la semana; tiempo después, en pleno conflicto, comenzaron a devolverle su propia correspondencia. La joven no se rindió, siguió escribiendo, creyendo que tal vez alguna carta llegaría a manos de Hans.

Cuando el cartero llamaba a la puerta, siempre la abría una expectante Marina.

—*Bon día*, Joan, ¿hay carta para mí? ¡Diga que sí, *si us plau*! ¡Por favor! —Miraba al techo y juntaba las manos como si rezase a la divina providencia.

—Me temo que no, señorita Marina. Hoy tampoco hay nada para usted. Lo siento...

Marina cerraba la puerta y se apoyaba en ella tratando de contener las lágrimas. No entendía por qué no llegaban las cartas. ¿Podía ser que la madre de Hans las retuviese, con el fin de que la distancia y la falta de noticias agotase la relación? La duda le carcomía.

—¿Cómo podía rechazarte la familia de Hans, sin apenas conocerte? —preguntó Alma.

—Sigue leyendo, cariño...

Palamós, 24 de octubre de 1936

Lieber *Hans*:

Las noticias que me llegan de ti son tan pocas que lloro de rabia. En la oscuridad de mi habitación, bajo la almohada, grito: «¡Te quiero! Ich liebe dich!*». ¿Se dice así, mi querido Hans? Odio esta separación. ¿Hasta cuándo? ¿Sigues sintiendo lo mismo que yo siento por ti?*

En el pueblo dicen que somos «territorio rojo». Mi padre nos cuenta durante la cena lo que sucede cada día: los rebeldes, con la ayuda de los alemanes e italianos, han bloqueado la costa. *¡Se sabe incluso los nombres de los destructores! Cervantes, Baleares, Canarias... Llegan al amanecer desde Mallorca acompañados de pequeños buques y bombardean a los barcos que intentan entrar en el puerto. Por suerte, tienen bastante mala puntería...*

Hans, ¿¿sabes que tu país se ha convertido en nuestro enemigo?! Hasta hace poco alemanes como tu padre formaban parte de nuestras vidas como unos paisanos más. Hans, yo nunca podría verte como el enemigo...

En la playa han levantado trincheras y nidos de ametralladoras y en la playa de la Fosca no queda un alma, solo una trinchera con metralletas. ¿Te lo puedes creer? Las calles están llenas de carteles, ¡MUJERES, TRABAJAD PARA EL FRENTE! Muchos de nuestros amigos y conocidos ya se han alistado como voluntarios en el Ejército Popular de la República. Se les veía llenos de euforia; en cambio, yo temo por sus vidas...

Hace unos días, los obreros de la fábrica se declararon en huelga y amenazaron a mi padre: «Su vida no está tan segura como usted supone», le dijeron. ¡Imagínate! A mi pobre padre se le cayó la venda de los ojos y me dijo: «No hay nada que hacer». Gracias a Dios no la han tomado con él, aunque no se siente seguro. Por suerte, la mayor parte del pueblo le tiene simpatía, bien lo sabes, y le respetan porque es un hombre hecho a sí mismo y que siempre se ha preocupado por sus vecinos. Todos saben que ha trabajado mucho por este pueblo...

Siento que me he hecho adulta de la noche a la mañana. Hans, ¿recuerdas nuestro primer baile? ¡Lo veo tan lejano! Si lo vivido hace un mes es historia, ¿lo que compartimos juntos el último verano fue tan solo un sueño? Nada tiene sentido, ni los momentos felices que vivimos, ni esta estúpida guerra. Es como si la Tierra hubiera frenado en seco y el Sol se hubiese apagado, hasta sumirse todo en la oscuridad. ¿Qué será de nuestro futuro, si ya no tenemos presente?

Hans, te sueño todas las noches. En mis sueños no existe la guerra, sino una vida venturosa contigo. ¿Eres capaz de imaginarlo? Yo sí. Lo sé, somos muy jóvenes, aunque algo me dice que hay que vivir intensamente para que la vida no se nos escape...
Hans, te lo ruego, no dejes de escribirme.
Tuya siempre,

MARINA

Marina echaba un ojo rápido a las cartas y las iba seleccionando para que las leyese su nieta.

—Cariño, lee esta, entenderás algunas cosas que yo en ese momento no supe ver...

Palamós, 3 de enero de 1937

Lieber *Hans:*

No tengo palabras para decirte cuántas lágrimas he derramado por tu ausencia.

Hoy tengo una horrible noticia que darte: se ha perdido la fábrica. Mi padre está conmocionado. El sindicato la ha colectivizado y eso significa que ya no pertenece a nuestros padres sino a los obreros. Igual han hecho con el resto de los negocios del pueblo. Hasta el último tenderete del mercado está controlado, DECOMISADO PARA LA CAUSA. ¿Qué causa? ¡Esto es de locos! Mi padre dice que los anarquistas, socialistas y comunistas vigilan para que ningún propietario se rebele y la policía se ha quedado con la contabilidad y los documentos de la fábrica. Aun así, mi padre continúa encargándose de la gerencia. Él está convencido de recuperar el negocio tras la guerra, dice que luchará hasta las últimas consecuencias. Esta situación le ha hecho envejecer diez años y su pelo ya clarea. Temo lo peor...

¿Cuánto durará esta situación? Yo he perdido la esperanza. Ya no nos queda nada. El Comité se ha llevado las máquinas de coser de mi madre. A la pobre la han obligado a sustituir la confección de las elegantes camisas para caballeros por ropa militar y le han exigido contratar a trabajadoras para coser más uniformes. Yo quiero ayudarla, pero ella se niega; pretende que me quede en casa y estudie. Me siento incapaz de abrir un libro mientras veo cómo mis padres lo pierden todo. Necesito ser útil, ¡tengo cerca de diecinueve años! ¡Ya no soy una niña…!

Hans, ¡ojalá estuvieras aquí conmigo! ¡Tú me haces sentir mujer! Me tiemblan las rodillas cuando te recuerdo persiguiéndome entre las rocas con tu mirada azulísima. Quizá esta sea una historia de amor que ha madurado con la separación. Eso me anima…

Hablando de estas cosas… Ante la posible pérdida del prometido en la batalla, algunas de mis amigas se han casado. Ahora son «señoras de…». Yo creo en el amor verdadero y no me casaré porque sí. Sé que piensas lo mismo. Soy demasiado joven para que tú te hayas ido…

Deine Liebe,

MARINA

Al atardecer, aprovechando la caída del sol, abuela y nieta habían sustituido la lectura de las cartas por la colada. Alma tendía la ropa mientras su abuela le pasaba las pinzas. Las sábanas resplandecían al sol mientras desprendían una dulce fragancia a flores.

—¿No te habrías casado con él si se hubiese dado la oportunidad? —Alma continuó con su interrogatorio, aun con una pinza en la boca.

—¡No!, ¡no lo sé! ¡Las cosas que decía, *filla meva*! Me las daba de adulta y solo era una adolescente ansiosa de ver mundo. Nunca se dio la ocasión de ir cogidos de la mano como unos prometidos, ni siquiera delante de la pandilla. Hans se reprimía, era demasiado respetuoso para empujarme más allá de las caricias, los abrazos ahogados, el suspiro contenido…

»Una vez nos separamos, dejamos muchas cosas en el aire, paralizados por nuestra inexperiencia y el miedo a perderlo todo. A veces, me sentía a salvo en sus brazos; otras, lo que notaba en mi interior me abochornaba… Lo que sentí en el faro la noche antes de partir me produjo un vértigo semejante al que sientes encaramada a un mástil que cabalga las olas. En mis cartas anhelaba ese vértigo en mi ombligo, ser yo misma la que montaba esas olas… ¿Qué vino después? La desesperanza. "Ese es todo el vino que beberemos", susurraba Hans en mis labios embriagados de alcohol… Ansié muchas veces, y así se lo expresé, sufrir aquel mareo al fijar la vista en sus ojos vidriosos que vibraban como olas tempestuosas… Ay, Alma, *estimada,* en aquellos tiempos solo éramos unos adolescentes con muchas ilusiones…

Una mañana la joven Marina se acercó al Socorro Rojo y se presentó en la recepción, donde pidió ver a la jefa de enfermería. Una hora después, apareció en la sala de espera una enfermera, no mucho mayor que ella, con el delantal salpicado de sangre y las greñas de su cabello sudoroso pegadas a un rostro macilento que reflejaba extenuación tras bregar seguramente con una agotadora jornada, en un hospital donde se acumulaban los enfermos, los heridos y los cadáveres desatendidos por falta de personal. En la mano derecha, la sanitaria sostenía un delantal limpio.

—Me han dicho que te has presentado voluntaria como auxiliar de enfermería —dijo mientras examinaba la hora en su reloj.

—Me llamo Marina…

—Muy bien, Marina, ponte este delantal. —Se lo tendió sin mirarla—. Y acompáñame…

La joven lo aceptó sin saber qué decir.

La enfermera dirigió sus pasos hacia una escalera. Ascendió los peldaños de dos en dos y Marina se apresuró tras ella tratando al mismo tiempo de quitarse el abrigo para colocarse, en su lugar, el delantal. La sanitaria parecía tener controlada aquella situación de emergencia perenne que vivía aquel triste y sórdido hospital bajo los estragos de la guerra. La mujer empujó con sus caderas una puerta que les condujo a un gran pasillo, escasamente iluminado, donde se congregaban decenas de camillas con pacientes que deliraban por la fiebre, dormitaban quejosos o se mantenían inconscientes; otros, recién llegados, gemían o aullaban a causa de las heridas abiertas todavía por atender. Entraron en una sala donde una veintena de camas estaban ocupadas por niñas que no superaban los catorce años.

—Empezarás atendiendo a estas pacientes, bajo mi supervisión o la de cualquier otro sanitario que las atienda. No hagas nada que no te ordenen, ¿queda claro? —dijo alzando la voz y mirándola directamente a los ojos.

—Sí, por supuesto —asintió Marina mientras observaba a las niñas. Muchas de ellas formaban un pequeño bulto sollozante bajo la manta; en las caritas de otras se dibujaba el terror a lo desconocido; algunas gritaban por el dolor insoportable de las contracciones—. ¿Qué les pasa?

—La mayoría está a punto de dar a luz o ya ha parido —contestó la sanitaria mientras colocaba el termómetro en la boca a una de las pacientes.

—Pero si son unas niñas…

—Sí, ya lo han visto todo… La mayoría ha sido sistemáticamente violada por uno o varios soldados de una u otra facción —explicó, y le ofreció un termómetro—. Ocúpate de tomarles la temperatura y apúntalo en la hoja que encontrarás en cada mesita junto a las camas. ¡Deprisa, venga, que es para hoy!

Palamós, 20 de marzo de 1937

Lieber *Hans*:

Sufro tanto por ti que me estoy volviendo loca.
Cada día que pasa la guerra es más horrible. Me siento más triste que nunca...
Palamós se ha llenado de mujeres y niños que llegan del Frente de Aragón y del País Vasco, abandonados a su suerte. Y, entre esta locura, ¿soy una egoísta por pensar en quererte? No me hagas mucho caso, esta guerra confunde mis sentimientos...
Hace unos días me enteré de que el Socorro Rojo se había instalado en el Consistorio. Buscaban enfermeras, así que me presenté voluntaria como auxiliar. Lo sé, no tengo experiencia, pero sí estudios. Además, soy joven y fuerte. Aprenderé rápido. ¿Sabes una cosa? Ya me han enseñado a detener una hemorragia, a seccionar un miembro, a inmovilizar un brazo fracturado, cómo colocar a los heridos y cómo alimentar a los bebés y cuidar a los ancianos. ¿Has visto? Hasta uso ese extraño vocabulario de los médicos. Aunque es espantoso lo que se ve cada día en el hospital, trabajar me hace sentir útil y, sobre todo, libre. Si me vieses vestida de enfermera, no me reconocerías...
Hans, recibí tus libros, que guardo como oro en paño, y continúo estudiando alemán. En el hospital me han contado que en Alemania pagan buenos salarios a las enfermeras. ¿Te imaginas? ¡Yo en Alemania!, ¿por qué no? ¡Estoy dispuesta a todo con tal de estar cerca de ti!
Este pueblo, sin ti, me ahoga. ¡Es horrible, todos se vigilan! Todos desconfían de sus vecinos y están dispuestos a delatar a cualquiera, si así salvan sus vidas. Hemos perdido el juicio...
Perdóname, Hans. No tendría que descargar contigo mis temores, pero a estas alturas confío en tan pocas personas... La

situación me sobrepasa, veo cómo mis padres se van consumiendo. ¿Y qué derecho tengo a quejarme? ¡Qué sencillo era todo cuando estábamos juntos! Hoy ya no concibo la vida sin ti...
Sé fuerte, mi querido Hans. Por ti, por mí.
Für immer deine,

Marina

Al cabo de unas semanas, Marina se había habituado al ritmo frenético del hospital y, como al resto del personal sanitario, le resultaba imposible cubrir todo el trabajo que se le presentaba, siempre con carácter de urgencia; al margen de que escaseaban los recursos médicos más básicos para curar a la mayoría de los enfermos. En sus pocas horas libres, la joven caía exhausta en una de las literas que le proporcionaba el hospital. En esas jornadas interminables fue testigo de situaciones extremas, a las que todavía no era capaz de enfrentarse, ni siquiera de ponerles nombre. Con frecuencia, se habían presentado pacientes con heridas abiertas de las que asomaban parte de los intestinos o sustancia gris de la cabeza, bocas que habían perdido parte de los dientes o piernas seccionadas, que los doctores y enfermeras trataban de suturar, drenar, hacerles un torniquete o eliminar la metralla o los cristales de carnes que colgaban como filetes en una carnicería; y, ante la falta de recursos, el equipo médico debía decidir a quién socorrer primero y a quién dejar morir, si llegaba el caso. Marina, dominada por las náuseas, fue consciente por primera vez de que nadie en esa siniestra guerra quedaba a salvo de aquella barbarie...

Abuela y nieta disfrutaban de un granizado de café en el porche del jardín. La anciana tenía una decena de cartas sobre su regazo y las ojeó hasta encontrar la que buscaba.

—¡Cómo molan estas cartas, *àvia*! Aunque lo que contabas en ellas era terrible...

Marina desdobló con sumo cuidado la carta que tenía en las manos, como si temiese que, al abrirla, se deshiciese, y por un momento la leyó para sí.

—Esta carta… La recuerdo perfectamente. Déjame que te la resuma… 7 de marzo de 1938, lejos aún de iniciarse la segunda gran guerra en Europa, Hans ya formaba parte de uno de los tres regimientos de infantería de la Wehrmacht que había invadido Renania, como parte del plan de Hitler…

»Al principio, para Hans ir a la guerra era vivir su última aventura en vida… Ansiaba volver como un héroe y con la fuerza suficiente para rescatarme… Necesitaba demostrarme su coraje. *¿Me esperarás?*, me preguntaba en sus cartas. Aun concentrado en la batalla, Hans me escribía una correspondencia de un extraño lirismo. Recreaba minuciosamente aquellos últimos encuentros en Palamós llenos de ternura, después teñidos de desconsuelo. Se daba cuenta del efecto que le producía evocarme, si bien me animaba a ser fiel a mis ideales.

»Sin embargo, la proximidad de una guerra codiciada entre las tropas alemanas lo estaba transformando, ¿de qué manera? Todavía yo no lo sabía y eso me espantaba… Hans no tenía ninguna intención de poner fin a los sentimientos que nos unían y, un día, en contra de los deseos de su madre, me pidió la mano, quería que me reuniese con él en Alemania —recordó la anciana. Hizo una pausa y miró fijamente a su nieta—. ¡Valientes románticos! Ahora bien, fue esa ilusión la que nos mantuvo durante mucho tiempo cuerdos…

»En las siguientes cartas, Hans me manifestaba que lo nuestro no era un amor pasajero, ni el capricho de dos jóvenes. *En tiempos de guerra hay que luchar por lo que resta de auténtico y esto nuestro lo es* —mencionó Marina. Observaba los sobres, y su tonalidad o una diminuta mancha le daba la pista de qué carta se trataba. Estaba claro que se las conocía de memoria—. Yo le expresaba en esta otra correspondencia mis inquietudes: *… que el amor que te profeso no sea para ti una carga mucho más pesada e insufrible de lo necesario.*

—¡Mi abuela, con dos ovarios!

En esas cartas, Alma descubría a una Marina muy avanzada para su época, sin duda más transgresora en sus tiempos que ella misma, que se creía una moderna con sus *piercings* en la ceja y en el ombligo. Le conmovía cómo ambos expresaban sus inquietudes. Ella era incapaz. Imaginaba ese momento que les había tocado vivir; cómo las guerras les hicieron madurar a golpe de balas: se hicieron adultos siendo unos adolescentes, sin estar preparados para ello. Nadie lo está. Esta es la única verdad...

—*Àvia*, ¡qué pasada! ¡Viviste un amor de novela entre guerras! Yo lo habría contado a los cuatro vientos.

—Porque tú eres una sentimental, *filla meva*. Las cosas no fueron como te imaginas...

Sentadas en el balancín del porche, las dos se columpiaron largo rato, absortas en sus propios pensamientos. El crujir del balancín estaba acompañado por el trinar de los pájaros mientras picoteaban los frutos de los árboles y por los susurros de las hojas secas que se mecían al viento. Alma se mordía las uñas al enfrentarse a un dilema que era incapaz de expresar en voz alta: ¿por qué no confesó su relación con Hans a la familia?, ¿qué ocultaba?, y, lo más importante, ¿cómo pudo enamorarse de un nazi? En aquel tiempo, ¿Hans no era consciente de lo que significaba comulgar con esa ideología?, ¿era un alma inocente, como le hacía ver a su abuela? Alma se cuestionaba su honestidad. ¿Se arrepintió alguna vez de sus acciones durante la guerra? Le aterraban las posibles respuestas...

Frontera austriaca, 10 de marzo de 1938

Liebe *Marina:*

Lo que siento hacia ti me golpea con una fuerza inusitada. Tu mirada radiante, sabia, reservada, me ayuda a continuar un día más en estas trincheras que nos conducen irremediablemente a la invasión de Austria.

Pienso en el pasado como un paraíso al que difícilmente regresaré, y en el presente como un abismo insoportable por el que no atino a transitar. Me atrevo a decirte, sin temor a equivocarme, que el amor que te profeso es tan grande como mi propia desdicha. El tiempo pasa irrevocable, hiriente, amenazador...
Yo también te echo de menos, tanto que, en ocasiones, pertrechado en el silencio de la noche, me brota un llanto silencioso hasta que desfallezco del agotamiento. Sufro el tormento de combatir por un plan cuya naturaleza no alcanzo a comprender...
A veces se desfiguran los recuerdos de tus rasgos frágiles, puros, de tu perfil exquisito, de tus pómulos sonrosados, brillantes bajo el sol del atardecer, de tus ojos como esmeraldas que juegan a ser tan intensas como el agua que aborda las calas en las que poder sumergirnos otra vez. En mis recuerdos permanece tu inocencia, que tanto anhelo...
Confío en que esta guerra no alcance nunca a España como una continuación de la vuestra.
¡Sabe Dios cuándo te volveré a ver! Rezo para que toda esta locura acabe pronto.
Tuyo siempre,

HANS

La anciana suspiró conmovida ante aquella relación epistolar entre dos jóvenes amantes que desvelaba un pasado no rescatado hasta ese instante. Alma no se atrevía a interrumpir su lectura o sus comentarios. Con la siguiente carta que tenía en sus manos, el gesto de Marina se torció y una sombra de tristeza cubrió su rostro. Alma la observaba con aire compasivo, dejando que se tomase su tiempo. Hasta ella llegó el olor a hierba recién cortada, que la embriagó.

—A finales de 1938, Hans escribió las últimas palabras que conservo —murmuró con voz ronca—. Decidió distanciarse de mí creyendo que así me podría proteger.

La joven acarició las manos de su abuela, sintiéndose profundamente conmovida al escucharla:

No lo hago por egoísmo, ni por la zozobra insufrible de la distancia. Pierdo la esperanza cuando escucho entre los oficiales que nuestras acciones militares conducen a Alemania, de manera irremediable, a una guerra de dimensiones incalculables. Ellos hablan con pasión, yo enmudezco turbado ante lo imprevisible. Si esto es así, entonces, ¿qué puedo ofrecerte, sino una vida desgraciada?

—Este amor lejano, inconcluso, le pesaba demasiado, se desdibujaba, le abrumaba —dijo Marina con voz trémula.

Marina, querida, no puedo recordarte con tanto desconsuelo. No soporto la tensión y la exaltación de esta doble vida, entre el amor por ti y la indignidad de la batalla. Sin ti, estaré listo para morir bajo las bombas...

—Hans terminó por rendirse ante esa fuerza poderosa que se afanaba por separarnos. —La anciana cerró los ojos como si con aquel gesto buscase borrar esas palabras—. Y, en cambio, la carta finaliza con una frase abnegada: *Siempre serás parte de mi vida. El hombre que nunca dejará de amarte,* HANS.
—Era la viva expresión de un soldado que se debatía entre el amor por una mujer y la lucha contra el enemigo —reflexionó Alma extasiada ante esa declaración de amor tan intensa como real.
—Junto a estas emocionantes palabras, Hans adjuntó este diario, como prueba de su amor.
Marina le mostró a Alma un librito como si de un objeto delicado se tratase. La joven observó que casi cabía en una mano. La cubierta era de piel azabache y mostraba unas letras grabadas en pan de oro. Un centenar de páginas, amarillentas, formaban un bloque de hojas

doradas. Páginas escritas a lápiz; letras desleídas, algunas palabras borradas, otras tachadas; frases que hablan de un soldado que sufre en la contienda… En la parte frontal, el título: *Diario de un soldado*. En la contraportada, una dedicatoria: *Für meinen lieben Hans. Deine geliebte Mutter*… Para mi querido Hans. Tu amada madre.

—Es precioso, *àvia* —balbuceó.

—Siempre lo llevaba consigo —asintió Marina, con candor en las mejillas ante aquel descubrimiento—, aunque las autoridades alemanas lo prohibían, para que el enemigo no descubriese contenidos clave o críticas contra el propio Reich.

Entre sus páginas apareció una vieja fotografía: Hans con el traje de gala de la Wehrmacht celebrando el día que le otorgaron la primera insignia como oficial. En la parte posterior de la imagen, una firma y una fecha: *Hans Ritter, Berlín, 1937*.

—Es la fotografía que me regaló cuando cumplí los dieciocho años.

Su rubor se hizo más intenso. Le brillaban los ojos.

—¡Qué romántico! La verdad es que se le ve un tipo guay…

—Para qué engañarnos, el uniforme le sentaba que ni pintado. —Sonrió con los ojos—. Parecía haber nacido para vestir de oficial, pero no todo fue de color de rosa…

—¿Por qué lo dices?

—En aquel tiempo recuerdo llorar como una Magdalena… En mis ratos libres, en el hospital, leía una vez y otra el diario, como si esas frases, repetidas como un salmo, me ayudasen a resistir aquel mundo caótico. Durante la guerra, me acompañó como un talismán. —Enmudeció por un instante y dejó que su vista se perdiera entre los árboles—. En cambio, me dolió de una manera que no sabría describirte el contenido de la carta: era un adiós definitivo que ninguno de los dos queríamos. Entendí su frágil estado de ánimo. Me rogaba que le olvidase, del mismo modo que me pedía una última carta con un retrato mío; quería saber cómo era yo con veinte años y, quizá, apaciguar su espíritu…

»Fue entonces cuando tomé la decisión de que, una vez acabase la guerra en España, viajaría a Alemania para encontrarme con él. No se lo dije a nadie, ni siquiera a él. Yo no perdía la esperanza de volver a estar juntos. Entonces, no imaginaba que estuviésemos a las puertas de otra gran guerra como la de 1914.

Anochecía y Marina, de pie frente a los ventanales de la galería, se mostraba ensimismada, perdida en una lluvia que se presentó primero tímida y que pronto repicó con una fuerza inusitada sobre los cristales. La anciana, ausente, daba la espalda a su nieta. A Alma le parecía contemplar el cuadro de una mujer sumida en una íntima tristeza, asolada por el pasado. ¿Qué pensaba?, ¿qué sentía?, ¿lloraba en su interior por aquel amor perdido? El silencio entre ambas solo se vio truncado por la tormenta, que ya descargaba con toda su energía sobre la casa y el jardín. Los muros parecían absorber el eco de las últimas palabras: guerra, esperanzas truncadas, ausencias, dolor...

Alma se acercó a ella y con la mano rozó su brazo para llamar su atención. La anciana no escuchó lo que le susurraba su nieta. La joven la zarandeó:

—¿Dónde estás?

Marina giró la cabeza y sonrió a su nieta como si acabase de despertar de un sueño.

—¿Qué me decías?

—Nada, *àvia*. Pareces distraída. —Suspiró—. Pensaba en lo que me has contado hace un rato sobre la despedida de Hans... Ojalá, algún día, alguien me llegue a querer de esa manera, ya no a amar, no pido tanto... Con el amor, la vida adquiere otro sentido. ¿No crees?

Marina tomó asiento en uno de los mullidos sofás y miró con intensidad a su nieta, como si tratase de leer su mente. La joven le devolvió la mirada y observó sus ojos desamparados, su rostro angustiado.

—Entonces, únicamente veía tormento donde había amor. —Carraspeó intentando recuperar la voz—. El nuestro era un amor imposible: Hans, obligado por sus padres y su patria, se alejaba de mí... Yo, en cambio, era una joven cultivada en un ambiente contrario a los ideales que se defendían en aquella Alemania y en esa España en guerra, y estaba dispuesta a todo por seguir al amor de mi vida...

La mujer enmudeció por un instante, como si buscase las palabras precisas...

—Hans se llevó un pedacito de mí. Se metió dentro de mí casi sin permiso, ocupó mis pensamientos y condujo mi destino hasta un final insospechado. Viví muchos años encadenada a su recuerdo. —El rostro se cubrió de un manto de desolación—. Esto no significa que no amase a *l'avi* Albert... No me malinterpretes, *filla meva*...

—*Àvia*, a *l'avi* lo quisiste; a Hans lo amaste.

—Creía que tu abuelo, con su afecto y bondad, podría liberarme de mis cadenas... Durante mucho tiempo fui una desdichada. Al final, el matrimonio te hace a la persona con la que compartes toda una vida, hasta el punto de necesitarla. *L'avi* era un hombre tranquilo, sabía más de lo que daba a entender, aunque callaba, simplemente se sentía afortunado con lo que tenía. Aprendí a quererlo, no sé cuándo pasó... Y, entonces, me resigné a llevar mi tristeza interior con discreción.

Volvió a mirar a la lluvia, que comenzaba a apaciguarse mientras desplegaba un abanico de fragancias del jardín recién bañado.

—A menudo me he preguntado si mi vida podía haber seguido otro camino —masculló—. ¿Qué vida habría tenido junto a Hans si las guerras no nos hubiesen separado? ¿Y si no lo hubiese conocido...? Sí, mi vida sería otra, quizá habría transcurrido más serena... ¡Cuánta incertidumbre!, ¡cuánto desasosiego! Nunca supe si había tomado la decisión correcta...

Escuchar todas aquellas impresiones trasladó a Alma una vez más a Londres, donde tenía pendiente su propia batalla... El latido de su corazón le resonaba como un tambor en los oídos. ¿Qué estaría haciendo Chris en estos momentos? ¿Se acordaría de ella? Se tragó sus pensamientos como fruta amarga. Ante el drama de su abuela, la joven no se sentía con el derecho a quejarse o a manifestar en voz alta su propia angustia…

—A la persona amada no se la olvida nunca —musitó la joven—. No podemos controlar nuestras emociones, por mucho que queramos…

—Admito que no he tenido tan mala vida aquí, con tu abuelo, y luego con todos vosotros. Después de todo, no se puede pensar siempre qué hubiera sido de nuestras vidas en otras circunstancias. A mi edad, ya es demasiado tarde para cambiar las cosas…

—*Àvia*, entonces, ¿por qué guardar secretos que duelen?, ¿qué sentido tiene?

—No lo sé… A veces, enterrar algunos secretos es la única manera de protegernos… Yo los encerré bajo llave en una habitación lejana que no volví a visitar —dijo con apenas un hilo de voz—. *Filla meva*, deberíamos dejar el pasado donde está y mirar hacia delante. ¿No te parece?

—Pues yo tampoco lo sé… Yo creo que los recuerdos dicen de ti que estás viva.

—¡Malditos recuerdos! —Meneó la cabeza—. Heridas que nunca cicatrizan, que queman… Callé para sobrevivir, con el odio intacto. Reprimí mis impulsos de sincerarme porque temía dar forma al horror. Siempre me quedó la duda: ¿me había equivocado en mis decisiones?

—¿No opinas, *àvia*, que compartir esos recuerdos puede ayudarte a cerrar las heridas?, ¿a sanarlas?

—He sufrido mucho, incluso callando… No sé, quizá tengas razón en lo que dices… Puede que haya llegado la hora de quitarme este pesado lastre y compartir mis recuerdos, aunque a veces me resulte un tormento… Supongo que tienes derecho a conocer mi pasado, que, en parte, también te pertenece —reconoció, y sonrió—. Confío en

que, de esta manera, puedas comprender por qué he sido en ocasiones una abuela errática, sufridora, taciturna, a veces distante…
—Estoy ansiosa por saber qué sucedió tras la guerra…
—Lo peor que se podía esperar.

X

Los años salvajes

Un mes después, cuando todos creían que el frente se mantenía a distancia, Palamós fue bombardeada de forma implacable. El pueblo, puerto aduanero a medio camino entre Francia y Barcelona, se había convertido en un punto estratégico del Mediterráneo. En breve, fue el objetivo principal de los militares sublevados y de sus aliados extranjeros. Todas las mañanas se podían ver hidroaviones alemanes que rasaban el mar acompañados de buques para azotar a la población; por la tarde, cesaba el hostigamiento hasta la mañana siguiente. Así, un día y otro día...

Una madrugada sonaron tres toques largos de las sirenas. Durante los ataques, estas abandonaban su misión de anunciar el final de la jornada en las fábricas para propagar el estado de alarma a toda la población. La radio comunicó que naves y aviones enemigos se aproximaban a la bahía. Por la megafonía, la milicia conminaba a la población a correr hacia el refugio antiaéreo más cercano o a permanecer a resguardo en las casas, alejados de las ventanas. Las máquinas de las fábricas callaron y los trabajadores huyeron de sus puestos de trabajo.

Se escucharon varios cañonazos provenientes del litoral. Bum, bum, bum... A lo largo de la costa se elevaron en el aire grandes columnas de humo. Una fila de cazas, primero aliados, luego enemigos, comenzó a sobrevolar la bahía. Como un enjambre enfurecido, aquellas avispas zumbaban sobre la población dispuestas a clavar sus aguijones envenenados. Los aviones cubrieron el sol con sus bombas.

En la playa, una embarcación anglosajona aliada solicitó con urgencia resguardarse en el puerto; tras ella, un crucero blindado de los nacionales la acosaba a bombazos. Los ingleses saltaban desde la escotilla y nadaban hacia la bocana del muelle como hormigas agitando sus patas en cada embestida. Del cielo cayó una lluvia de plomo alemán e italiano que arrasó el malecón, la Casa de Aduanas y varias viviendas del paseo marítimo, originando enormes socavones; el pavimento salía disparado a varios metros de altura, levantando espesas nubes de polvo; centenares de piedras caían sobre los civiles, que trataban de huir como podían de aquella escaramuza.

Bastaron unas horas. Cuando los aviones desaparecieron del mapa, agonizaba hasta el zumbido de las moscas, que, en esos días, gozaban de un festín sobre las heridas abiertas de los cadáveres esparcidos por las calles. Una densa nube, como polvo de talco, lo envolvió todo. Aquel mutismo sobrecogedor mantuvo a la población en vilo durante horas, sin saber lo que podía acontecer acto seguido. Era la desolación absoluta.

Cuando el peligro parecía haber desaparecido, en las fábricas sonaban de nuevo las sirenas, esta vez solo un aviso. Los obreros entendían que estaban a salvo y reemprendían la producción, en ocasiones refugiados en la quietud de la noche.

El toque de queda y los cortes de suministro eléctrico sirvieron para la llegada de las represalias entre paisanos de uno y otro bando. Muchos fueron ejecutados bajo la sospecha de ser «leales al enemigo». Se los llevaban en camiones a una zanja solitaria y los fusilaban sin reparos. Las cunetas se convirtieron en improvisados camposantos, fruto de las represalias de unos y otros. Al hacerse de día, los campesinos volvían a sus faenas y se encontraban con carreteras sembradas de paisanos tocados por una bala de gracia en la sien, según se decía, por traicionar los ideales de la República. La población civil comenzó a huir.

—¡Maldita guerra! ¡Maldita república! —masculló Áurea, que servía en esos momentos la cena en la mesa del comedor familiar.

—Sería mejor trasladarnos a cualquier población de las montañas próximas, más seguras que el litoral —admitió Conrado, tratando de contener el miedo que dominaba su cuerpo. Alzó el porrón de cristal para dejar que cayese, desde lo alto, un fino y largo hilo de vino de garrafa, que se coló entre sus dientes y se deslizó ardiendo por su gaznate—. Desde allá, yo podría caminar todos los días cubriendo los cinco o seis kilómetros de distancia hasta la fábrica.

—Y yo bajaría con usted, padre —convino la joven Marina, azuzada por la valentía de su progenitor, mientras cortaba a pedazos una patata de la escasa verdura hervida que contenía el plato.

Mientras cenaban, los tres escuchaban el parte: la arribada de soldados heridos, provenientes del frente, la lista de víctimas civiles, los bombardeos que asediaban a diario... La radio era el único medio para recibir noticias del exterior, aunque muchas de ellas estaban manipuladas por el bando emisor. Tras un *jingle* que anunciaba una leche en polvo para niños, el locutor informó agitado de que las fuerzas revolucionarias habían ordenado al Gobierno municipal publicar un bando. El hombre leyó el bando con voz grave:

—Aquellos ciudadanos que se ausenten de la villa, sin la autorización pertinente, serán perseguidos como sospechosos y perderán todos sus derechos, además del jornal de la semana todavía por cobrar, y su plaza de trabajo quedará vacante. Se autoriza a los gerentes de las fábricas a sustituir esas plazas de trabajo abandonadas por otros obreros inscritos en las bolsas de empleo.

Aquella proclama significaba un nuevo mazazo para Conrado.

—Ahora sí que temo lo peor —gruñó.

—¿Qué quieres decir, querido? —susurró Áurea posando la mano sobre el brazo de Conrado.

—Pues que podemos perderlo todo. No podemos irnos, aunque nos estemos jugando la vida.

Para Marina aquellos días parecían marcados por una lotería macabra a la que era mejor no jugar.

Los cazas alemanes siguieron arrojando sus bombas sobre las fábricas, el puerto y los barcos comerciales que se atrevían a surcar la bahía. Tras ello, iniciaron un acoso indiscriminado a los civiles. Las diabólicas ametralladoras escupían sus proyectiles contra las escuelas, las tiendas, el cine o los hostales y bombas cargadas de metralla caían dispuestas a matar a los que osaban ir por las calles. Más tarde, les llegó el turno al faro, las últimas casas de la playa y el viejo camino de la Fosca…

Tras una larga jornada en el Socorro Rojo, Marina caminó por el paseo marítimo esquivando escombros, artefactos y enormes socavones producidos por las bombas, en un paisaje cada vez más devastado. Arrugó la nariz al aspirar el picante olor a pólvora que lo invadía todo. Junto a las ruinas de un hostal que a duras penas aguantaba en pie, la joven observó cómo los restos de una fachada se habían transformado en un improvisado escenario infantil: varios críos emulaban con palos a sus ídolos de batalla, ra-ta-ta-ta-ta… Tenían a sus héroes a unos pasos, defendiendo la playa desde un foso, mientras ellos jugaban a imitarlos. A Marina le horrorizó observar cómo unos chavales «fusilaban» con piedras a otros niños mientras gritaban «¡Muerte a los traidores!, ¡cerdos fascistas!». Los niños que participaban en aquel juego macabro, en el papel de condenados, estaban siendo realmente castigados. Ella sabía, como el resto de los paisanos, que aquellos pobres críos estaban marcados por el apellido de sus progenitores, hombres y mujeres en el punto de mira o ya aniquilados con la gracia de una bala en un paredón…

Cuando a finales de diciembre de 1938 las tropas de Franco coordinaban su ofensiva más letal, la situación del ala republicana comenzó a ser desesperada. El asedio del bando nacional por mar y aire se transformó en una operación sangrienta de acoso y derribo. Dos buques de guerra, cargados con dieciséis cañones y doce lanzatorpedos cada uno, iniciaron un feroz ataque a lo largo de toda la costa, desde Palamós a Sant Feliu de Guíxols. Las ametralladoras y los cañones antiaéreos se quedaron cortos ante la magnitud de las cargas del enemigo. Los pocos navíos que se aventuraban a arribar al puerto eran arrasados por un torrente de proyectiles. Los altavoces distribuidos por las calles emitieron un nuevo bando del Comité que exigía a los ciudadanos que cediesen las armas a la Consejería de Defensa; y a los jóvenes, que se presentasen «a filas» para proteger a la población. Muchos fueron los que huyeron a Francia evadiendo su deber...

Una madrugada, de un viento desatado, trajo consigo una escuadrilla de cazas alemanes alineada para librar la última batalla sobre la población. A ellos se sumaron los obuses, con su ruido seco, descomunal, y la metralla de fascistas italianos y españoles, dispuestos a liquidar a cualquier bicho viviente. El fuego arrasó todo a su paso y no había suficiente número de bomberos para aplacar aquel infierno, al que se sumaban cañerías reventadas y el desplome de edificios. Ancianos, mujeres y chiquillos, algunos malheridos, deliraban o aullaban hasta el último aliento.

Ese día, la mansión de la familia Ritter, abandonada a su suerte desde hacía un tiempo, también cayó bajo las propias bombas alemanas. El pasado era una mansión que se había desvanecido en el tiempo; un tiempo ya inexistente, irrecuperable...

Marina se recompuso el moño y se acarició las sienes. La cabeza le martilleaba, casi tanto como cuando decidía acostarse para tomar una siesta después de una mañana intensa.

—¡Qué triste ironía! Una pena, rememorar lo que fue y comprobar en lo que se había transformado: cientos de cascotes esparcidos entre los restos de un jardín agonizante. ¡La mansión de los Ritter bombardeada por el enemigo alemán!

—¡Es espantoso! —Alma estaba sobrepasada. Recordaba la mañana que acompañó a Hans a los lugares donde un día se levantaron aquella mansión y la fábrica—. ¿Y qué sucedió con vosotros?

—No se acabó aquí… Sitiados por el enemigo, llegó la hambruna y enfermedades letales como el cólera, la disentería o el tifus. Caíamos como moscas. Aquellos inviernos fueron despiadados. A todo aquel espanto se añadió un frío gélido insoportable; si contabas con un brasero o una chimenea, eras un privilegiado, en ese tiempo la leña y el carbón escaseaban. No se pescaba, la carne ni la veíamos y llegamos a comer hasta los burros desangrados en las mismas calles, a causa de balas perdidas.

—¡Qué horrible todo, *àvia*! ¿Cómo sobrevivisteis? —clamó la joven mientras intentaba imaginar aquel infierno.

—¡Hoy todavía me lo pregunto! Con lo que teníamos, supongo… Recuerdo cómo los payeses, obligados por las autoridades, abandonaban los campos de cultivo por el campo de batalla. Las tierras no se trabajaban y ya no daban sus frutos. No llegaba el cereal del sur y la leche era un bien escaso; de manera excepcional y gracias a las recetas médicas, se les daba leche a los niños y bebés. Si contabas con un huerto en casa, podías alimentarte de alguna patata o nabo, o criar alguna gallina famélica que daba pocos huevos. Subsistimos a base de trueque y, con un poco de suerte, esa gallina se podía cambiar por medio kilo de harina, azúcar o un trozo de tocino rancio para darle sustancia a la sopa una vez más; por supuesto, ni por asomo eran la harina y el azúcar que ahora se compran. ¡No vayas a pensar! Con una de nuestras vecinas, mi madre intercambiaba retales y sobrantes de hilo por jabón o unos arenques salados.

»Mi madre pasaba muchas horas haciendo cola ante un colmado exiguo en género. Las cartillas de racionamiento no eran suficientes para calmar el hambre. Teníamos derecho a unos gramos de pan y otro tanto de arroz. Eran muchas las veces que, tras esperar horas en una larga fila, nos anunciaban que no quedaban alimentos y, entonces, la indignación se apoderaba de aquellos que no habían conseguido llevarse nada a la boca y, en ocasiones, se llegaba a las manos.

—Y, sin nada que comer, ¿qué hacíais?

—Pues vivir una auténtica penuria. Nos moríamos de gana —soltó con voz terrosa—. En las caras de todos era palpable la pérdida de peso, incluso los perros y gatos que deambulaban por las calles, si quedaba alguno, eran pura piel y sarna. Más de uno se comía a los felinos, dicen que saben a conejo; puede que yo también los comiese sin saberlo, no sé decirte; tampoco les hubiera hecho ascos, cuando tienes hambre te comes hasta las ratas...

»Los que fumaban solo encontraban una especie de tabaco de estraperlo que se llevaba a cabo en los caminos de ronda. Cada cual se las ingeniaba para elaborar su propia picadura: un palo de regaliz, carbón, restos de otras colillas, peladuras de patatas, hojarasca, col o remolacha seca. ¡Imagina lo que te metías dentro del cuerpo! El café también fue reemplazado por la amarga achicoria. *Filla,* el ingenio era nuestro mejor alimento...

Un horrendo zumbido atravesó la oscuridad de la noche: era el avance de un proyectil que cayó junto al malecón, despertando a la población. Las sirenas comenzaron a resonar como fieras salvajes en la jungla. Marina y sus padres salieron a la calle con lo puesto y corrieron entre el gentío que huía despavorido de sus casas hacia los refugios. Por fortuna para los Estragués, contaban con una de esas defensas a unos centenares de metros de la casa. Bajaron a empujones hacia el final de un túnel escasamente iluminado y tan angosto que apenas cabían dos personas juntas; después se ensanchaba, abriéndose a un espacio húmedo donde, apretadas como sardinas, podían caber unas treinta personas. El refugio llegaba a una profundidad de entre quince y treinta metros y allí se encontraban, por lo menos, medio centenar de seres aterrorizados que respiraban un aire viciado.

Conrado sacó una pastilla del zurrón y se la entregó a Marina, que tiritaba de frío, pero también de pánico. Tenía una fea herida en la frente. Aun así, Conrado trató de tranquilizarla...

—Cuanto más insondables estos túneles, más seguros; bueno, también más insalubres debido a la falta de ventilación… Pero aquí estamos a salvo, *filla*.

Todos permanecían apiñados, mudos, sin saber lo que ocurría fuera porque la entrada quedaba oculta bajo sacos de tierra, con el fin de impedir la entrada de metralla de los proyectiles que caían cerca. Esa noche, la corriente eléctrica iba y venía y nadie había cargado con una radio, la única forma de enterarse de los partes de última hora. Del sigilo al sobresalto. Mudos oían silbar los proyectiles que se precipitaban en racimo sobre ellos; un estado de parálisis los incapacitaba para reaccionar ante una certera masacre.

Protegida por el brazo de su padre, la joven era testigo de cómo las casas y los edificios retumbaban, crujían antes del derrumbe y se desplomaban, en un estruendo atronador, provocando el estallido incesante de cristales que lo enmudecía todo. De calles con inmensos boquetes llegaban los relinchos de caballos agonizantes, los gritos desesperados de los que no habían alcanzado a tiempo el refugio, los silbidos de las balas… Con el paso de las horas aquellas pavorosas resonancias se hacían familiares a los oídos de los supervivientes, aunque solo los chiquillos eran capaces de dormir bajo las bombas; las pobres criaturas que no lo lograban rompían en angustiosos lamentos hasta que, fatigados, desfallecían por la deshidratación del llanto y la falta de alimento.

Día tras día, las incursiones se fueron intensificando y eran muchos los que dormían en el refugio, por temor a nuevos ataques. En algunos momentos no se escuchaba nada, entonces dudaban si salir, pero las embestidas volvían otra vez. Los bombardeos eran de una ferocidad sobrecogedora, cundía el pánico, y muchos, con un nudo estrangulado en la garganta o en el estómago, como Marina o Áurea, derramaban lágrimas mudas. Podían transcurrir cinco, seis o siete horas hasta que cesaba aquella violencia insostenible; entonces escapaban en tromba de allí, antes de que volviesen los cazas. Era el momento de averiguar si la casa se había salvado de aquella sangría o, por el contrario, estaba sepultada bajo los escombros. Para la mayoría, salir del túnel significaba comenzar una existencia de miserias.

En las muchas noches de interminables guardias, a la joven Marina le tocaba vivir el horror en el Socorro Rojo junto a los pacientes paralizados por el terror. Nadie se podía mover, ni salir corriendo, ni esconderse bajo la cama. Los enfermos se agarraban a las sábanas con un temblor infinito que agudizaba el dolor de las heridas o de la enfermedad. Algunos soldados aseguraban que era mejor estar en el frente, donde, al menos, se gozaba de momentos de paz acordada. Marina los auxiliaba o consolaba como podía. Siempre había tareas urgentes que cumplir. A veces, permanecía entre esas paredes trabajando treinta horas seguidas, sin darse cuenta del paso del tiempo o de un nuevo ataque. Allí dentro las cosas importaban, fuera no quedaba nada más que infortunio. La joven sabía que en el exterior le esperaban la oscuridad, la destrucción, el fuego, el polvo, los carromatos volcados con los animales destripados, la milicia acribillada, los cadáveres de los civiles que no encontraron refugio a tiempo...

Cuando cesaba el hostigamiento, la joven salía acompañada de alguna colega y observaban juntas, en silencio, el desastre. No podían bajar la guardia, pues a veces caían obuses por sorpresa. Entonces todo se estremecía como en un enorme terremoto. Intentaban escapar arrastrándose por el suelo a ciegas, a cuatro patas, entre una densa polvareda que les cubría el cuerpo de una película blanquinosa. Como fantasmas extraviados en la oscuridad, vagaban errantes entre el jaleo de ambulancias y camilleros, al rescate de los que rugían de dolor. Tropezaban con vecinos y familiares ajusticiados en un socavón o sumergidos bajo un mar de cascotes.

Un día, al salir del hospital, comenzó a llover con una fuerza insólita. Hacía frío y la gente escapaba del aguacero buscando amparo entre las ruinas, hasta alcanzar el hogar. A lo lejos se escuchaban disparos de morteros. Sumida en el desconcierto y el miedo, Marina se quedó clavada en una zanja, sola, con los ojos en dirección a un cielo endiablado que envolvía todo en un manto negro para después iluminarse con el estallido de los relámpagos. El agua, como una fría corriente, se colaba por su abrigo, su grueso vestido de lana y su combinación y le empapaba el cuerpo hasta embotar cada poro de su piel. La joven, sumergida en una extraña ensoñación, dejó que el agua resbalase como lágrimas sobre su rostro; largos goterones se escurrían por el cuello hasta penetrar en su escote. Aspiró aquella atmósfera impregnada de efluvios marinos y tierra húmeda, de salitre y algas; sensaciones de una naturaleza de cuya existencia se había olvidado. Mirando al cielo abrió la boca, permitiendo que el agua se escurriera entre sus blancos dientes y borrase la comisura de sus labios. Extasiada, se ofreció a una tormenta que la trasladó a una tórrida tarde con Hans en la que acechantes nubarrones quisieron ocultar el sol con su descarga omnipotente. Aquel día, la lluvia llegó brava como un torrente. Empapados, los dos corrían entre los riscos huyendo de los truenos que extendían sus tentáculos electrizantes y luminosos, y que, al volcar su ira, emitían un estruendo metálico. Ignorantes del peligro, los dos adolescentes saltaban y reían jugando con la tempestad, ajenos a la amenaza real de esa naturaleza furibunda. En el estruendo de aquella borrasca, Hans frenó en seco, abrió los brazos en cruz y dirigió su rostro bronceado, por el que resbalaban riachuelos, hacia el infinito de plomo y, como un niño travieso, le gritó a Marina:

—¡Somos los dueños de nuestro destino! ¡Nada, ni nadie, nos parará!

Soltó una risotada y, entonces, la abrazó en medio de la nada, rodeándola con el ímpetu del joven amante que no quiere dejar escapar ese fragmento sublime. Le clavó la mirada con una intensidad que la desarmó por completo y, seguidamente, le regó el rostro, el cuello y el escote con besos húmedos, con ríos desbordantes que se fundían con los de ella, con caricias líquidas, con su aliento. La humedad de ambos se tornó ardiente. Marina creyó entonces no poder expresar ni recibir más amor, en aquel torrente de emociones que ambos exploraban por primera vez, bajo un incesante chaparrón. Temblaban. Reían. Y, en aquel mar de sensaciones palpitantes en el que buceaban ignorando la fuerza de la naturaleza, Marina percibió cada una de aquellas gotas como pedacitos de felicidad, como un soplo de exaltación.

El sueño se desvaneció arrastrado por la corriente, los truenos y los disparos cada vez más cercanos. Despertó ante la cruda realidad, pero aquel instante de paz que sintió la envolvió como un abrigo caliente en medio de aquella negrura. Su mente se perdió entre el chapoteo de los charcos y el fango, mientras murmuraba exaltada:

—¡Soy dueña del destino y venceré a esta maldita guerra!

Una tarde de cierta paz, Marina y su madre, cogidas del brazo, caminaron a paso firme por la calle Mayor del pueblo, en dirección a la iglesia. Necesitaban tocino y cebollas del colmado de los Dalmau para cocinar un potaje. En una esquina, unos niños jugaban a las canicas entre los escombros. La población aprovechaba los ratos de paz impuesta para seguir con los quehaceres diarios, intentando por unas horas sacarse del cuerpo la tensión del qué pasará en las siguientes horas o días. Madre e hija se unieron a una larga cola de racionamiento donde se pasó del murmullo expectante ante lo que quedaría en la tienda, visto que el escaparate del colmado se mostraba vacío, a los gritos de dos mujeres que se empujaban, se tiraban de los pelos y se daban patadas, a escasos metros del local. Entonces, dos huevos rodaron por el suelo hasta romperse. Todos miraron hacia aquella lamentosa pérdida en silencio y sin capacidad de reaccionar, hasta que un perro salido de la nada comenzó a lamer ansioso uno de los huevos que se extendían por el asfalto. Un anciano que seguía expectante aquella pelea de gallos, de un puntapié, expulsó al can de la calle. Seguidamente se arrodilló y con sus propias manos agarró lo que quedaba, lamido o no, de los dos huevos vertidos y lo metió como pudo en el hueco de su sombrero de pescador. El dueño del colmado salió de la tienda y anunció el cierre. Se habían acabado los suministros del día. Todos, incluidas

Áurea y Marina, lanzaron improperios contra el inocente vendedor. Soportaban tanta hambre que las trifulcas eran casi un desahogo. Peligro y hambruna se convirtieron en sinónimos de un mismo horror y eso transformó a unos en seres frágiles, derrotados, desahuciados; a otros, en especímenes deleznables, egoístas, despiadados. En ese horrible escenario no existía un término medio para la miseria.

El 3 de febrero de 1939, una hilera de tanques y camiones abanderados con los colores nacionalistas y otra de soldados cantando victoriosos y alzando los puños entraron en Palamós desde la carretera de Sant Feliu, levantando masas de polvo a su paso y acompañados por los aplausos de aquellos que apoyaban a los rebeldes; otros, asustados, se apartaban o huían por las calles interiores. Banderas blancas y crespones comenzaron a invadir los balcones y terrados de las casas. La guerra todavía no había acabado; eso no sucedería hasta que las zonas republicanas de la Península que resistían cayesen bajo el yugo de las fuerzas nacionales.

Meses después, un rumor se extendió como la pólvora por el pueblo. En casa de los Estragués la emisora nacional proclamó: «¡LA GUERRA HA TERMINADO! ¡VIVA FRANCO! ¡ARRIBA ESPAÑA!». Un clamor se oyó en el exterior, así como salvas y disparos. Conrado fue testigo de cómo los nacionales comenzaron a celebrar el fin de las hostilidades con una sonora eclosión de sirenas de las fábricas. Los partidarios de este bando, acompañados de las milicias rebeldes, salieron a la calle cubiertos con banderas para celebrar la victoria; las charangas se sumaron a los festejos hasta la madrugada. El ala republicana capitulaba. Para Conrado y su familia no había nada que celebrar. Llegaba el momento de la sumisión o de los ajustes de cuentas, de huir sin demora antes de que se cerrase la frontera. Tras mil días de ofensiva, aquella lucha fratricida demostró la infausta pérdida de un mundo más justo.

A los pocos días, Conrado llegó a casa sudoroso y con los nervios a flor de piel. Entró como una tromba en la cocina, donde Marina ayudaba a su madre a limpiar unas acelgas y un nabo.

—Acabo de escuchar a dos soldados que van a fusilar a todos los partidarios de la República, militares y civiles. —Se dirigió al grifo y bebió agua directamente del chorro de agua. Marina se abrazó a su madre—. Si descubren que alguien es contrario al Alzamiento, o cae en un paredón, o lo arrestan y lo llevan a un campamento donde se le castiga a trabajos forzados…

—¿Qué podemos hacer, padre?

—Por de pronto, no podemos seguir esperando a que a alguien se le crucen los cables.

La joven observaba a su padre sin evitar que un temblor le recorriese el cuerpo.

—¡Conrado, nos van a matar como a ratas! —dijo Áurea llevándose las manos a la cabeza.

—Tranquilizaos. No hay nada que temer… Tarde o temprano recuperaré la fábrica.

Marina escudriñó en la mirada de su padre y pudo adivinar un miedo profundo agarrado a sus vísceras: el temor a perderlas, a cualquiera de ellas, o a que las agrediesen, al sometimiento por bandera, a la injusticia…

Durante los días siguientes, de vencedores y vencidos, en las calles de Palamós, bajo el toque de queda, solo se escuchaban los disparos de fusiles. Arrimada a los muros y sorteando los cascotes, Marina llegó sin aliento a casa. Corrió hacia sus padres y los tres se abrazaron sabiendo que todo estaba perdido. Hasta entonces habían resistido, ahora les tocaba salvarse.

—Nos vamos —anunció Conrado, con los ojos anegados de lágrimas. Aquella decisión que parecía tan precipitada estaba tomada desde hacía tiempo—. Si esperamos a que algo cambie, será demasiado tarde.

Conrado, con caricias en el rostro, consolaba a sus «chicas», como las llamaba en los días felices.

—Será por poco tiempo, lo justo para poneros a salvo. Aunque cierren la frontera, tengo un salvoconducto, y un colega francés nos ofrece su casa. En Francia estaremos seguros. Yo volveré cuando las cosas se hayan calmado por aquí y recuperaré la fábrica.

Áurea no se sentía segura con las decisiones de su marido, ella era partidaria de quedarse.

—Huimos como cobardes; nos tienen que tratar como a gente de bien. No hemos hecho nada malo...

Aun así, no se atrevió a enfrentarse a su marido y poner en peligro la vida de los tres. Sí, quizá durante un tiempo, las cosas serían mejor en el país vecino.

Volver a escuchar los disparos de los fusiles los hizo decidirse.

—¡Es hora de irnos! ¡Solo una maleta y lo puesto! —Conrado comenzó a dar órdenes para que reaccionasen—: Marina, trae las mantas, nos las enrollaremos a los hombros. Cada uno llevará su almohada, no sabemos dónde nos tocará dormir esta noche...

Áurea comenzó a recoger las joyas de toda una vida y las cosió como pudo bajo los dobladillos de los tres abrigos. Marina recogió los escasos víveres que quedaban en la despensa: un par de zanahorias, una manzana, un par de huevos, un tarro de confitura, tres onzas de chocolate comprado en el mercado negro y media barra de pan. Conrado bajó la maleta familiar de piel que se hallaba sobre el armario del dormitorio matrimonial y la abrió sobre la cama; en ella debía caber lo imprescindible de lo poco que les quedaba tras el último bombardeo. Sus vidas en una maleta. Los tres juntos decidieron qué meter en ella.

—Ropa interior, jabón, talco, peine y cepillo, la navaja de afeitar... —gritó Áurea desde el aseo.

—Sí, pero también un vestido decente por si vamos a algún evento importante —añadió Marina mientras cargaba varias faldas, blusas y vestidos.

—No, querida, estamos huyendo, no vamos a un baile en el casino. Sé razonable —pidió Conrado mientras colocaba en el interior de la maleta unas toallas de aseo, un pantalón grueso, dos faldas de lana, tres jerséis de lana gorda, camisetas y calzones largos, las zapatillas de felpa, leotardos y calcetines gruesos, un sobre con documentación de la fábrica y otro con los documentos de la familia. Con discreción, también extrajo de un libro unos cuantos billetes de la República que solo le servirían para el camino.

Mudados con lo indispensable para transitar por la montaña en una noche gélida, abandonaron la casa familiar y corrieron a la estación de tren, sin volver la vista atrás.

Los tres llegaron a la estación, de una sola vía, en la avenida central del pueblo. En el andén se apilaban mercancías, todo tipo de bultos y equipajes, entre centenares de personas que habían llegado caminando desde todos los rincones de la comarca. Pasajeros ansiosos, flébiles, desamparados, ignoraban cuándo salía el próximo tren en dirección a Francia.

—Los Pirineos es la única ruta posible hacia la libertad —dijo Conrado mirando con preocupación a la multitud que se arremolinaba muy cerca de la vía, empujándose o dándose codazos—. Marina, vigila, no te caigas…

—Padre, ¿no es peligroso estar aquí sin saber cuándo llegará el próximo tren? —le murmuró al oído mientras vigilaba a su alrededor, donde niños excitados saltaban o corrían esquivando maletas, ancianos agotados se abatían sobre sus escasas pertenencias, y familias, como ellos, discutían sobre cuál era la mejor vía de escape, antes de que llegase por aire un ataque sorpresa.

—¿Sabe cuándo llega el próximo tren? —preguntó Conrado a unos y a otros, que encogían los hombros o levantaban las manos como respuesta.

—Querido, si tenemos suerte de subir a algún convoy, iremos como borregos; además yo aquí no me siento a salvo. Somos un buen blanco para los ataques de cualquier caza enemigo. —Áurea observaba el cielo con el ceño fruncido—. ¿Y quién nos dice que no será mucho peor a medida que avancemos hacia la frontera?

—¡Decidido! Buscaremos un vehículo que nos lleve a Francia. Doscientos kilómetros… Con un poco de suerte, en unas cuatro horas, podemos alcanzar la frontera.

Salieron de la estación y se dirigieron a la calle Mayor, donde era día de mercado. La suerte estuvo de su lado: uno de los tenderos, vecino del pueblo, que estaba cargando cajas vacías en un camión, los reconoció y se ofreció a llevarlos una parte del camino.

—Es mejor que no los vean, suban a la parte trasera —les dijo, y les hizo un hueco entre la mercancía oculta bajo una lona.

—¡Gracias, Llobet! Dios se lo pague. —Conrado alzó el sombrero.

Durante el camino, llovió e hizo un frío que calaba los huesos. Pese a ello, las carreteras hacia la frontera eran ríos de familias despojadas de sus vidas y soldados que desertaban hacia el país de la igualdad y la fraternidad. Eso creían.

Marina, arrinconada al fondo del camión, entre cajas vacías que bailaban al son de los vaivenes del vehículo, intentó dormir con la protección de la manta y su almohada, mientras los pensamientos más dispares se agolpaban en su mente como una corriente desbordada. Indefensos y consumidos por la desconfianza, huían por temor a una revancha. ¿Qué sucedería a partir de ahora? Ignoraban adónde les conducía el destino y esa duda los mantenía en una alerta agotadora. Todos perdían pedacitos de sus vidas. Escuchó a sus padres discutir en voz baja. Finalmente, Conrado puso punto en boca con una verdad palmaria:

—Áurea, es mejor desertar como cobardes que quedarnos en España como valientes insensatos —concluyó con acritud.

El camión evitaba las carreteras principales ocupadas por aquellos hormigueros de gente, blanco idóneo para los aviones fascistas. Las maletas se iban quedando por el camino, las vidas también…

* * *

Al oscurecer, el señor Llobet paró el camión frente a una masía y abrió la lona de la parte trasera. Los tres, destemplados y doloridos por la incomodidad del trayecto, descendieron del vehículo y pudieron estirar con alivio las extremidades. Habían pasado más de cuatro horas desde que salieron de Palamós.

Llobet golpeó con el puño el portón de entrada. Asomó una campesina de unos cuarenta años secándose las manos con el delantal lleno de manchas y descosidos. Agarrados al delantal y a una pierna, un niño y una niña de unos seis y cuatro años miraban con ojos enormes a los visitantes.

—Llobet, *què fas aquí?* —Le sonrió, hasta que observó que le acompañaban tres desconocidos y entonces su rostro seco se tensó.

—Roser, *et porto companyia!* Son tres amigos del pueblo que necesitan llegar a la frontera...

Los tres, mudos, sonrieron a la mujer a pesar de la extenuación y el miedo que se reflejaba en sus miradas. La mujer hizo un gesto con la mano para que se introdujeran rápido en la casa y antes de cerrar el portón se cercioró de que en aquel paraje aislado nadie los había visto llegar.

—Pasen, pasen, veré que les puedo ofrecer —dijo mientras seguían el rastro de olor a potaje calentándose en un fogón de leña, lo que los condujo a la cocina—. Acérquense a la lumbre —indicó señalando un banco frente al hogar.

—Llobet, *soparàs, oi?*

Un anciano se unió en silencio a la mesa y únicamente abrió la boca para comer.

—Está más *pallá*, que *pacá*... —añadió la mujer.

Los dos niños, revoltosos e inquietos, eran sus hijos. La mujer les ofreció un potaje de patatas y gallina, una tortilla, un tazón de leche recién ordeñada y unos sacos para dormir en el pajar. En el silencio de la cena, aquella mujer manifestó que hacía tres años que no sabía nada de su marido:

—Un día marchó al Frente de Aragón y nada más se supo de él.

Después de cenar, Llobet siguió su camino. Conrado agradeció a los dos su valiosa ayuda y puso en los bolsillos de cada uno un billete. Aquel viaje era mucho más de lo que podían imaginar. Llobet, que apenas conocía a la familia Estragués, los había dejado en muy buenas manos.

—A pesar de las hostilidades, todavía existen buenas personas —admitió Áurea.

Esa noche los tres se sintieron a salvo.

Antes de la salida del sol, reanudaron la marcha, esta vez a pie. Roser les había preparado un desayuno a base de pan tostado con tomate y panceta, y un tazón de leche y achicoria. Además, les ofreció para el viaje queso, pan, huevos duros y naranjas. Una hora después, llegaron a una estación, donde aguardaron la partida de los primeros trenes hacia la frontera. El primer convoy era un hospital militar. Les permitieron subir tras comprobar que Marina era enfermera del Socorro Rojo y podía echar una mano con los heridos y enfermos. Tras detenerse en varias estaciones y, en ocasiones, en páramos desiertos, Conrado divisó, a través del ventanal, un paisaje inconfundible de altas montañas y bosques esplendorosos y, tras ellos, asomaron unos regios Pirineos. Marina le escuchó exclamar:

—¡Allí, donde esos caseríos, eso es Francia!

En breve llegaron a Portbou, donde Conrado sabía que, con un poco de astucia y dinero, los franceses le abrían a uno la frontera. Consiguieron cruzar los tres, esta vez gracias al salvoconducto de Conrado como agente comercial, que había logrado durante sus viajes comerciales a Francia y Alemania. Ya en territorio galo, la familia fue testigo de cómo los gendarmes cacheaban a los soldados republicanos y les requisaban las armas. Sobre el asfalto se amontonaban fusiles, pistolas, machetes y todo tipo de artilugios para el ataque.

Siguieron su camino atravesando pueblos fronterizos vigilados por la milicia francesa. Era mediodía y la población salía a la calle para verlos desfilar; algunos les hablaban en español y les ofrecían agua y pan.

A media tarde, conducidos por Conrado, buen conocedor de esa tierra vitícola, llegaron a la pequeña población de Épernay. La atravesaron y, a unos cinco kilómetros, encontraron la finca de Pierre Dumont, un buen cliente y amigo de Conrado que ya les estaba esperando.

Un bonachón y alegre *monsieur* Dumont les dio la bienvenida en el portalón de entrada de una bonita granja de campo, con los marcos de las ventanas y la puerta pintados de bermellón sobre unas paredes blanquísimas de cal. Los balcones y ventanas de la fachada se mostraban repletos de macetas verdes con plantas y flores de todos los colores posibles. Parecía que en aquel hogar ya había llegado la primavera. Pronto se sumó su mujer, Marie, una francesa oronda y servicial que se limpió las manos con el delantal antes de saludar con formalidad, y sus tres hijos varones de edades parecidas a Marina, a la que observaban con curiosidad y simpatía. Áurea y Marina sonrieron aliviadas tras el durísimo trayecto hasta allí de casi ocho horas de viaje por carreteras secundarias.

En torno a la casa se hallaban unos establos para las vacas, una pequeña nave con decenas de cerdos y un corral con medio centenar de bulliciosas gallinas. Al fondo, tras la granja, se divisaba una extensión de viñedos que parecía no tener fin.

La familia Dumont vivía y trabajaba su propiedad ajena a lo que sucedía en la vecina España, pero también en su propio país, en estado de alerta ante las respuestas opresoras del país germano; los galos se preparaban para una guerra segura. Pierre Dumont vivía solo para su producción de vino y *champagne*. De hecho, a Conrado le había seguido comprando los tapones de corcho para su producción anual, a pesar de la toma de la fábrica por los sindicatos durante la contienda. Aquella familia, lejos de verse invadida por unos desconocidos que huían del país vecino, se sentía feliz de contar con la ayuda y compañía de la familia Estragués, cuando parte de la mano de obra había partido para alistarse en el Ejército.

Durante los siguientes días, en los que Marina y sus padres se iban habituando a las costumbres francesas y a los quehaceres de la granja, la joven tuvo tiempo para pensar en su futuro, pero sobre todo en Hans, del que no tenía noticias desde hacía tiempo y temía lo peor.

Una mañana, mientras ayudaba a los chicos de Dumont a alimentar a las gallinas y a los cerdos, tomó la determinación de ir a Alemania. Viajaría en tren hasta París y, desde allí, a Berlín. Había perdido el contacto con Hans, pero esperaba encontrar el apoyo y la cercanía de su familia. Acaso los señores Ritter la podían acoger durante un tiempo, como lo estaba haciendo *monsieur* Dumont con sus padres y ella. Con los contactos e influencias de Klaus Ritter, quizá podría establecerse en la capital alemana hasta que Hans retornase de la guerra. Sabía por él que su familia residía en una casa al suroeste de Berlín. Gracias a la correspondencia mantenida con ellos, Marina había memorizado la dirección.

—¡Totalmente absurda y fuera de lugar! —exclamó Áurea sin disimular su enfado ante su hija—. ¡¿Cómo se te ocurre pensar que irás por ahí tú sola, pidiendo limosna al socio de tu padre?! ¡Como si no tuviésemos suficientes preocupaciones! —prorrumpió soliviantada ante las «peregrinas ideas» de la joven—. ¿De qué supones que vas a poder vivir?, ¡dime! Nosotros no estamos en condiciones de poder ayudarte y tú no sabes lo que es vivir sola, ¡a tu edad!, en el extranjero y con extraños que no hablan tu lengua ni conocen tus costumbres.

La señora Estragués no dejó de quejarse durante todo el día. Le exasperaba todavía más el que su hija pareciera tener las ideas muy claras. En la mente de Áurea solo cabía volver al pueblo y, por el bien de la familia, que su hija se casase con el joven Albert Mas; y, por supuesto, que su marido recuperase la fábrica.

Conforme pasaban los días, Marina se sentía cada vez más alejada de España y determinada a partir hacia Berlín, una ciudad moderna y cosmopolita que le podía ofrecer muchas oportunidades, con o sin ayuda de sus padres. Al margen de ir en busca de Hans, quería olvidar la maldita guerra y comenzar una nueva vida en un lugar próspero y avanzado.

Al día siguiente, Marina, afligida por la actitud contrariada de su madre, pero determinada a marcharse, volvió a expresarle nuevamente su deseo de viajar a Alemania, pero esta vez cargada de razones.

—Madre, escúcheme, ya tengo veinte años, he vivido una guerra y soy enfermera. ¿No cree que me las puedo arreglar bien yo sola? Además, Hans es mi motor de vida y estoy dispuesta a hacer de todo por encontrarme con él —aseguró enardecida.

—¿Como qué? ¡Dime! Y ya puedes ir olvidándote de ese joven alemán, solo te traerá problemas —advirtió Áurea—. Pronto regresaremos a Palamós, donde el chico de los Mas bebe los vientos por ti y te podrá ofrecer un buen porvenir.

—Trabajaré como enfermera —objetó tajante ante su madre, a la que veía envejecer a gran velocidad, tanto en su manera de pensar como en los pliegues que comenzaban a surcar su rostro marchito por las vicisitudes de la guerra—. La idea de volver a Palamós me mata; allí, todos, excepto yo, parecen tener claro mi futuro. ¡Yo no quiero esa vida para mí!

Conrado, testigo de la disputa entre madre e hija, trataba de no inmiscuirse, pues sabía que solamente podía salir de ella como un perro con la cola entre las piernas. Sin embargo, en su interior, admiraba la valentía y determinación de su hija, a la que no osaba contrariar. A pesar de lo que ponderaba su mujer, él veía que su hija había crecido muy rápido y la guerra había acelerado su madurez. Con veinte años y una profesión, carecía de argumentos en contra. Y, sí, Alemania podía ser un buen lugar para su hija, ¡era enfermera! También sabía, a ciencia cierta, que en Palamós solo le esperaba el horror de una mísera posguerra que no prometía nada halagüeño. Entonces intervino con una nueva evidencia.

—Querida, no hemos pensado que, si Marina quiere irse, será una boca menos que alimentar para la familia Dumont. —Sonrió con ojos chispeantes a su esposa, quien no salía de su asombro al oír aquellas palabras.

Decidido, esa misma tarde, Conrado fue al pueblo para enviar un telegrama a su socio alemán, solicitándole acoger a su hija en su hogar hasta que encontrase un trabajo.

Al cabo de dos días, llegó la respuesta de Klaus Ritter aceptando la propuesta de Conrado y le solicitaba la fecha prevista de llegada de *fräulein* Marina a Berlín. En el telegrama le expresaba también su agradecimiento por haber defendido la fábrica en su ausencia.

Días después, Klaus Ritter le informó en otro telegrama de que Helmut, su chófer, esperaría a *fräulein* Marina en la estación de Friedrich Strasse a la hora convenida. Conrado suspiró aliviado; de otra forma, jamás hubiera permitido que su hija atravesase media Europa sola, aunque, conociéndola, sabía que era capaz de ello. Sonrió al pensar que a los dos les poseía el mismo espíritu de superación cuando la situación lo requería. Ya no había marcha atrás, el destino de su querida Marina estaba bien atado y la suerte echada, como unos dados rodando sobre un tablero.

Conrado y Áurea acompañaron a su hija a la estación de donde partían los trenes a París. Se unieron formando una madeja prieta de abrazos y besos desesperados. Temblaban. Marina era un saco de nervios, pero se mostraba exultante.

Áurea fue la primera en desarmar aquel nudo de emociones y se apartó a un rincón con el fin de disimular su llanto inconsolable.

—Confío, hija, en que sepas lo que haces —balbuceó entre lágrimas contenidas—. Sí, ya sé que eres una mujer hecha y derecha, pero para nosotros sigues siendo nuestra pequeña. ¿Lo entiendes, querida hija? —masculló entre sollozos—. Cuídate y haz caso de todo lo que digan los señores Ritter… ¡Y escribe!

Marina abrazó con fuerza a su madre. Conrado clavó su mirada desolada, de incertidumbre, en la de su hija, sorbiendo el llanto; tenía un tic en el labio inferior.

—Hija mía, eres una muchacha decidida y estoy muy orgulloso de ti. —La estrechó entre sus brazos—. Cuídate, obedece a la familia

Ritter y ayuda en todo lo que puedas. *Estimada,* ¡nos vemos pronto en España!

Marina se despidió de ellos con esa creencia.

Tras una larga siesta, el dolor de cabeza de la anciana Marina había desaparecido. Preparó unos cafés con leche y sacó de la despensa pan de molde para preparar unas tostadas con mantequilla y confitura de melocotón casera. Llevó la merienda al porche, donde encontró a Alma regando el jardín.

—¿Qué pasó con los bisabuelos cuando te fuiste a Alemania?, ¿regresaron pronto a Palamós?

—Nunca volví a ver a mi padre —contestó Marina con ojos vidriosos—. Al regresar a España, supe por mi madre que había fallecido de tifus. La enfermedad le impidió volver a Palamós y recuperar la fábrica, como había deseado.

XI

Berlín, 1939

El cielo parecía desmoronarse aquella tarde de mediados de agosto, agua bendita para aplacar la sequía. En la galería sonaba incesante el repiqueteo metálico de los goterones sobre los ventanales. Marina y Alma contemplaban su poderío, arrebujadas con un chal en la calidez del sofá. Aprovechando aquel momento de reclusión en casa, la anciana decidió poner en orden el viejo baúl, que contenía decenas de cartas, documentos, postales y fotografías de diversos periodos. La joven se prestó a recomponer los pedazos de las fotografías que mostraban a un jovencísimo Hans posando para Marina.

—*Àvia,* ¿qué te sedujo de él?

—No sabría decirte. —Se sonrojó—. Hans era un espíritu libre, impulsivo e idealista, un universitario cultivado en una de las ciudades más mundanas de Europa. Y, ¡por fin!, un muchacho que me superaba en altura.

Una carcajada liberadora salió de su garganta.

—¡Eres lo más, *àvia*! Sigue, sigue…

—Te miraba de frente, con esos ojos azules, vivos, limpios, a veces socarrones, siempre atento a la realidad que le rodeaba —continuó, y con un gesto coqueto se mesó el moño—. Le gustaba bañarse en el mar y estirarse sobre la arena caliente, mientras yo le advertía de que su piel blanca como la leche se iba a cocer como un huevo frito. Se reía mostrando unos labios carnosos y una dentadura blanca y perfecta que reflejaba salud.

—Parece que hablas de un caballo. —Alma contuvo la risa—. ¡La verdad es que es muy atractivo! —añadió burlona.

—Sigue siendo él, aquel muchacho gallardo que conocí. —Sus ojos resplandecían—. No podía ocultar su clase, sabía vestir como nadie el traje o llevar el complemento preciso para cada ocasión, no dejaba nada al azar. Yo le decía que tenía más ropa que todas las jóvenes del pueblo. A diario, para trabajar en la fábrica, Hans vestía corbata y pantalón largo y ancho, a juego con americanas de lino, siempre en tonos claros. Llamaban la atención sus zapatos blancos de piel, con una costura central en la puntera, unos *oxford* y, finalmente, ese toque elegante del sombrero de paja toquilla. A pesar de su galanura, proyectaba un no sé qué, una rebeldía, supongo, que también me atraía. —Asomó un intenso rubor en sus mejillas—. Ocasionalmente, al final de la jornada iba ligeramente descuidado, con la corbata desanudada y el cuello de la camisa desabrochado, pero, por mucho que tratase de aparentar cierta indolencia, no perdía su porte elegante.

—Vaya, vaya con Hans —bromeó Alma—. ¡Qué guay verte sonreír!

La mirada de Marina retornó al montón de viejas fotografías, cosa que significaba sumergirse, de nuevo, en esos silencios, como si su alma volase altísima en busca de esa paz extraviada. A veces, en el momento en que aparecía ese semblante sombrío, se podía percibir en ella un temblor que le recorría el cuerpo consumido, atormentado por un secreto nunca desvelado. A Alma le sorprendía esa capacidad de callar, de mecerse en la oscuridad permitiendo que los sueños la atrapasen hasta que, sin quererlo, la sobresaltaba alentándola con caricias para que se fuese a dormir. La anciana respondía maldiciones contra aquello que había fastidiado su duermevela: una campana, un ladrido o un bocinazo lejano. En otras ocasiones, para no molestarla, la joven la dejaba dormitar en la mecedora. Algunas madrugadas, la oía batallar contra sus pesadillas o deambular por la casa, trajinando entre cajoneras y armarios, con su bata de seda oriental, que no se quitaba ni en los meses más cálidos.

—¿Qué sucedió cuando abandonaste a tus padres en Francia? —Marina la observó con recelo.

Sus dientes rechinaron.

—Cuando me despedí de mis padres, subí a aquel tren dispuesta a encontrar al amor de mi vida.

Marina arribó a Berlín unos días antes de que Adolf Hitler invadiese Polonia. Como consecuencia, Francia y Gran Bretaña declararon la guerra a Alemania y, con ello, dio comienzo la Segunda Guerra Mundial.

En la imponente estación central de Berlín, todo era monumental, negro y pardo, como los uniformes de los numerosos soldados que desfilaban por las plataformas. Entre la multitud de pasajeros que iba y venía, la joven española se sentía más perdida que nunca y, ante el cansancio, la asaltaron las dudas: ¿Se había equivocado en su decisión? ¿Y si no volvía a ver a Hans ni a su familia? Era consciente de que, a partir de ese momento, solo ella controlaba las riendas de su vida, sin saber si iba en la dirección correcta. Era la primera vez que se alejaba de sus padres y, aunque le estimulaba la idea de encontrarse con Hans, dudaba sobre cómo actuar a partir de entonces. El conflicto bélico en Europa parecía acelerarlo todo y no había tiempo para cavilaciones. Había abandonado su país, tras sufrir este una guerra cruel entre hermanos, y entraba en una nación extraña donde se declaraba otra contienda de enorme calado. En esos días trágicos, cualquier camino parecía maldito, pero ella solo tenía una certeza: le aliviaba haber huido de España; cualquier cosa era mejor que haber permanecido allí y haber sufrido el castigo de vecinos vengativos. Estaba resuelta a continuar con el plan trazado.

Alma estaba recomponiendo una fotografía de la playa de Palamós aplicando un pincel adhesivo en la parte posterior, a fin de que apenas se notase el desperfecto, mientras su abuela disponía los diversos pedazos en montoncitos para que su nieta los uniese como un *collage*.

—Fuiste una osada —dijo Alma mientras observaba contenta el resultado de unir aquellas viejas imágenes—. Yo no hubiese sido capaz de escoger ese camino: abandonarlo todo por amor y largarme a otro lugar donde estaba a punto de iniciarse una guerra... ¡Una valiente o una loca! —Evitó reírse ante la ocurrencia.

—Si hubieras estado en mi pellejo, tú habrías hecho lo mismo. El instinto de supervivencia te saca las fuerzas de donde no las hay y terminas por actuar de una manera que jamás habrías imaginado.

—¡Es todo tan inaudito! —acertó a decir Alma—. ¡Flipo!

Marina le sonrió y continuó abriéndose al pasado.

—Cuando salí de la estación, tal como me había avisado mi padre, el chófer de la familia Ritter me estaba esperando.

Helmut, el chófer de los Ritter, era un palo tieso, uniformado y estirado como una vara. Tras el saludo de rigor y su entonado «*Heil Hitler!*», se quitó la gorra, inclinó la cabeza con deferencia y la invitó a entrar en el vehículo.

Sentada en el interior de un formidable Mercedes negro, Marina contempló muda los lugares por los que transcurrió el vehículo. Berlín la fascinó desde el primer instante. Como canciller imperial, Adolf Hitler codiciaba transformar la ciudad en el centro neurálgico de la política alemana y hacer de ella la capital más grandiosa del mundo. Lo había conseguido: Berlín era monumental, cosmopolita, con majestuosas avenidas y edificios gubernamentales engalanados con estandartes escarlatas y blancos con la cruz gamada negra. En cualquier rincón se sucedían fastuosos y vibrantes cafés, teatros y restaurantes en los que los berlineses actuaban con una elegancia inusitada. La ciudad gozaba de un ambiente de apoteosis prebélico, bullía con tal ímpetu que parecía a punto de asistir a una gran bacanal y no al inicio de una guerra: se veía por doquier a la gente saludarse alegre, con aquel gesto autómata del brazo alzado al aire que les hacía vibrar con un orgullo ferviente; por los bulevares desfilaban batallones de jóvenes milicias con pulidos uniformes grises, camisas marrones o negras y el brazalete rojo chillón con la cruz gamada; abundaban los cabellos rubios rasurados, miradas azules, afiladas como machetes, y rostros inmaculados, imberbes, todavía inocentes; y los niños también demostraban su raza vistiendo la camisa y el pantalón caqui de las Juventudes Hitlerianas, como en su día lo hizo Hans. La figura del *Führer* estaba omnipresente en cada calle, en cada edificio, en cada tienda, con enormes pancartas en los balcones oficiales, murales en las fachadas y fotos enmarcadas en todos los escaparates. Los berlineses parecían regocijarse con cada acto, ajenos a la posibilidad de una guerra real, como ya se confirmaba en las emisoras extranjeras. Hacía ya tiempo que el país se organizaba para una lucha de proporciones bíblicas que auguraba breve y victoriosa.

Aquello no tenía nada que ver con lo que Marina había vivido en España. Ciertamente cualquier español negaría que en la capital alemana fuese a estallar un conflicto militar de manera inminente. Los civiles alemanes no entendían que su nación se tambaleaba al borde de un abismo. Marina, en cambio, presentía una lucha más terrorífica que la suya propia.

No habían salido de la ciudad cuando el vehículo se internó en un espeso bosque. La joven contemplaba fuera de sí las copas de los árboles que cubrían, como un manto umbrío, la carretera. Al abandonar el bosque y aproximarse el coche a un lago que no dibujaba sus límites, se hizo la luz. Lo rodearon durante diez minutos hasta alcanzar una zona de mansiones, jardines y calles arboladas donde chiquillos adorables, con trajes y vestiditos de hilo blanco, paseaban o jugaban bajo la atenta mirada de sus refinadas *fräulein,* con sus aros, triciclos y muñecas que recordaban a la adorada Mariquita Pérez, fiel amiga de Marina cuando era niña.

A escasos metros, el vehículo atravesó una enorme verja doble. Unos espléndidos jardines con macizos de boj, esferas vegetales, esculturas y fuentes con aguas danzarinas le dieron la bienvenida. Desde ellos, Marina divisó una hermosa fortaleza señorial: Villa Ritter & Von Schnitzler. La joven se quedó aturdida. Hans nunca le había descrito el lugar donde vivía. Era plenamente consciente de que su familia era muy rica, si bien no imaginaba tanta fastuosidad. Aquel momento sublime le confirmaba, una vez más, la humildad de Hans: nunca se le ocurrió presumir de vivir en la opulencia, ni de los títulos nobiliarios de su madre, ni de la fortuna de su padre. Más tarde, Marina supo que se hallaba en Wannsee, la zona residencial de la élite de Berlín y también el lugar donde se tomaron las decisiones más terribles de esa guerra.

Tan pronto como el chófer fue aminorando la velocidad, Marina comenzó a preocuparse. Se daba cuenta de que, para empezar, no iba vestida de manera adecuada para la ocasión, pero, además, le aterraba conocer a la madre de Hans, una estirada aristócrata con un absoluto dominio sobre su hijo. ¿Cómo debía comportarse ante ella? Por ahora, la salvaba de esta situación embarazosa la relación afable que mantenía con el señor Ritter y, aunque era un hombre serio y poco afectuoso, siempre se había mostrado muy cordial con ella. Esperaba que, al conocerla en persona, la familia dejase a un lado los prejuicios clasistas y se congraciase con ella.

El automóvil llegó a la mansión por un camino de gravilla que conducía a una gran escalinata de mármol. Helmut, diligente, le abrió la portezuela del vehículo, del que descendió Marina con cierta prevención. El portón de madera noble de la residencia se abrió y de este surgió una doncella con uniforme negro, cofia y guantes blancos que saludó a Marina con una inclinación de cabeza mientras se hacía cargo del equipaje que le entregaba Helmut, todo con enorme discreción.

En la entrada, un flaco y arisco mayordomo saludó a Marina con un escueto *fräulein* al tiempo que la conminaba a pasar. La acompañó a un gran salón, en ese momento solitario, en el que solo se escucharon las pisadas de la joven, que se sentó en una esquina del primer sofá que encontró. Tal como había surgido, de la nada, aquel lacayo se esfumó sin despedirse. Marina acarició la suavidad de la seda roja. Tiesa como una estaca, observó embelesada la sala ornamentada con un lujo excesivo para su gusto: muebles imperio, alfombras persas, tapices orientales, retratos ecuestres y lámparas de cristal con filigranas de cobre. Unas enormes vidrieras mostraban un exuberante invernadero por el que la luz entraba a raudales, pese a la mañana encapotada que se había levantado. Aquella casa era la viva imagen de las mansiones que aparecían en las novelas románticas del siglo XIX. La joven se sintió diminuta.

Al cabo de unos minutos, Klaus Ritter asomó por una de las puertas que daban al jardín y fue al encuentro de la joven para ofrecerle la mano.

—*Liebe Marina, willkommen zuhause!* —dijo risueño—. ¡Bienvenida, querida! ¿Ha tenido un buen viaje?

—¡Muchas gracias, señor Ritter! —Marina sonrió con los ojos brillantes—. ¡El viaje ha sido largo pero muy interesante y Berlín me ha parecido una ciudad bellísima!

—Me tiene que contar muchas cosas, pero antes querrá descansar. La acompañaré yo mismo a su habitación.

Salieron del salón y, tras subir una larga escalera de mármol, llegaron a una galería abierta.

—Señor Ritter —dijo Marina con aire serio—, quiero expresarle mi gratitud y, en especial la de mis padres, por abrirme las puertas de su hogar.

—¡Faltaría más! Es lo mínimo que puedo hacer después de todo lo que ha hecho su padre por nosotros. Soy yo quien se siente en deuda. —Carraspeó—. Y quiero ayudarles en estos tiempos tan difíciles. Nada, nada, puede quedarse aquí el tiempo que haga falta…

Klaus Ritter le mostró la sala de juegos y la biblioteca y la acompañó a «sus aposentos», tal como señaló. Antes de abandonarla, le sugirió que tomase un baño caliente y reparador, y le avisó de que la cena se serviría a las seis en punto. Sería entonces el momento de presentarle al resto de la familia: su esposa y sus tres hijas. A Marina le dolió saber que Hans no estaría esa noche con ellos. Ni ninguna otra noche.

Cinco minutos antes de que fueran las seis de la tarde, llamó a la puerta una doncella. Con la mirada baja, acompañó a Marina al comedor principal, tal como le indicó de manera parca y distante.

El comedor era una sala luminosa, rodeada de espejos y columnas de mármol rosado, cuya protagonista era una enorme mesa ovalada de madera maciza cubierta con un mantel de hilo bordado, y sobre él resplandecían una vajilla de porcelana con motivos prusianos, una cubertería de plata con el escudo de la casa, y finas copas de cristal de Bohemia grabadas con excelsos dibujos en oro, destinadas al agua, el vino, el *champagne* y los licores. Junto a una alacena, apartadas de la mesa, dos camareras dirigidas en todo momento por el mayordomo disponían bandejas y soperas de loza con alimentos calientes con las que servir la cena a cada uno de los comensales.

Un minuto después hizo acto de presencia Klaus Ritter, quien le ofreció un lugar central en la mesa. Con extrema puntualidad fueron llegando cada uno de los miembros de la familia. De manera ceremoniosa, su esposa y sus tres hijas se fueron acercando, a medida que se las nombraba. Saludaron a Marina con un leve roce de sus manos enguantadas y, seguidamente, alzaron el brazo derecho con el que entonaron el consabido saludo nazi.

—*Fräulein* Marina, le presento a la señora de la casa, mi adorable esposa Eva von Schnitzler —se jactó Klaus Ritter—. Su apellido familiar forma parte de la Uradel, la antigua aristocracia alemana...

Eva von Schnitzler no era la mujer que Marina había imaginado como madre de Hans. La suponía rolliza, enérgica, extrovertida y, en cambio, se encontró con una dama nórdica, fría y de una feminidad extrema que no había sentido el mar en su piel. Su apariencia, estudiada al detalle, era orgullosa y desafiante; su rictus, circunspecto, sobre un óvalo facial anguloso. El cabello rubio platino, doblado hacia arriba formando un gran bucle, causaba furor en Europa. Sus cejas depiladas en semicírculo y una sombra de ojos plateada combinaban con el gris penetrante del iris de sus ojos y sus remarcadas pestañas postizas. La boca, con carmín granate, se perfilaba como un arco de Cupido.

—*Fräulein* Marina. —Eva von Schnitzler la estudió, sin el menor disimulo, de los pies a la cabeza.

Se sentó, alzó la cabeza y entrelazó los dedos sobre el borde de la mesa.

El matrimonio vestía de gala. El señor Ritter, con frac oscuro y el cabello rasurado en la nuca y untado con fijador, esbozaba un rostro colmado de aristas: en los iris incisivos y azules como los de su hijo, en el bigotito tupido, en la boca... La señora resplandecía con un vestido de noche sin espalda, de satén gris, y una tira que se anudaba al cuello; el faldón se ajustaba como una segunda piel a su cintura y en las caderas fluía vaporoso hasta el suelo. Su rostro, sutilmente maquillado, brillaba con unos pendientes de incalculable valor.

—Y estas mujercitas son mis tres tesoros: Gertrud, Konstanze y la pequeña Brigitte.

Las tres niñas, de mejillas rollizas y rostros candorosos, vestían el uniforme de falda azul marino hasta los tobillos y camisa blanca de moda entre las jóvenes nazis. Las mayores, Gertrud de quince y Konstanze de dieciocho años, iban acicaladas con dos trenzas sueltas; la menor, Brigitte, de trece años, portaba una popular corona de trenzas, la *Gretchen.* Durante la cena, las chiquillas la observaron con atención y también, cómo no, con un innegable engreimiento. Las tres poseían un enorme parecido con Hans: rubias, esbeltas y con la mirada azul; pero, a diferencia de él, eran unas remilgadas, nada que ver con el talante cordial y expansivo del hermano.

Marina, por el contrario, iba ataviada con una falda gruesa de lana gris marengo y un jersey de lana gris claro; lo mejor de entre sus cuatro trapos, tras la huida de España.

—*Fräulein* Marina, ¿cómo están sus padres? —se interesó Eva von Schnitzler, cuya fría mirada no perdía detalle de ella—. Deseo que Francia sea compasiva con ellos...

—Bien, gracias, *frau* Ritter. Les queda la esperanza de que el conflicto en Europa se resuelva en breve y puedan regresar pronto a España para rehacer sus vidas. Mi intención es reencontrarme con ellos cuando las cosas se hayan serenado.

—Yo también lo deseo —respondió Eva von Schnitzler mientras clavaba la vista en la pieza de caza que un sirviente estaba a punto de cortar—. Por favor, llámeme *frau* Von Schnitzler; es como se me reconoce en la sociedad berlinesa. —Frunció los labios.

A excepción de algunas preguntas de rigor o comentarios de cortesía, como deferencia, la cena estuvo dominada por un recio silencio solo roto por los tintineos de los cubiertos y los discretos gestos del servicio. Marina se limitó a responder con educación y a descubrir los nuevos sabores de cada plato: ciervo asado con crema de castañas, hortalizas al vapor, *parmentier* de patata con trufa y pan oscuro, regado con vinos del Rin. Hacía demasiado tiempo que no sabía lo que era comer un plato de esa categoría, aquella cena era un lujo para una española que escapaba de una guerra, así que no dejó rastro de alimento. El señor Ritter observaba satisfecho cómo Marina degustaba con placer todos aquellos manjares.

—Tal como me comentó mi marido, es usted hermosa —aseveró *frau* Von Schnitzler entrelazando sus manos sobre la mesa—; no obstante, tenemos que arreglar su atuendo, al menos durante el tiempo que se hospede en nuestra casa. Pero no se debe preocupar, pues, a pesar de su aspecto, digamos, desafortunado, tiene usted una gracia natural. No obstante, todavía debe aprender a ser coqueta y distinguida —aseguró con arrogancia—. Decidido, mañana la llevaré de compras.

El resto de los miembros asentían callados a las directrices de quien era, sin duda, la cabeza pensante de la familia.

—Permítame decirle, Marina, que mi esposa tiene un gusto exquisito —enfatizó Klaus Ritter con afectación—. Encarna a la perfección el ideal de la mujer nacionalsocialista; es la hembra aria con la que todos sueñan.

A Marina le incomodó aquel último comentario, como si hablase de una pieza de ganado, pero él no pareció darse cuenta de la reacción de la joven y continuó con su disertación.

—Es bella y distinguida, como puede observar, y me ha dado una prole pura y hermosa; como madre, un modelo a seguir. Eva ha recibido de manos de nuestro *Führer* la Cruz de Honor de la Madre Alemana, por haber traído al mundo a cuatro vástagos —comentó inclinando con deferencia la cabeza hacia su mujer—. Gracias a ella y a su apellido, nuestra familia forma parte de la élite de esta nueva Germania.

La dama se pavoneó mientras le mostraba a Marina la cruz que colgaba de su cuello.

—Fue un honor recibir esta distinción del mismísimo Adolf —subrayó engreída, dejando claro cuál era su relación con el líder alemán—. Es cierto, me he convertido en una devota aria, como lo son mis tres hijas, que ya despuntan en la Liga de Jóvenes Alemanas. No podría ser de otra manera, pues son las garantes de nuestra raza, la más noble que pueda existir. Nuestra misión como mujeres es la de salvaguardar la moral, la honorabilidad y la pureza de nuestro país. Las mujeres somos el sustento de esta raza, *fräulein* Marina.

A Marina le inquietó escuchar esos términos expresados a conciencia, pero trató de mostrarse imperturbable a los comentarios.

—*Herr* Ritter, *frau* Von Schnitzler, les agradezco mucho que me hayan hospedado en su hogar. Tienen una familia preciosa y una casa maravillosa. Espero no ser una molestia para ustedes.

—*Fräulein* Marina, usted y su familia siempre serán bienvenidos en nuestro hogar —aseveró el señor Ritter mientras buscaba la aprobación de su mujer, quien se mostró hierática.

Durante el resto de la velada, el señor Ritter continuó presumiendo de esposa y de patria, mientras *frau* Von Schnitzler hacía lo mismo con los negocios de su marido y con sus hijas. Las niñas respondían a los comentarios de sus progenitores solo cuando se les daba permiso para hablar o se las inquiría. A Marina le disgustó reparar en que de las bocas de aquella familia ejemplar no salía mención alguna sobre Hans, el gran ausente.

Llegado el momento del café y los licores, se apreció una ligera relajación en la atmósfera y Marina no pudo reprimir por más tiempo su curiosidad.

—*Herr* Ritter, ¿cómo está Hans? ¿Ha tenido noticias de él?

Antes de responder, el señor Ritter se tomó unos segundos para retocarse las comisuras de los labios con la servilleta de hilo, como si meditara la respuesta.

—Está donde se le espera, *fräulein* Marina. —Se adelantó *frau* Von Schnitzler tajante—. De camino a Polonia, formando parte del Plan Blanco, con el fin de invadir ese territorio. Como oficial de las Wehrmacht, combatirá en primera línea.

—Me angustia imaginar que simplemente una bala...

—*Fräulein* Marina —interrumpió el señor Ritter—, con el apoyo de la Luftwaffe, esta guerra será coser y cantar. —Hizo una pausa y esbozó una media sonrisa—. Dicho esto, usted debe de saber, por experiencia, que no hay victoria sin dolor. Nosotros estamos orgullosos de nuestro primogénito.

—Mi hijo Johannes tiene el coraje de los Von Schnitzler —recalcó *frau* Von Schnitzler con arrogancia—. Sabrá dejarnos en un buen lugar, tal como hicieron sus antepasados.

Para Marina aquel comentario estaba fuera de lugar. Esa mujer, tan opuesta al joven que ella amaba, era incapaz de mostrar una pizca de empatía y, con su insolencia, dejó patente que ella no era más que una intrusa en aquella casa. Esa noche, el recuerdo de cada frase mencionada en la cena no la dejó pegar ojo. Sufría por Hans.

Al día siguiente, Eva von Schnitzler esperaba a Marina en el automóvil, tal como habían quedado la noche anterior, con el objetivo de ir de compras por el centro de Berlín.

A la llegada del lustroso Mercedes a los establecimientos más selectos de la ciudad, eran recibidas por las mismas dueñas, que ya estaban avisadas de la visita, a pie de calle. Todas perseguían un único cometido: transformar por completo la imagen de Marina hasta convertirla en la perfecta *fräulein* de la alta sociedad berlinesa. La vistieron con elegantes pantalones de *sport,* trajes formales, vestidos de cóctel y piezas de ropa carísimas especialmente concebidas para cada ocasión, como si a la joven se la esperase en el ambiente más refinado de la ciudad. Marina salió de la última *boutique* ataviada con unos pantalones de color champán amplios y volados y una blusa blanca de seda que imitaban a los marineros soviéticos. Iba a la moda de las jóvenes alemanas de la alta sociedad. A cada paso de *frau* Von Schnitzler, un séquito de dependientas se desgañitaba por obsequiarla con todo tipo de halagos y fruslerías. Les sirvieron frutas escarchadas, pastas saladas y *champagne.* Y, por supuesto, en ningún momento cargaron con las bolsas, ni se vio a *frau* Von Schnitzler extraer marco imperial alguno de su bolso, un gesto muy ordinario para una dama de su clase.

Tras un recorrido minucioso por los negocios más exclusivos, *frau* Von Schnitzler la llevó a su *Schönheitssalon,* un salón de belleza destinado a las damas de la alta sociedad berlinesa, donde varias esteticistas adecentaron el pelo encrespado de Marina, trataron su perjudicada dermis, estilizaron sus gruesas cejas, le practicaron la manicura y la maquillaron ligeramente, siempre bajo las indicaciones de la anfitriona. Cuando dieron por finalizada aquella metamorfosis de gusano a mariposa, las señoras la observaban con asombro. Marina les recordaba a una modelo de revista, según exclamaban todas. Ciertamente, su rostro había rejuvenecido y relucía: fresco, blanco, fino, cubierto por los polvos de Maderas de Oriente que ya no se veían en España y con una media melena platino con ondas como olas de mar. Desfiló para todas ellas como una *dame* aria. ¿Qué muchacha renuncia al goce de aparentar ser una modelo de revista? No se reconocía, aunque por un rato le gustase estar a la altura de esas señoras alemanas de alta cuna.

Cuando *frau* Von Schnitzler dio por finalizada la sesión de compras, había logrado transformar a Marina en una *fräulein* a la altura de su rango. Una transformación perfecta, esa era su pretensión, si bien aquí no terminó su «misión». Seguidamente, la llevó a tomar un piscolabis a un célebre salón de té en el centro de la ciudad. De nuevo, todos saludaban a la *dame* con gran respeto, rendidos a los pies de aquella aristócrata. Las colocaron en la mejor mesa del establecimiento, un reservado ajeno a los curiosos que, con toda seguridad, se preguntaban quién era aquella señora envuelta en un abrigo voluminoso de visón blanco acompañada por una *fräulein* extranjera. El servicio, de etiqueta, se mantuvo atento a todas sus peticiones: té, sándwiches y *petit fours* servidos con dos copas de *champagne*. Cuando el camarero desapareció de su vista, *frau* Von Schnitzler no se anduvo con remilgos y fue directa al grano:

—*Fräulein* Marina, la he traído aquí con el objeto de que usted y yo tengamos una conversación franca —musitó—. Sé que usted es lista y entenderá lo que le voy a decir. Está claro que mi marido no se atreve a hablar con usted debido a la relación de negocios que mantiene con su padre. Así que, si me lo permite, iré al asunto que nos concierne —dijo con los labios apretados—. He intentado por todos los medios que sus cartas no llegasen a mi hijo, con la intención clara de alejarlos; aun así, usted ha viajado hasta Berlín a fin de encontrarse con él. ¿Me equivoco?

«¡Lo sabía!», pensó Marina, que no podía disimular su irritación. Su rostro estaba blanco como el papel.

—Tuve la sospecha de que usted controlaba nuestra correspondencia. Permítame que le diga, ya que estamos siendo francas la una con la otra, que su intromisión es una falta de respeto —apuntó fría y distante—. Está en lo cierto. Si no fuera por Hans, yo no tendría ningún motivo para estar aquí...

—Ya veo. Compruebo que ha aprendido a defenderse en nuestro idioma —advirtió con suspicacia malsana—. Entonces, seré clara y concisa: mi hijo merece una mujer alemana a la altura de su linaje. Por supuesto, será aria y adecuada a las exigencias que se esperan de una distinguida *fräulein,* y no de una roja *Spanier* fugitiva. ¡Faltaría más! Mi hijo hace tiempo que es consciente de esto.

Marina recibió aquellas últimas palabras como dardos en el pecho y tuvo que hacer un verdadero esfuerzo para reprimir las lágrimas. Apretó los puños y su ritmo cardiaco se aceleró.

—*Frau* Von Schnitzler, me dolería saber que está en lo cierto con respecto a su hijo. Usted no imagina lo que es sobrevivir a una guerra, si bien pronto podrá comprobarlo —señaló Marina con tono cortante, y sorbió el té intentando serenarse—. Yo no soy comunista, ni tampoco he huido de España por mis ideas, sino debido a la violencia de una guerra que, tras su fin, no nos ha traído la paz; si acaso, la opresión militar, el odio entre hermanos y la miseria. Ustedes, los alemanes, aliándose con las milicias fascistas de Franco, han colaborado para que así fuese.

—¿Y qué pretende, *fräulein* Marina? —Achinó la mirada e inclinó la cabeza para acercarse a la de la joven—. Le recuerdo que mi hijo está luchando por Alemania.

—Le quiero. Esperaré su vuelta. Que sea él quien me diga que no quiere saber nada de mí. Si es así, me iré —balbuceó, y en su rostro asomó una sombra de tristeza—. Yo creía que ustedes me ayudarían a encontrar un trabajo como enfermera, pues era mi ocupación durante la guerra en España.

Marina estaba determinada a quedarse en Berlín, pese a las piedras que aquella mujer le colocaba en el camino.

—*Fräulein,* el lugar de la mujer está en el hogar. Además, no espere que nosotros le pongamos una alfombra roja para que usted campe a sus anchas mientras espera a nuestro hijo. —Alzó la voz indignada.

—*Frau* Von Schnitzler, dígame entonces, ¿por qué me ha comprado todo este vestuario y me ha llevado a su salón de belleza? Yo no le he pedido nada.

Marina contuvo la rabia que bullía en su interior.

—He hecho quemar todas sus cosas. ¿No esperaría vestir con esos harapos mientras se hospeda en nuestro hogar? Tenemos una reputación, *fräulein,* no olvide que pertenecemos a la alta sociedad berlinesa —señaló con artificio.

—Vamos, que no soy bienvenida en su familia.

A Marina se le oscureció la mirada.

—Pues, si le soy sincera, no creo que usted vaya a ser una buena influencia para nuestras hijas, como tampoco lo ha sido para nuestro hijo. ¿Qué edad tiene? Apenas supera la edad de Konstanze, ¿me equivoco? —Se mesó las ondas del cabello.

—No sé qué edad tiene su hija, pero yo ya tengo veinte años y le recuerdo que, a diferencia de ella, me hice adulta salvando vidas durante la guerra —se quejó dolida. Marina se preguntaba por qué tenía que aguantar a una mujer tan despreciable.

—¡Ya basta, *fräulein*! —Cerró los puños haciendo el gesto de golpear la mesa y se tomó un segundo, como si contuviese una furia que luchaba por salir desbocada—. Por deferencia a sus padres, se quedará unos días alojada en nuestra residencia hasta que mi marido, con sus contactos directos con el Ministerio del Interior, le consiga esa plaza que usted quiere en la Cruz Roja alemana. Entonces se irá. Mientras tanto, yo misma me encargaré de que no tenga contacto con mis hijas y no volverá a ver a Johannes, bajo ningún concepto. ¿Queda claro, *fräulein*? —Su mirada gélida lanzaba descargas incendiarias sobre la de una Marina cada vez más disgustada—. De lo contrario, le aseguro que su estancia en Alemania no será lo que usted espera.

—*Frau* Von Schnitzler, ¿me está usted amenazando?

—No me provoque —respondió con brusquedad—. Le estoy advirtiendo que se comporte como una *dame* y sea respetuosa con nuestra familia.

Durante el tiempo que Eva von Schnitzler le permitió residir en la mansión, a excepción de las comidas, Marina permanecía en su habitación escribiendo a sus padres y a Hans. Una última carta dirigida a su amado la ocultó en un cajón del secreter de Hans, con la esperanza de que la leyese en uno de sus permisos. Todas las mañanas, cuando la familia se ausentaba para cumplir con sus obligaciones, Marina se entretenía con largos paseos por el jardín, o por el barrio, un reducto de soledad, formalismos y apariencias exclusivo para las familias más pudientes de la ciudad, oficiales de alto rango o la élite del Gobierno.

Una tarde de aquella semana, el señor Ritter se presentó con una carta de recomendación para Marina que le daba acceso a trabajar como enfermera en la sede central de la Cruz Roja alemana. Asimismo, le reservó una habitación en una residencia para *damens* cerca del hospital, en el centro de Berlín.

Al día siguiente la esperaban en ambos lugares para iniciar una nueva vida en Alemania.

—*Fräulein* Marina, cualquier cosa que necesite ya sabe dónde encontrarme.

El señor Ritter se despidió de ella con su mano enguantada. Por un momento, Marina percibió en él un atisbo de rubor.

—*Herr* Ritter, ha sido muy amable al hospedarme en su casa, muchas gracias por todo. Despídase, de mi parte, de su esposa y de sus hijas.

El señor Ritter asintió con una sonrisa diplomática y la acompañó hasta el auto, mientras Helmut le abría la puerta del vehículo.

Desde la ventanilla trasera, la joven observó abatida cómo se alejaba de la casa y, a su vez, de la certeza de encontrarse con Hans. Por última vez, se sumergió en el lujoso mundo de aquel automóvil, tratando de concentrarse en las cosas que debía hacer a partir de entonces. Le angustiaba esa incertidumbre.

Helmut la acompañó a la residencia y tuvo la cortesía de esperar a que guardase el equipaje en la habitación. A continuación, la condujo al hospital donde ese mismo día iniciaba su labor como enfermera y le deseó buena suerte, alzando su brazo.

La anciana recordó el momento agrio en que llegó sola por la noche a la residencia de jóvenes arias, muchas de ellas pululando por los pasillos con sus uniformes de la Liga de Jóvenes Alemanas, mirando de soslayo y evitando dirigir la palabra a la extranjera recién llegada.

—Casi fue mejor así, ¿no? —comentó una Alma compungida que acariciaba el brazo de su abuela—. ¿Cuánto tiempo pasó hasta que viste de nuevo a Hans?

—*Ai, estimada!* Las cosas no fueron ni mucho menos como esperaba…

—¿Qué quieres decir? —inquirió Alma alzando las cejas.

La joven encendió un Marlboro y le dio una profunda calada, dispuesta a escuchar.

—Durante mi estancia en Berlín viví prácticamente en el hospital, donde aprendí sin pausa a trabajar como los alemanes y a dominar su idioma.

A los pocos días Marina supo por una de las enfermeras que la Cruz Roja alemana era una institución bajo el mando de las SS, el cuerpo de élite del partido nazi que controlaba las fuerzas policiales alemanas. Para los miembros del equipo médico, todos ellos del partido, Marina era una *Spanier,* una ciudadana de segunda clase, a la que algunos despreciaban. La joven actuaba lo más discretamente posible para no llamar la atención. Pese a ello, saboreaba de nuevo su independencia, en un periodo de relativa paz en la capital alemana. No perdía la ilusión de volver a ver a Hans, y ese deseo íntimo le proporcionaba el coraje necesario para seguir adelante. Entretanto, reunía dinero con la idea de alquilar un estudio donde compartir su vida con él, cuando concluyese la guerra. Entonces, los berlineses eran optimistas y continuaban afirmando que ganarla era cuestión de meses. Rezaba para que así fuese si eso significaba volver a ver pronto a Hans y vivir definitivamente en paz.

Cuando finalizaba aquellas extenuantes jornadas en el hospital, a Marina apenas le quedaba tiempo para ir a un colmado cercano y comprar lo imprescindible para cenar y desayunar al día siguiente: unas patatas, salchichas, huevos, leche fresca, mantequilla, bollos y ¡auténtico café! Estas minucias le recordaban el privilegio de vivir fuera de España, donde apenas se sobrevivía al infortunio de la posguerra. Compró también papel y lápiz para escribir a sus padres y darles su nueva dirección postal. Les hablaba del día a día, del trabajo y de la ciudad, alegre, ajena a la guerra y a los conflictos políticos. Obvió detalles de lo sucedido con la madre de Hans y del trato de desprecio que recibían los judíos en la calle o en el hospital. No quería alarmarlos, bastante tenían con su exilio. Consideraba que era suficiente para ellos con recordar cada día que su hija estaba sola en tierra extraña, enfrentando los desafíos de una gran guerra. A media tarde, tras una cena frugal, lavaba la ropa interior o el uniforme, se aseaba y estudiaba la gramática alemana hasta caer rendida en la cama.

Una mañana plúmbea de otoño se presentaron en el hospital dos hombres trajeados, con largos abrigos de cuero azabache y el cabello engominado. Se oía a pacientes y al personal médico murmurar: «¿Qué hace aquí la Gestapo?». Marina observó incrédula cómo un médico la señalaba y, de manera inesperada, aquellos individuos se dirigieron hacia ella:

—¿*Fräulein* Marina Estragués? —inquirió uno de ellos, con ojos de acero y dificultad para pronunciar su nombre y apellido.

La joven asintió con la cabeza. Le mostraron un documento que no llegó a entender. Estaba desconcertada y no supo qué decir en su defensa.

—Acompáñenos —dijo el otro agente.

Ante la mirada de soslayo del personal y de curiosos, la detuvieron sin darle opción a cambiarse de ropa, recoger sus cosas o reaccionar ante aquel atropello. Ninguno de los que la rodeaban hizo el mínimo gesto para frenar aquel desaguisado: al contrario, unos la observaban recelosos, «algo malo debe de haber hecho esa *Spanier*...», pudo escuchar; otros, simplemente apartaban la vista o la despreciaban. Ignoraba qué error había cometido para merecer ese trato humillante por parte de unos y otros.

Un coche gris oscuro, custodiado por los dos agentes y conducido por un chófer, la condujo al número 8 de Prinz Albrecht Strasse, donde se hallaba el cuartel general de la Gestapo. Marina supo después que era la policía secreta del Estado. En el mismo edificio se hallaban otros estamentos policiales durante la Alemania nazi. La condujeron hasta un sótano y la abandonaron en una estancia lúgubre y gélida. En el centro de la sala había una mesa y dos sillas de madera carcomida como único mobiliario. Permaneció de pie todo el tiempo, sin doblegarse ante el ultraje al que la estaban sometiendo.

Un agente entró en la sala, se sentó y le ofreció la otra silla. Ante su negativa, los dos hombres encargados de su custodia la obligaron sin contemplaciones a sentarse.

—*Guten tag, fräulein* Marina Estragués. —A continuación se presentó. Marina olvidó su nombre nada más salir de aquel antro—. Mi función no es otra que investigar y combatir las políticas contrarias y las acciones perniciosas para nuestro Reich. Soy un experto en detectar a la resistencia bolchevique —anunció, sin modificar un ápice su mirada glacial.

Seguidamente, le notificó que un miembro respetado de la ciudad la había denunciado. Astuto como un zorro, le hizo entrega de un nuevo documento con más frases burocráticas que Marina no entendió. Contrariado ante su pasividad, el agente le aclaró el contenido: se trataba de una denuncia firmada por *frau* Von Schnitzler. Marina no daba crédito. Finalmente, aquella *dame* había logrado su propósito.

—La persona firmante la acusa de comunista y de haber huido de España; además certifica que es una influencia peligrosa para sus hijos. Se desentiende de cualquier implicación con usted y solicita su renuncia total, con carácter inmediato, a cualquier tipo de relación con su familia.

—Yo no puedo firmar algo que no es verdad…

El agente hinchó los pulmones de aire, rechinó los dientes y le estampó una bofetada en la cara. Marina se tapó la boca con las manos a fin de calmar el dolor y la ira que bullían en su interior; se quedó paralizada, temblando como un cachorrillo acorralado. Nadie, ni siquiera durante la guerra, la había tratado de esa manera. El hombre levantó la barbilla y la miró por encima del hombro con insolencia, demostrando su superioridad. Le ofreció su pluma y con un despectivo meneo del índice apuntó a donde debía firmar.

El rostro de la joven se anegó de lágrimas que caían silenciosas. Sobrepasada por los acontecimientos, no supo qué responder y, finalmente, se arriesgó a no plantar su rúbrica en aquel papel que, en pocas palabras, la consideraba *persona non grata* para la familia de Hans y una criminal a ojos de aquella policía siniestra.

—Espléndido, *fräulein*. A partir de este momento permanecerá bajo custodia preventiva, en tanto se investiga si ha participado en acciones delictivas y si es usted una opositora radical al partido nacionalsocialista.

Más tarde, supo que la expresión «custodia preventiva» escondía una intención: permitía a la Gestapo retenerla en prisión hasta veintiún días, aun no habiendo cargos contra ella y sin necesidad de someterla a un juicio.

—Los civiles tienen poco que temer, siempre que acepten las consignas oficiales y no den problemas. Basta emprenderla contra unos pocos para amedrentar al resto —señaló relamido.

Entonces, Marina sintió un garrotazo en sus extremidades y cayó como un saco roto. El dolor le dejó sin aliento.

—¿Es usted una ciudadana políticamente peligrosa, *fräulein*? —profirió con sorna.

Aquel sufrimiento punzante le impedía emitir cualquier sonido. De nuevo, otro golpe seco y agudo, ahora en los riñones.

—Debe de haber un error. —Marina trató de explicarse, anulada por un tormento insoportable que la ahogaba—. No soy comunista... No he tenido problemas con la familia Ritter, no la veo desde hace semanas. —Notó un sabor a óxido al rozar la lengua con el labio—. *Herr* Ritter es socio de mi padre y se conocen desde hace tiempo... Soy enfermera en la Cruz Roja alemana... No sé a qué se debe esta acusación...

El oficial le volvió a ofrecer la pluma. Marina la intentó agarrar como pudo, pues se le escurría entre los debilitados dedos. «Hacerlo implica no ver más a Hans», pensó mientras le rodaban las lágrimas por las mejillas ruborizadas. Se quedó mirando aquellas letras que se desenfocaban ante su vista y negó con la cabeza. La pluma cayó de sus manos y rodó sobre la mesa hasta caer al suelo.

—¡Llévensela! *Raus!* —bramó el agente a los escoltas.

La trasladaron a empujones a una oficina donde le tomaron las huellas dactilares y varias fotografías.

Durante días, no recordaba cuántos, Marina estuvo confinada en una celda de castigo, con la bombilla encendida todo el tiempo. Su cuerpo amoratado quedó a merced de aquellos individuos que podían alargar aquel arresto a su antojo, con la excusa de que la estaban investigando.

La Gestapo, como policía secreta de la Alemania nazi, funcionaba como inquisidora de los enemigos políticos en territorio alemán. Les había valido el chivatazo de una aristócrata de la élite alemana para encarcelar a aquella *Spanier* comunista.

Diez días después, el mismo agente que se había ocupado del arresto de la joven se presentó en la celda provisto de una vara de piel que sujetaba con ambas manos. Se dirigió a Marina hasta casi rozar la visera de su gorra militar con el cabello de la joven, obligándola a retroceder hasta tocar la pared. Marina percibió el aliento agrio en su cuello y los botones del uniforme en su pecho. El hombre alzó la vara con gesto amenazante, pero se contuvo. Sonrió con sus ojos de acero. Le bastó ver el semblante aterrorizado de la joven: había aprendido la lección a base de cierta violencia necesaria.

—*Fräulein,* la estaré vigilando y si la vuelvo a ver por aquí le juro que la aplastaré como a una cucaracha. Está usted advertida. —Le abrió la puerta de la celda conminándola a marcharse—. Haga las maletas y váyase a su país.

Alma percibió cómo se le encogía el corazón al saber que su querida abuela había sido apresada y torturada de aquella forma. La joven no concebía a un ser más dulce e inocente que ella.

—¡Qué malas bestias! *Àvia,* ¿no los denunciaste?

—Aquel agente de la Gestapo puso delante de mí una declaración en la que yo debía jurar que jamás regresaría a Alemania…

—¿Firmaste?

—Firmé.

Marina salió de la Gestapo temblando, hecha un mar de lágrimas. Apenas había dormido, olía mal y su uniforme de enfermera estaba hecho un guiñapo. Observó que al pie de la escalinata estaba aparcado el vehículo del señor Ritter. Klaus Ritter bajó la ventanilla posterior y le indicó con la mano que subiera al auto. Ya en el interior, observó el estado deplorable en el que se hallaba, pero no hizo comentario alguno, simplemente le ofreció un sobre.

—Yo de usted, *fräulein* Marina, lo aceptaría. Aquí corre peligro. Ya ha comprobado cómo se las gasta la Gestapo. Regrese con sus padres y comience una nueva vida. Este sobre contiene lo necesario para llegar a París y, desde allí, a Épernay.

—Quisiera saber solo una cosa, si me lo permite *herr* Ritter —dijo con labios temblorosos—. ¿Por qué su esposa esperó a que me fuera de su casa para denunciarme?, ¿por qué no lo hizo estando yo con ustedes?

—Primero, no quiso montar un espectáculo delante de nuestras hijas y el servicio, pero también mi esposa creyó que usted se rendiría nada más irse de nuestra casa, que volvería con sus padres —murmuró apartando la vista de la joven—. Ahora ya la conoce, Eva está dispuesta a todo con tal de alejarla de nuestro hijo.

Marina abrió el sobre y descubrió consternada el contenido: varios cientos de marcos imperiales, otros tantos de francos franceses y un billete de tren que salía la mañana siguiente con destino a París.

La joven observó disgustada a Klaus Ritter. Salió del vehículo sin despedirse y, sin volver la vista atrás, se alejó para siempre del mundo de Hans.

XII

Viento del este

Soplaron días de tramontana, con cielos tocados de nubes y brillantes de sol. Pasar el día en la playa se convertía en un deporte de riesgo: el fuerte viento del norte se lo llevaba todo a su paso y uno podía estar tragando arenilla durante días… Los más osados perseguían sombrillas que rodaban peligrosamente a lo largo del arenal, hasta cabalgar sobre un enérgico oleaje que arrastraba con la misma suerte a bañistas, pelotas y colchonetas inflables.

Los habituales de Palamós sabían que, en los días de tramontana, era mejor optar por hacer otras actividades, así que Alma propuso a Hans montar en bicicleta hasta Cala Margarida. De vuelta, se adentrarían por el interior para tomar algunas fotografías mientras paseaban entre viñas y trigales. La joven descubrió en Hans a un tipo lleno de energía, al que le gustaba ejercitar sus piernas sin un ápice de grasa. Le tomaba fotos sin que él se diese cuenta; no le gustaba hacer posados, solo le interesaba captar al hombre como parte del paisaje.

Cala Margarida era una lengua de guijarros de todos los tamaños posibles y de rocas, pertrechada por un bosque de pinos. Hans estudiaba minuciosamente cómo se elevaban los riscos desde el fondo marino, coronados por pinos fantasmagóricos cuyas ramas se retorcían en formas sobrecogedoras, serpenteaban como culebras queriendo atrapar el paisaje y planeaban, como espectros, sobre el agua, ahora de un turquesa apabullante, ahora de un sutil cobalto. Le satisfizo comprobar qué poco había cambiado ese espacio diminuto de la costa.

Se sentaron los dos al borde de una roca frente a un fulgurante mar azul y verde en el que tantas veces Alma había buceado en busca de estrellas de mar y erizos.

—Gracias por traerme hasta aquí, este lugar me trae muy buenos recuerdos. —Inquieto, se pasó la mano por sus ingobernables greñas y sonrió—. Querida, ¿no es hora ya de que nos tuteemos? Me hace sentir más anciano de lo que ya soy...

—OK, me parece bien... Por cierto, ¿has probado alguna vez los erizos de mar gratinados? —Alma señaló la parte inferior de la roca sumergida en el agua, en cuya pared se extendía como un manto negro medio centenar de erizos agarrados a la piedra—. ¡Son un manjar! ¡Mi abuela los cocina de maravilla! Los gratina con una fina bechamel y los sirve en su propio caparazón, acompañados de champán. ¡Están de miedo!

Hans sonrió con ojos brillantes y seguidamente posó la mirada a cincuenta metros de la orilla. En el límite de la playa se cobijaba bajo una espesa arboleda una hilera de casitas entoldadas, levantadas sobre una plataforma de cemento a prueba de tempestades. Las familias, ataviadas con el bañador y calzadas con cangrejeras de goma, se daban el primer baño del día.

—Recuerdo que, entonces, esta veintena de casitas eran cuatro barracas humildes construidas por los propios pescadores, a fin de resguardar sus barcas y enseres de pesca en los fríos días de invierno. En una ocasión, Marina y yo nos refugiamos en una de ellas, ante la llegada de una tormenta...

—Ya —dijo Alma con tono burlón.

A la hora del almuerzo, Hans y Alma llegaron a la Cala del Crit, donde pensaban hacer un pícnic con los bocadillos y la fruta que habían comprado en un colmado del pueblo. Sacaron las toallas y se sentaron cerca del mar.

—Aquí disfruté de una deliciosa tarde con tu abuela —recordó risueño—. Ella fue quien me explicó el significado de tan curioso apelativo, *El Crit,* 'el grito'. «¡Vaya nombre para una playa!», pensé. Según me contó, esta estrecha ensenada encierra una leyenda de piratas que surcaban el Mediterráneo en busca de tesoros. Los caminos de ronda se establecieron para avistar la llegada de aquellos corsarios, como el temible Barbarroja, que, con sus veinte galeras, asoló esta costa. En medio de una tempestad, saqueó Palamós, donde rodaron cabezas y se llevó cautivos a los más jóvenes y fuertes para venderlos como esclavos, arrasó cultivos y robó lo más valioso de cada casa, asesinando a todo aquel que se resistía a su ataque.

—¡Te sabes todas nuestras historias! —dijo Alma asombrada—. No dejas de sorprenderme.

—Tuve una buena maestra. —Le guiñó un ojo—. Y hay cosas que no se olvidan… Y lo digo porque yo viví la operación Barbarroja en el este de Europa, durante la guerra. Algo bien distinto, claro. Era el nombre clave que le dio Hitler al ataque por sorpresa a la Unión Soviética, una aspiración alemana desde la Gran Guerra.

Su mirada azul, aguda, se clavó en la de Alma y sonrió gélidamente, en silencio. La joven se estremeció; a pesar del calor, un sudor frío le recorrió la espalda.

—Hans, mi abuela me dijo que el Ejército alemán te reclutó —se atrevió a decir con suspicacia—. ¿Eso significa que participaste en la Segunda Guerra Mundial junto a Hitler?

En el rostro de Hans planeó una sombra alargada y, por un momento, se concentró en el paisaje marino, donde los veleros surcaban las olas a gran velocidad, hasta desaparecer tras los promontorios. La miró a través del humo del cigarro. Sus ojos le hablaban.

—Quiero saber la verdad —insistió Alma con tono cortante.

—Sí, combatí como oficial de la Wehrmacht —admitió en un ronco susurro.

El anciano retornó la vista al mar, de nuevo evitando la de Alma. Los mismos ojos estaban inquietos, respiró hondo y sonrió con una mueca.

Alma recibió aquella confesión como si la hubieran noqueado en un *ring*. Nunca imaginó el impacto que le supondría oír a un hombre revelar su pasado nazi. «¡Joder! Lo tengo delante, charlando conmigo como un amigo... ¿Es un exnazi decente? ¡Manda narices!». La joven se reprimía para no expresar en voz alta su ira. «Un nazi siempre será un criminal de guerra. ¡Pues claro!». Tras esa fachada de caballero se ocultaba un criminal que quizá no se arrepentía de sus acciones pasadas...

Le invadía una profunda cólera que convergía en sus entrañas, como un hurón hurgando en la tierra. Si la dejaba escapar, se liberaría como un torrente enloquecido. Apretó la mandíbula y se mordió las uñas pensando en todas las posibles respuestas poco juiciosas que no se atrevía a verbalizar. Aquello escapaba por completo a su capacidad de comprensión. Aquel viejo podía haberse construido una doble vida. Y, si no era así, ¿por qué había tardado tanto en confesar su origen nazi? De hecho, no le había respondido de forma voluntaria sino tras ser interrogado. Eso le molestaba todavía más. ¡Mierda! ¿Cómo iba a creerle? ¡Estaba hecha un lío!

—¿Eras consciente de para quién luchabas? —acertó a preguntar.

—No tardé mucho en darme cuenta de dónde me había metido. —El anciano se levantó de la toalla y avanzó unos pasos para evitar la mirada airada de la joven.

—¿Qué quieres decir? —le preguntó con frialdad.

Hans se quedó inmóvil y se giró hacia Alma. Le resultó imposible eludir aquella mirada desafiante.

—Todo el mundo recibe una herencia que no es de su elección. —La miró con ojos empañados, apáticos—. Igual que tú no eliges a tu familia; te viene dada, con sus virtudes y defectos...

—No estás contestando a mi pregunta. —La joven luchaba por contener la rabia sin mucho éxito—. ¿Qué tiene que ver tu familia con tu elección de vida, con ser un nazi?

Las facciones de Hans se tensaron. Con los pies empezó a excavar agujeros en la arena.

—Como yo, muchos críos nos vimos obligados a actuar como adultos, a obedecer a nuestras familias, a acatar las órdenes del Tercer Reich. No nos dieron opción. Actuamos arrastrados por las circunstancias. —Una nube oscura se meció en sus ojos.

—¿Fuiste o no fuiste un nazi? ¡Es lo único que necesito saber! *Fuck!*

—Déjame que te lo explique y juzga por ti misma…

Hans se dirigió hacia la orilla. Alma lo siguió, pero ni el contacto con el agua la alivió y no era capaz de disimular su enojo. Desconfiaba de aquel ser que, en realidad, no dejaba de ser un desconocido. Se estaba arrepintiendo del follón en el que se había metido… Mientras tanto Hans, cabizbajo, incapaz de sostener la mirada de la joven, dejaba que el agua le lamiera los pies. La joven le dejó hablar a regañadientes, pues temía escuchar sus explicaciones.

—Cuando regresé a Alemania y hasta el inicio de la guerra, los jóvenes vivíamos inmersos en una búsqueda de emociones fuertes, como participar en una guerra heroica. Pocos nos resistíamos a las exaltaciones patrióticas de Adolf Hitler… En 1936, el Ejército alemán entró en Renania sin derramar una gota de sangre y, casi dos años más tarde, la anexión de Austria fue un éxito clamoroso. Ensalzamos a Hitler como un héroe.

Alma se revolvió incómoda. Hans la miraba a los ojos esperando una respuesta, pero ella permanecía en silencio.

—Sí, fui un necio que se dejó arrastrar por una gloria incierta, con una ingenuidad imperdonable, atrapado por la beligerancia de mi madre y los ideales románticos de mis colegas. Como ya te he dicho, soñábamos con vivir la épica de las grandes batallas como oficiales del Tercer Reich.

»Conminado por la exaltación de unos y otros, ingresé en las Juventudes Hitlerianas. Como miembro de la élite berlinesa, y con dieciocho años, me otorgaron el máximo estatus. Me creí poderoso. Eso es lo que pretendían y lo lograron. El adoctrinamiento político se iniciaba a edad temprana en esos campamentos obligatorios para todos los niños arios. En las Juventudes nos instruían en el espíritu de compañerismo, la capacidad de lucha y el triunfo de la raza aria como ideal, mientras hacíamos acampadas y practicábamos juegos de guerra.

»Por primera vez mis padres estaban orgullosos de mí. Pronto, la universidad quedó en segundo plano y también mi espíritu romántico e inconformista. A los diecinueve años, ingresé en el cuerpo de combate de oficiales de la Wehrmacht. Nos consideraban oficiales de élite y eso también me lo creí. Nos entrenaban para ser militares de alto rango y servir a la nación de la manera más noble. Llegado el momento, fui llamado a filas…

Alma sintió que sus excusas no la ayudaban, más bien le asqueaba cuanto escuchaba. Y, cuanto más se explicaba, más recelaba de él… «¡Mierda! ¿Quién se enamora de un nazi?». A la joven no le cabía en la cabeza que su abuela se hubiese colado por un maldito nazi. Era, cuando menos, inquietante.

—Todo cambió cuando viví uno de los combates más espantosos de aquella guerra: la batalla del Frente Oriental. Fue uno de los inviernos más inhumanos que se recordaba en tierra siberiana. Juro que así fue —evocó el anciano con la vista perdida en el horizonte marino—. El Ejército Rojo la llamó la Gran Guerra Patria; nosotros, los alemanes, la Guerra Ártica. Sea como fuere, supuso un desastre total.

»Libramos una lucha sangrienta, cuerpo a cuerpo, con los soviéticos, a los que llamábamos la Muerte Negra. —Hans, ido, abatido, parecía inmerso en aquella vieja cruzada—. La guerra en el este duró demasiado tiempo y se perdieron millones de vidas de un lado y del otro de las trincheras. Peleamos como leones, atacamos y tomamos posiciones, pero ellos eran unas bestias indomables…

Una mañana, siguiendo las instrucciones de los oficiales, el Ejército de la Wehrmacht se alineó cerca de una colina. En la calma que precede a la batalla, Hans escuchó un bramido: «¡¡Vamooos, soldados, al asaltooo!! ¡¡Adelanteee, rápidooo!!». Junto al resto del regimiento, salieron todos de estampida, con el corazón enloquecido, como toros bravos segundos antes de una embestida. Entonces, Hans escuchó a los escuadrones rojos tronar contra ellos: «¡¡Hurraaa!!».

Junto a su escuadrón, Hans alcanzó la cima, donde el enemigo, con rifles y tanques, les recibió con una lluvia de proyectiles y ráfagas de ametralladoras. Mientras avanzaba cegado por el arrebato, el joven alemán oía a su alrededor silbar las balas, que atravesaban sanguinarias los cascos de acero de aquel que no osaba esconderse, y veía desplomarse a las temerarias milicias por doquier, rematadas por las bayonetas. Las carabinas no eran las adecuadas para una guerra ártica y se atollaban con las gélidas temperaturas. Arrugaba la nariz al impregnarse con la fetidez de la cordita y la corrupción de los cuerpos en descomposición que flotaba en el aire, como un arma más, capaz de lesionar la psique de uno de manera insospechada.

Hans luchó hasta la extenuación en el pastizal helado, escuchando el aullar terrorífico de una tempestad intratable de viento, nieve, lluvia y barro que duró días, semanas, y que lo aprisionó con su saña. El joven tampoco estaba equipado, ni mental ni físicamente, para sobrellevar ese infierno gélido. Expelía el vapor de su respiración agitada y, en cuestión de segundos, se le escarchaba sobre la barba.

En una tregua pactada por cada frente, cesaron los disparos. Los soldados de la Wehrmacht se ocultaron bajo la espesura de un bosque cercano durante horas, a la espera de la siguiente orden de sus superiores. Una falsa calma se instaló entre ellos. Ateridos sobre un manto blanco que les cubría hasta las rodillas, aguardaban una respuesta que no llegaba. La humedad y el frío polar les calaba los huesos y les impedía pensar con claridad. En aquella tensa espera, comían restos de latas, y la nevisca, que los azotaba incesante, era el único líquido para aplacar la sed. Se podía escuchar, como el concierto de una banda desafinada, el castañeteo de mandíbulas desencajadas. En ese cruento escenario imperaban los gemidos de los camaradas heridos, con los miembros congelados o cercenados; otros, enfermos de neumonía, tifus, difteria o disentería, eran incapaces de emitir sonido alguno. Los soviéticos colgaban a sus víctimas de árboles o los lanzaban precipicio abajo, pero el ejército ario tampoco se salvaba de su ferocidad y mataba sin clemencia. Él tuvo la seguridad de que todos iban a perecer allí mismo; si no lo hacía la metralla, lo harían el clima extremo, el hambre, la enfermedad o el propio desquiciamiento ante la idea de ser apresados por un enemigo sanguinario.

Llegó un día en que la mente de Hans resolvió que su espíritu militar había abandonado su cuerpo y con él se había llevado también su cordura. Sentado en la nieve, se agarraba las rodillas clavándose las uñas en las manos. Desde que se alistó, su ego de la épica luchaba contra el pavor a participar en una guerra que su yo, el de la inocencia, no entendía.

Una furia incontrolable martilleaba sus sienes… El silbido constante y aterrador de las balas en su cabeza… Buscó con dedos temblorosos un pitillo entre los bolsillos de su uniforme, extrajo un cigarrillo medio consumido y se lo colocó en los labios trémulos. Tardó en lograr una llama echando a perder casi todas las cerillas con sus inoportunas sacudidas. No podía dejar de llorar. Aspiró una bocanada de humo y, por un segundo, pareció que sus músculos se relajaban. Entonces, decidió no permanecer un minuto más en ese terraplén donde las ratas, grandes como gatos, campaban a sus anchas. No quería ser un héroe. Sin medir las consecuencias, enajenado por los ecos de la batalla e indiferente a las ordenanzas de sus superiores, Hans avanzó a gatas, aullando como una bestia, hasta un cerro donde creyó estar a salvo. Una bruma negruzca cubrió sus ojos. Entre ahogos trataba de respirar el aire helado, que se le clavaba como un puñal en los pulmones. Tanteó casi a ciegas el terreno hasta que se topó con un bulto semienterrado en la nieve. Con el corazón en un puño, observó aquel cuerpo inerte: era un chaval de etnia rusa, reconocible por su cabeza rasurada, cubierta con la *pilotka,* y su capa protectora. Dio un salto hacia atrás y a punto estuvo de dispararlo a bocajarro. Seguidamente, apreció su rictus helado, su piel ajada, sus ojos vacíos, el cuerpo yerto; una vida más perdida para siempre. El rostro gris de aquel crío parecía tan inocente que, ni por asomo, lo concebía como el enemigo a batir. Hans se vio reflejado en aquel rostro imberbe; tendría unos quince o dieciséis años, a lo sumo; él acababa de cumplir los veintiuno, pero, como aquel ser, había perdido la inocencia en la brutalidad de la batalla. Eran dos niñatos que no hacía tanto jugaban con sus bicicletas y despertaban a la vida, al amor y a la aventura ignorando lo que les deparaba el destino. Ni uno ni otro merecían hallarse en esa despiadada lucha. Hans se tragaba las lágrimas mientras abrazaba aquel cuerpo helado, hasta que vació su delirio.

Antes de abandonar aquel cementerio de cadáveres, Hans tapó con un pañuelo los ojos desorbitados del muchacho ruso, a fin de darle el descanso eterno que merecía; rezó una oración por su alma y continuó arrastrándose entre las sombras, sorteando las decenas de cuerpos diseminados por el hielo. Imploró para que terminase ese combate escabroso, pero aquella era solo una de las muchas cruzadas que estaban por llegar. Tuvo que sobrellevar un tiempo entre bombas para entender que aquella perversa guerra se llevaría de un soplo sus sueños de juventud. En ese averno donde veía desplomarse a sus camaradas, el joven entendió que la guerra no era un juego entre héroes y caballeros, ni tenía nada de glorioso, ni de honor. De nuevo, ¡cuánta necedad! Hasta que aprendió a distinguir entre el bien y el mal.

Alma estaba sobrecogida, sin dejar de pensar en aquel joven que fue capaz de participar en aquella barbarie. ¿Pudo ser responsable de acciones tan extraordinariamente crueles?

—Todos tenemos la capacidad de hacer el bien o el mal. ¿No?

Su callada por respuesta le produjo un respingo. Tras unos segundos, Hans la miró a los ojos como si la escrutase más allá de ellos.

—Eso no te lo enseñaban en una escuela de oficiales. —Hans se maldecía—. Aquella batalla me produjo un enorme impacto. La bestialidad de los soldados, el ensañamiento con los civiles, sobre todo con los judíos, y las violaciones constantes a las mujeres, daba igual si eran niñas o ancianas… Todo aquello me hizo decidirme a abandonar las trincheras, aun a riesgo de convertirme en un traidor…

»Hoy sigo sin comprender la crueldad y el sinsentido de aquello —masculló—. Entonces, me vi imposibilitado para luchar contra un enemigo al que no conocía, y no entendía las motivaciones por las que ellos luchaban contra nosotros. Me taladraba la misma pregunta: ¿qué diablos hacía yo en ese infierno…?

La presencia del anciano incomodaba a la joven y seguramente esa impresión se reflejó en su rostro.

—Hans, ¿podemos dejar la excursión para otro momento?

—OK, lo entiendo —respondió apretando los labios—. Entonces, ¿nos vemos mañana?

—Si no te importa, ya te avisaré, ahora soy yo la que necesita tiempo.

Hans abrió y cerró la boca sin articular palabra. Se colgó la mochila a la espalda y volvió sobre sus pasos para abandonar la playa apesadumbrado y con paso lento. Era la viva estampa del desconsuelo.

Alma, por el contrario, se desplomó en la arena, estrechó sus piernas y hundió la cabeza entre los brazos. Un horrible nudo le crecía en el estómago, y la garganta, seca, se contraía con cada latido. Pensaba en su abuela y se preguntaba cómo había transitado por esta vida sin pedir ayuda, sin hablar con nadie de aquellos hechos espantosos. Aún diría más: su sexto sentido la avisaba de que, posiblemente, su abuela no lo sabía todo acerca de aquel hombre. ¿Cómo le iba a contar lo que estaba averiguando? La iba a matar a disgustos. Ahogó un grito desesperado. La joven se había metido en un buen marrón y no sabía cómo salir de él.

XIII

El tren

Una tarde en que la canícula daba una tregua, Marina accedió a pasear con su nieta por el pueblo. Compraron un helado y se sentaron en el malecón, siguiendo el ritual de los lugareños, para contemplar el ocaso. Desde su posición observaban el puerto y la playa donde a esas horas las mujeres recogían las redes y los niños apuraban el último baño entre las barquitas. Aquella panorámica de postal se extendía hasta el límite de Playa de Aro. El sol descendía parsimonioso por el horizonte y bandas cromáticas de intensos naranjas, rojos, rosas y lilas caían en cortina hasta sumergirse en un mar azul ultramarino.

Marina sorbía con una cucharita de palo diminutas porciones de helado de café y *amaretto* contenido en un vasito de cartón. De cuando en cuando, levantaba la vista y saludaba con sus iris esmeralda a unos y a otros. Entre el gentío apareció su vieja amiga Julia.

—Marina, querida, ¡qué cara eres de ver, mujer! —Se sentó junto a ella y la besó en las mejillas.

—Estos días ando muy entretenida con mi nieta...

Julia abrazó a Alma y le dio un beso sonoro.

—Querida, ¡cuánto tiempo sin verte! —la saludó y, tras mirarla, volvió la vista a su amiga y sonrió—. ¡Dios mío, es como ver a tu abuela en su juventud!

La joven sonreía y atendía a cada una de las amigas que se iba acercando a saludar a su abuela, formando un corrillo en torno a ella.

Halagaban su belleza bien conservada y le lanzaban piropos que ella recogía con turbación. Y, si reconocían a Alma, acompañaban dos besos con una expresión común: «¡Qué bien se la ve acompañada de su nieta!». Marina, henchida de orgullo, ponía a su nieta por las nubes.

En un momento en que las mujeres hablaban entre ellas y Marina permanecía en silencio observando a las familias que paseaban en dirección al puerto, Julia se acercó a ella como si le fuese a hacer una confesión y le susurró:

—¿Le has visto?

—¿Que si le he visto? —murmuró para que no le oyese su nieta, que en ese momento contemplaba distraída el atardecer en la playa—. ¡El primer día mientras comíamos en Cal Pep!

—¿¿Y?? —preguntó Julia excitada.

—Nada, nos miramos, nos reconocimos… ¡Y a mí casi me da un síncope! Finalmente, salí corriendo de allí —masculló y frunció el entrecejo.

—Pero… ¡Si era la mejor oportunidad para retomar el contacto!

—¡Y dale! ¡Qué pesadas os ponéis todas! ¡Yo no sé si quiero verle!

—Bueno, bueno, tranquila… Pero tarde o temprano…

—Veremos… ¡Oye, que «hay ropa tendida»! —dijo guiñándole un ojo y mirando a su nieta.

—Querida, pues ya me contarás cuando te decidas… ¡Me alegro mucho de haberte visto! —exclamó en voz alta para que el resto de las ancianas se percatasen y cada una tomase su camino.

Alma se acercó a su abuela y la cogió del brazo para reanudar el paseo.

—¡Qué bien que las sigas viendo!

—Son mi única compañía en invierno. Los jueves nos reunimos en Cal Pep, donde repasamos nuestras vidas o presumimos de hijos y nietos.

Abuela y nieta emprendieron el paseo hacia la playa. Al llegar a la orilla se desabrocharon las sandalias para caminar con los pies desnudos.

—*Àvia,* ¿conseguiste llegar a París?

—Sí, aunque mis días allí estaban contados. Salí de un infierno para meterme en otro —dijo agarrándose con fuerza al brazo de su nieta.

A la joven le asombraba que todavía lograse destapar más recuerdos de su abuela: su pasado era un pozo sin fondo. La vida de Hans tampoco se quedaba atrás. Se estremecía ante la posibilidad de un reencuentro entre los dos.

La anciana hundió los pies en un mar que cabrilleaba. Alma la imitó y las dos se sentaron en la orilla dejando que el agua lamiese sus extremidades mientras la arena jugaba a saltar sobre aquellas pieles desnudas.

—Durante el trayecto a París, tomé la decisión de no regresar a Épernay junto a mis padres, bastante tenían con subsistir en una patria extraña y no quería ser una carga para ellos. —Su mirada volaba entre las gaviotas, convertidas en sombras negras frente al contraluz del ocaso—. Es más, habiendo saboreado la libertad de vivir fuera del hogar familiar, me seducía residir un tiempo en la capital francesa, que, aunque en guerra, ofrecía muchas posibilidades para una joven como yo…

Marina llegó a París cuando los días comenzaban a acortarse. Las mañanas eran grises y tediosas; las noches frías y amenazadoras. Se presentó en la sede de la Cruz Roja, donde el ambiente era frenético. Aunque su francés, aprendido en la escuela con *mademoiselle* Rochell, era pasable, dominar el español y casi el alemán le sirvió para que la contratasen ese mismo día. El hospital necesitaba muchas manos para auxiliar a los soldados que no cesaban de llegar del frente.

Se hospedó en una pensión para señoritas, cerca del hospital, con la intención de llevar la misma vida que en Berlín, reducida a largas y extenuantes jornadas atendiendo a enfermos y heridos de guerra. Era la solución más plausible para olvidar a aquella familia que la había herido de manera tan intencionada. Había sido un mero objeto en manos de unas personas sin escrúpulos morales que la llevaron a experimentar el dolor de la traición y la humillación. Y ese tormento se fue transformando en recelo hacia Hans; dudaba de si él había hecho lo suficiente por ella ante su familia. Ese resquemor y la propia ausencia de Hans hicieron que el amor que había sentido por él perdiese parte de su esencia. Tratar de olvidarlo resultaba un trago amargo de digerir; no amarlo la rompía por dentro…

En las calles de París, pobladas de estandartes con la esvástica, se vivía una cierta normalidad bajo la ocupación nazi. Las tiendas estaban abiertas y llenas de género, y las terrazas de los cafés y los restaurantes rebosaban de soldados alemanes que confraternizaban con las guapas parisinas. Los franceses se negaban a perder la alegría de vivir. A Marina, en cambio, le pesaba la denuncia de los Ritter.

Una noche Marina estaba preparando una tortilla en un viejo hornillo que tenía en la buhardilla, mientras tomaba una copa de vino, uno de los pocos placeres que le proporcionaba la libertad de vivir su propia independencia. Estaba tarareando la canción del cumpleaños feliz. Sorbió un trago de vino y se dijo en voz alta y alzando la copa:

—Felicidades, Marina, hoy cumples veintiún años. ¡Ya eres mayor de edad!

En ese instante, llamaron a la puerta. No esperaba a nadie. Solo podía ser la bruja de la casera, una entrometida…

—Sabía que tarde o temprano ocurriría. —La casera la miró a la cara con desprecio mientras se enjugaba las manos en su sucio delantal—. La esperan abajo…

—¿Quién?, ¿*mademoiselle* Marteaux?

La mujer ya le había dado la espalda y descendía haciendo crujir las ruinosas escaleras de madera.

Cuando la joven llegó al patio de la portería, se topó con Marie, una joven francesa que siempre miraba el mundo con el ceño fruncido.

Chocaron hombro con hombro y la francesa, con mirada altiva, siguió su camino hacia las escaleras.

—*Truie espagnole,* cerda española —se escuchó desde la escalera.

Cuando Marina llegó a la portería, dos agentes de la Gestapo la estaban esperando.

—¡Otra vez no! —masculló.

La obligaron a subir a su habitación y, allí, tras ponerlo todo patas arriba y no hallar nada sospechoso que la pudiese inculpar, la policía secreta alemana la detuvo.

En el cuartel general de la Gestapo, pronto averiguaron que ya había sido arrestada en Berlín.

—¿Qué he hecho ahora? Trabajo para la Cruz Roja, en la pensión no doy problemas y me he mantenido alejada de la familia Ritter…

No sirvió de nada.

Un agente se sentó frente a ella y la miró con desdén. Mostraba una antigua cicatriz que le atravesaba el ojo derecho como una carretera, desde la ceja medio calva hasta el pómulo, y cada vez que abría la boca su rostro dibujaba una mueca monstruosa que acentuaba su mirada de asco hacia aquella *Spanier* farsante.

—Sí, claro, todos sois unos santos… Sin embargo, nosotros os tenemos calados. No sois más que unos cerdos bolcheviques y unos desertores y todos caéis en el mismo agujero negro: la *Résistance*. —Afiló los ojos oscuros como una rata.

—¡Yo no colaboro con la *Résistance*! —replicó Marina con desesperación.

—¡Llévensela! *Raus!!*

Al tercer día de reclusión, una tropa de las SS sacó a Marina del edificio a culatazos junto a un grupo de mujeres, niños, algún bebé y varios hombres, la mayoría franceses. Los espolearon mientras los obligaban a subir a la cabina trasera de un convoy militar. El vehículo se puso en marcha. Transportados como ganado, sin darles una sola explicación, sufrían en silencio sepulcral los continuos bandazos del vehículo, que tensaban sus músculos y molían sus cuerpos ya maltratados por la Gestapo. No se escuchaba ni el vuelo de una mosca y la oscuridad dificultaba reconocer los rostros. La velocidad les impedía fijar la vista en el exterior que asomaba por alguna de las rendijas, entre las lonas atadas a la base del camión. Era imposible averiguar hacia dónde se dirigían.

A la mañana siguiente, con las ráfagas de luz que se colaban por las ranuras, Marina distinguió la estrella de David amarilla cosida en algunas de las vestimentas. Entre los hombres había dos ancianos, un joven homosexual, un soldado y un comunista. De las mujeres, la mayoría judías, Marina era la única acusada de roja y prófuga de la España de Franco. Ninguno de ellos tenía cabida en el orden fascista del Tercer Reich; eran parias de la sociedad, aunque ella aún lo ignorase. El pánico los atenazaba y nublaba las miradas. La joven seguía sin entender qué había hecho para merecer de nuevo ese castigo. ¿Cómo había llegado a esa situación tan injusta como cruel?, ¿a dónde los enviaban? Las preguntas y dudas repicaban en su cabeza produciéndole una intensa crispación. No esperaba que aquella situación fuese a mejorar. Estaba débil y hambrienta. De vez en cuando alzaba la vista y descubría a alguno de aquellos seres observándola con angustia, curiosidad o rechazo, con la vista fija en sus rasgos, que poco tenían de germánicos o españoles.

Marina supo por la Gestapo francesa que los nazis, con la autorización del general Franco, la habían despojado de la nacionalidad española, acusada de ser «gentuza roja comunista», decían, una fugitiva de la ley. Franco repudiaba a seres como ella, dejaban de ser compatriotas, así que también le arrebataron lo poco que le quedaba: su identidad. Su condición de apátrida la dejaba automáticamente sin país al que regresar. Si al menos hubiera sido comunista, habría tenido una razón justa por la que luchar en aquella guerra que no la concernía.

Buscaba entre sus recuerdos momentos para olvidar el frío que la entumecía y se dejó transportar hacia el Mediterráneo que tanto añoraba. Su mente recorría la orilla del mar en aquellos largos días de verano con Hans, con sus pies jugueteando entre las olas que refrescaban la arena caliente. Le parecía un recuerdo tan lejano que le costaba sentir el calor de Palamós. Le urgía alejar la gélida realidad que bloqueaba sus sentidos. La luz no le llegaba y se sentía cada vez más fatigada; padecía de intensos calambres y hormigueos en los miembros, debido a la inmovilidad en aquel espacio ínfimo. Sus poros transpiraban un tufo que no reconocía como suyo; no quedaba nada de aquellas emanaciones a jabón, a polvos de talco o a colonia fresca, prohibidos ya en los años de la contienda y recuperados después, en Berlín y en París. La ropa de lana gruesa usada que la habían obligado a vestir le picaba como un demonio. ¿Quién habría usado esa vestimenta antes?, ¿por qué era ella quien la llevaba ahora? Rezó en silencio por aquella persona, intentando apagar ese pensamiento perturbador que se apoderaba de ella. ¿Iba a correr el mismo infortunio?

Viajaron otra noche más por carreteras secundarias mientras trataban de dar alguna que otra cabezada. Un pequeño rubiales, que no paraba de moverse buscando jugar con alguien, sonrió a Marina con su carita sucia de lágrimas y mocos. Marina le devolvió la sonrisa.

—*Bonjour, comme tu es beau! Comment tu t'apelles?* ¡Qué guapo eres! ¿Cómo te llamas?

El pequeño le sonrió, pero ocultó su rostro en el regazo de su madre. De cuando en cuando, la miraba furtivamente, de reojo. Ella le devolvía el gesto sacándole la punta de la lengua. Agradecía esa tibieza fugaz que alimentaba sus deseos de vivir. Apenas podía dibujar una sonrisa con sus labios agrietados por la sed y las llagas que poblaban sus encías, a causa de la mala alimentación; la desnutrición, ya palpable en su rostro, la estaba debilitando más rápido de lo que esperaba. El brillo de sus ojos se había apagado hacía tiempo. Eran el reflejo del desaliento, la rabia y el temor a lo desconocido. Nunca había sentido con tanto peso físico esas emociones.

Se sobresaltó al darse cuenta de que los rostros de su familia, de sus amigos, de Hans, a los que tanto echaba en falta, se iban difuminando en su mente, como si luchasen por abandonarla...

Cuando el cielo comenzó a clarear, Marina distinguió una estación solitaria en mitad de un sombrío bosque. El camión frenó en seco. De la cabina bajaron dos soldados de las SS; seguidamente, abrieron la compuerta trasera del camión y, con desprecio, los agarraron del brazo o del pelo para lanzarlos a un vacío oscuro.

—*Raus!! Schnell!!* ¡Rápido! —rugían.

De nuevo, hizo acto de presencia en ella un temblor incontrolable; si trataba de pararlo, se aceleraba y le provocaba espasmos irrefrenables. Estaba convencida de que, si alguno de aquellos soldados atisbaba por un segundo su debilidad, le dispararía sin contemplaciones.

—¿Todo bien, *àvia*?

—No sé qué decirte —murmuró aturdida, como si no hubiera despertado de aquella pesadilla—. En aquel lugar inhóspito, esos salvajes podían urdir cualquier fechoría contra cualquiera de nosotros... Yo carecía de valentía para huir y, en cambio, mi mente delirante me empujaba a correr hacia la nada. Salvarme o morir. Aquella idea me machacaba el juicio y cada vez me parecía más tangible. Tal vez desaproveché la mejor ocasión de evitar una fatalidad que percibía con los cinco sentidos...

—Es tan espantoso lo que cuentas...

—¡Qué ironía, *filla meva*! Nunca supuse que formaría parte de una de las páginas más negras de la historia, yo que nunca había buscado protagonismo de ningún tipo... Me hago cruces al pensar que había llegado hasta allí por un amor no correspondido, un amor que luchaba en las filas nazis, insoportable de asumir... Hans continuaba presente en mis pensamientos, pero una grieta se iba haciendo cada vez más profunda en mi corazón...

—*Àvia*, escogiste sobrevivir. Hans no merecía un solo pensamiento tuyo...

—Sí, sobreviví, aunque eso supusiese lidiar con estas malditas pesadillas de las que nunca he logrado escabullirme. Siempre la misma pregunta: ¿por qué yo?

—Eso, ¿por qué tú? No me cabe en la cabeza... Pero ¿cómo alguien es capaz de ocasionar tanta maldad? —murmuró Alma horrorizada.

Trataba de mostrarse lo más serena posible ante su abuela. La dejaba hablar, que se desahogase; parecía que, al fin, estaba buscando una manera de exorcizar sus propios demonios. La joven no dejaba de pensar en el viejo Hans, en su papel de nazi, el mismo que desempeñaban esos SS que habían maltratado a su abuela.

—¡Vaya tela, *àvia*! Entiendo que te resulte difícil de asumir... ¿Por qué nadie te ayudó desde España? No sé, me resulta tan incomprensible. Eras una ciudadana española... ¿Y la familia?

—*Ai, filla meva!* Si yo te contara... A veces, más vale callar. Déjame explicarte lo que sucedió en aquella estación, antes de que pierda el hilo...

»Todos esperamos de pie durante largas horas, una eternidad en aquellas condiciones extremas de frío, agotamiento y hambre, rodeados por un regimiento de nazis que apareció de las sombras del bosque para custodiarnos con gran celo. Algunos de ellos sentían un placer inusitado cuando nos fustigaban con sus varas de hierro; no importaba a quién, lo primordial era desfogar la rabia en cualquiera de nosotros, unos miserables...

A pesar de la gran altura y complexión que alcanzaban, los SS eran unos críos que apenas llegaban a la mayoría de edad. Parecían extraídos del mismo molde que Hans y eso irritaba a la joven Marina. El mismo pelo rubio, con la nuca y las sienes rapadas al cero, e idénticas expresiones azules: la de Hans alegre, cálida; estas, frías, sin alma. Niñatos adiestrados para matar. Podía percibir en ellos su repulsión. Marina aprendió, como todos, a evitar a toda costa el contacto visual con ellos, pues solo buscaban una debilidad o una provocación para demostrar ante sus compinches su maestría en el dominio de la fuerza. Seguramente, esas alimañas tenían más miedo que ellos, y eso resultaba todavía más peligroso. Era difícil de admitir que aquellos seres deshumanizados profesaran una animadversión visceral hacia ellos. El objetivo de la joven se centró en tratar de pasar desapercibida entre los nazis y mantenerse alerta ante cualquier posible acontecimiento. Un mal paso podía poner en riesgo la vida de todos.

El agotamiento le hacía olvidar a Marina que su estómago estaba vacío y su cuerpo deshidratado. De nuevo, amontonados junto a la vía del tren, aquella cercanía humana no amortiguaba el frío que los paralizaba. Sus párpados cedían, pesados, sobre los iris de sus ojos y le vencía el sueño hasta que, sobresaltada ante cualquier ínfimo rumor, se despertaba agitada. Era una tortura. No se fiaba de nadie.

Con las primeras luces, apareció en escena la sombra de una locomotora, precedida por un estridente silbido. Los perros de las tropas alemanas gruñeron. El tren, quejoso, se aproximaba chirriando sobre las vías y, a su paso, espesas nubes de vapor comenzaron a envolver a los prisioneros que se iban desperezando. Se inició entonces una actividad delirante entre los SS, que no dejaron de vapulearlos con las fustas ni de amenazarlos con las fauces de los sabuesos que salivaban insaciables. Cuando el humo se dispersó, el convoy comenzó a tomar forma, como un espectro amenazador en medio de la foresta, con sus destartalados y malolientes vagones para el transporte de ganado. ¿Dónde estaban los vagones para pasajeros? Abroncados por los soldados, los prisioneros comenzaron a cargar a la carrera cajas, provisiones, armas, bultos y sacas de alimentos en una de las plataformas.

A medida que fueron iluminando la estación, Marina distinguió en algunos vagones rostros y brazos solicitantes de auxilio, de agua, de algún mendrugo que llevarse a la boca. Nadie atendía a aquellas llamadas de socorro. Eran bestias enjauladas; niños, mujeres, hombres, ancianos, con ojos de cordero, escuálidos, sin resuello, devastados. Se le rompió el alma. De manera inconsciente, dio un paso atrás. No podía acabar como ellos. Raudo, tras ella, un soldado la atrapó de un zarpazo, con tal fuerza que, durante días, una huella quedó marcada en su piel como un tatuaje. Con su violencia se aseguró de que ella no diera un paso más. La joven se tragó aquel tormento por temor a que, excitado por la rabia, se sobrepasara con ella, jactándose de su dominio frente al resto de la tropa. El dolor la obligaba a agacharse, su mirada apagada únicamente atisbaba unas botas brillantes de caña alta. Esas botas, junto a otras decenas más, repicaban en el apeadero y saturaban, con su retumbo, el aire de la estación. Las mismas botas negras que la persiguen en sus desvaríos… El soldado la arrastró hasta el borde del andén como si fuera una saca más y la dejó frente a un vagón que escupía ahogos y lamentaciones. Aquellos seres acorralados se quejaban en jergas que ella no comprendía.

Dos SS abrieron la pesada compuerta del vagón al que le tocaba subir. Encañonaron sus fusiles contra aquellos seres amontonados como animales, para evitar que se escapasen. Un vaho maciliento de orines, heces, sudor y vómitos le escupió en la cara. Se tragó una, dos, tres arcadas. Mientras tanto, su «escolta» la sostenía con un cinismo insultante. Opuso resistencia y pronto otro oficial la agarró del otro brazo.

—*Fräulein*, bienvenida al Orient Express —farfulló mientras le encañonaba con la pistola en la sien.

Su propósito era, una vez más, vejarla frente al resto de prisioneros y oficiales. La respuesta por parte de la tropa fue una risotada. Excitados, espoleaban a los prisioneros con látigos para que entrasen en aquel agujero de ratas. Los habitantes de aquellos cubículos carcelarios rechazaban su presencia. La joven trató de ocupar un minúsculo lugar que le permitiese permanecer de pie, sin necesidad de agarrarse a nada ni a nadie. De un empellón anónimo cayó al andén.

Uno de aquellos nazis vociferó contra el vagón y se situó detrás de ella. Un mutismo sobrecogedor invadió el espacio. El oficial observó a aquellos desvalidos que la habían empujado, quiso creer Marina que sin mala intención y, con un gesto autoritario, señaló hacia una anciana postrada en la superficie del tren a la que obligó a bajar. La debilidad de la mujer no le permitió avanzar más y terminó por caer, como un fardo. El militar la observó con repugnancia. Desenfundó su pistola. Se produjo una exclamación contenida entre todos los allí presentes. Dirigió el arma hacia el rostro de aquella anciana que se santiguaba y disparó a bocajarro, sin contemplaciones, sin tiempo a que de ella saliera una palabra de clemencia o un grito de súplica. El cielo enmudeció y la tierra se apagó tras aquel acontecimiento demoledor. Si hasta entonces existía alguna brizna de esperanza, con ese horripilante acto ya no quedaba nada a lo que sujetarse. En ese momento, todos supieron que los habían desposeído del derecho a ser. A partir de ese momento se habían convertido en meros bultos para el transporte hacia un mundo, con toda seguridad, más deshumanizado que este. Para aquel verdugo, esa acción criminal significaba «la solución a un problema», la respuesta que se esperaba de los nazis. A continuación, el oficial lanzó a Marina como un desperdicio más hacia el vagón, mientras en el interior todos se apartaron de ella con una mirada de soslayo.

Durante los tres días que viajaron en ese convoy cayó sobre Marina todo el peso de la indiferencia y del desprecio. Era lógico: aquellos individuos habían visto morir a uno de sus seres queridos, a una anciana desvalida, con objeto de dejar espacio a una muchacha extraña que no hablaba ni siquiera su idioma. Ella se veía como una cría estúpida causante de la muerte de un ser inocente; sentía como una roca el peso de la culpabilidad.

En el vagón costaba respirar entre aquellos alientos de angustia, febriles y exhaustos, de enfermos y moribundos. Tampoco había luz y tuvieron que acostumbrarse a tocarse la piel en la oscuridad más absoluta. Marina descubrió en la pared del vagón un agujerito del tamaño de un botón al que pegaba los labios abiertos para llenar los pulmones de aire fresco. Tenían un cubo único donde hacer las necesidades. Para Marina era sumamente violento. Durante esos días, vendió un anillo de oro por unos mendrugos y un par de salchichas secas que fue racionando en minúsculas porciones. Había perdido el apetito y la saliva, que le ayudaba a duras penas a tragar; hacía verdaderos esfuerzos para engullir lo poco que le habían ofrecido. Comprobó cómo la sed podía trastornarla a una hasta volverla loca. Cuando el convoy se detenía en ciertas estaciones solitarias, intentaba tragar de los manguerazos de agua que les arrojaban los soldados para higienizarlos en masa.

En ocasiones y durante horas, el tren interrumpía la marcha en yermos y extensos campos de cultivo. Algunos sufrían de claustrofobia y se volvían paranoicos. El terror convivía con ellos impidiéndoles dormir; estaban siempre alerta hasta transformarse en enemigos en aquella jaula saturada de suspicacia. Se observaban unos a otros, se vigilaban, se evitaban. ¿Cuántos de ellos sobrevivirían? Más de una criatura y algún que otro anciano yacían sobre sus deposiciones, desmayados de debilidad, enfermos o fenecidos. Sus familias, desconsoladas, derramaban lágrimas sobre ellos. Otra «solución» rápida para los verdugos.

Marina sufría un dolor lacerante fruto de los golpes propinados por los nazis, pero también del roce constante con las viejas lamas del vagón y los clavos salientes y oxidados, y de los desplomes de algunas personas sobre ella en las ocasiones en que se producía un frenazo, pero carecía de la fuerza suficiente para apartarse. En esos largos días, ante la ausencia de certezas, el insomnio se hizo crónico. Aun así, estar despierta le confirmaba que estaba viva.

Cuando ya se había perdido la noción del tiempo en aquel submundo, el convoy inició una lenta frenada escupiendo gruesas nubes de vapor a cada paso. A través de una fina ranura, abierta entre dos maderos, distinguió una vieja estación donde varias filas de personas permanecían de pie, inmóviles, atentas a las órdenes de una decena de SS. Marina alcanzó a leer en un cartel el nombre del lugar donde se hallaban: «Oranienburg». ¡De nuevo en territorio alemán! Entonces lo ignoraba: se hallaba a tan solo medio centenar de kilómetros de Berlín. En esa ocasión, traspasaba la frontera alemana como una «roja comunista española» deportada a territorio enemigo. El futuro se le antojaba tan espantoso como incierto.

Se abrieron las compuertas al tiempo que se elevaba el tono de los nazis, escoltados por pastores alsacianos. Aquellas fieras ladraban rabiosas, dispuestas a llevarse a la boca una dentellada sustancial; los soldados las provocaban acercando sus fauces a aquellos maltrechos cuerpos. Era tal su voracidad que salivaban al husmear el hedor de aquellos cuerpos.

—*Schnell!!* ¡¡Rápido, basura judía!! ¡Equipaje y paquetes al suelo! —jaleaban mientras los pateaban y atizaban con sus palos o látigos.

Caían al suelo, pero debían reponerse con premura; eso o morir de un balazo. Muchos, arrodillados, suplicaban ayuda hasta desplomarse delante de aquellas bestias que intentaban desligarse de sus amos; algunos perros tiraban con tanta fuerza que lograban soltarse y se precipitaban feroces sobre los que yacían exhaustos en las cunetas, muchos incapaces siquiera de emitir un lamento. Tras el desdén de los soldados, una única respuesta: «Un cerdo judío menos, un tarado homosexual menos, un inmundo gitano menos, un enemigo menos…».

Entre los uniformados vio por vez primera unas figuras vestidas con unos singulares harapos: pijamas de rayas azules desvaídas sobre blanco, con varias tallas más de las que les correspondían. Eran los que ejecutaban la labor menos noble: apilar los equipajes y reunir todos los objetos de valor, la mayoría de las veces a la fuerza. Todo valía. Calzado, tabaco, anillos de compromiso, relojes, plumas, fotografías de seres queridos que, con toda probabilidad, nunca más volverían a ver, cartas o hasta un simple pañuelo grabado con las iniciales del propietario se les arrebataron a sus dueños, vivos o muertos, con absoluto menosprecio. En breve, descubriría la ocupación de los *kapos* o cabos de vara, funcionarios presos asignados por las SS como intermediarios entre ellos, los *übermenschen* (superhombres), y los *üntermenschen* (infrahumanos), el resto, entre los que se encontraba Marina, los «no dignos» de ser. Aquellos individuos carecían de nombre y de moral; se caracterizaban por ser incluso más sádicos que los propios nazis.

A los recién llegados no se les oía. Estaban desencajados, impresionados ante aquel escenario dantesco. Apenas se escuchaba el llanto de un bebé. Los soldados daban indicaciones a los más débiles para que se introdujesen en la trasera de los camiones. Enfermos, críos solitarios, viejos, moribundos y muchachas embarazadas se dejaban arrastrar hasta su interior.

Al resto de aquellos a los que todavía les quedaba una gota de aliento los colocaron en dos filas: a un lado, los hombres; al otro, las mujeres. Marina se colocó junto a las mujeres, en el lugar que le indicó un oficial con la vara. Estaba aterrada. «¿Ha llegado la hora de liquidarnos?». Detrás de ella, una joven francesa comenzó a canturrear en francés:

Allons enfant de la patrie...
Le jour de gloire est arrivé...

Y seguidamente se escucharon balbuceos en francés que coreaban el himno. Los soldados nazis la reconocieron: era el himno nacional de Francia, *La Marsellesa*. El oficial con la vara se colocó junto a ella y le berreó al oído:

—*Stop!*, ¡puta francesa!

La joven francesa, animada por esas voces audibles, se envalentonó y subió el volumen de su cántico:

Contre nous de la tyrannie...
L'étendard sanglant est levé!!!

El silenció se condensó, exclamando su amenaza. Marina se plegó, como si así pudiera evitar el peligro que se cernía sobre todos ellos. Sonó un disparó a bocajarro y la joven francesa cayó como un fardo a los pies de Marina. Abrió la boca, pero de ella no salió el aullido que su cuerpo anhelaba arrojar como un escupitajo sobre aquellas bestias. Al retumbo del disparo le siguieron varios más, finalizando cualquier eco de aquella melodía. Aquellos animales salvajes se jaleaban unos a otros. Un silencio sepulcral lo invadió todo.

—¡¿Algún cerdo inmundo quiere seguir cantando?! —aulló el oficial que había disparado y que ahora se hallaba al lado de Marina, gruñéndole junto al oído con toda su rabia.

Empuñó la pistola apuntándola a la sien. Percibía el hálito excitado de aquel bárbaro. Ella trataba de contener el jadeo, el pestañeo y los temblores que amenazaban desde lo más profundo de su ser. El soldado se guardó la pistola en la funda y le dio una patada en el culo para que se incorporara a la fila.

Caminaron hacia su nuevo destino ahogando las lágrimas y los lamentos. Muchos caían y ya no se levantaban; los nazis se encargaban de propinarles más golpes.

—¡Bazofia, levántate! —bramó uno.

Como aquel al que iba dirigida la orden no se levantó, sacó la pistola, le apuntó con frialdad y lo aniquiló con un tiro de gracia, dejando abandonado el cuerpo como un simple despojo en la cuneta.

Aquellos que trataban de auxiliar a esos seres abandonados a su suerte corrían la misma fatalidad. Los canes, con sus afilados molares, se encargaban de arrancarles el último soplo de vida.

Incapaz de asimilar lo que estaba escuchando, los ojos de Alma se anegaron de lágrimas.

—*Àvia*, ¡qué espanto!

—*Estimada*, vi cosas horribles. —Sus dedos, como ramas temblorosas, ocultaron su rostro sofocado, por el que se enredaban, entre arrugas, regueros de sufrimiento—. Si tan solo pudiese dejar atrás todo lo que me atormenta… Si fuera tan fácil lidiar con la memoria…

Alma la abrazó y ella apoyó la cabeza sobre el hombro de su nieta buscando consuelo.

—Ea, *àvia*, ya… —musitó Alma conmovida.

—Pensaba que si te lo contaba daría cierta luz a mi pasado más oscuro —argumentó abatida Marina entre gemidos.

—¡Claro que sí, *àvia*! —Le acarició el cabello—. Es jodido asumirlo, pero recordar es la mejor manera de olvidar…

De nuevo volvió aquel gesto insondable, enigmático, y su mirada perdida en la sala de estar. Entonces, hizo una observación con una hostilidad desconocida en su tono y que dejó a la joven muda de asombro.

—Desde aquellos días, no he logrado superar la fobia a los perros —murmuró contrariada—. Tu madre todavía me recuerda que un día le tiré a la basura dos bolsas de marisco fresco, recién comprado en el mercado. Un perro se cruzó en nuestro camino y olisqueó el tufillo a pescado que afloraba de la compra. No pude evitar la repugnancia que me sobrevino, un asco visceral. —Sacudía el rostro de un lado a otro, negando su propia explicación—. A pesar de que, entonces, había aprendido a tener buenas tragaderas…

Alma se sintió incapaz de añadir nada más. Durante esos días con ella, estaba descubriendo en su abuela a varias mujeres distintas y aquello la contrariaba: la mujer víctima, la ultrajada; la mujer herida, la aterrada; la mujer valiente, la superviviente; también la mujer débil, errática, obsesiva, maniática… Hasta entonces, solo había conocido a la abuela cariñosa y solícita, aunque ciertamente distante y reservada. La dejó desahogarse, a pesar de que aquel tono desconcertante le dolía como una bofetada en la cara.

En cierta manera, comprendía los terrores de su abuela, ahora que sabía qué los originaba. Igualmente, esa manía compulsiva por la limpieza personal y de la casa. En más de una ocasión, la vio alterarse al descubrirse las manos sucias y, seguidamente, correr atropellada a la pila de la cocina para lavárselas con agua y lejía. ¿Cuántas veces al día llevaba a cabo ese acto enfermizo? Prefería no saberlo. Sobre todo, acostumbraba a hacerlo en invierno, cuando el frío agudiza la deshidratación de los miembros y sus manos se mostraban rojas y descamadas. Ahora, al hacer caso a este detalle, cayó en la cuenta de que raramente su abuela ofrecía la mano a un desconocido, no por timidez o falta de tacto, sino para escapar de ese contacto físico, de la suciedad intangible. Y a esta ofuscación se añadieron otras manías, como su incomodidad cuando sudaba, aunque Alma nunca vio transpirar aquella piel fina como la seda; si llegaba de la calle y percibía en su cuerpo una ligerísima transpiración, traspasaba la entrada a galope para precipitarse a la ducha, con el fin de desprenderse de aquel olor corporal que ella concebía como intolerable. Posiblemente Marina era consciente de esa aprensión hacia la suciedad y sabía que no era capaz de afrontarla: le repelía su propio olor, se repudiaba a sí misma.

La anciana se rehízo, recuperó el aliento y continuó remendando los rotos de su corazón, esta vez con un aplomo que conmovió a Alma.

XIV

S de apátrida

En aquel camino hacia un destino que Marina todavía ignoraba, marchaba como una autómata, incapaz de responder a ningún estímulo. Estaba tan agotada que le costaba respirar y cada exhalación era una punzada en el pecho. No entendía qué fuerza la empujaba a continuar. Ya no sentía frío, ni hambre, ni sed. De hecho, estaba determinada a morir, si ese era su sino.

Alzó la vista. Frente a ella se erigía un muro y tras él una alambrada, ambos insondables, entre los que se entreveía un edificio de ladrillo de dos alas. En la reja de la entrada les daba la bienvenida una frase esculpida en hierro, que era toda una declaración de intenciones: *Arbeit Macht Frei*, 'El trabajo os hará libres'. Llegaron a aquel lugar desorientados.

—¡Bienvenidos al campamento de trabajo de Sachsenhausen! Aquí estaréis seguros —anunció un *kapo*.

Marina estuvo tentada de escupirle a la cara. «¡Campamento de trabajo!». Un eufemismo «maravilloso» para una horrible prisión. Con el tiempo, supo que aquel espacio se había construido como el primer prototipo de campo de trabajo para prisioneros de guerra y luego pasó a ser un campo de exterminio. Los guardianes podían divisar todo el perímetro desde cualquier ángulo. Una vez en el interior, se apreciaba la altura de la tapia, el campo minado, la empalizada de púas y la cerca electrificada. ¿Cómo podían llamar «campamento de trabajo» a una fábrica de matar? Los nazis eran unos expertos en maquillar el terror, unos monstruos hasta en el uso de las palabras.

—Te decían que, si no «cooperabas», te tratarían «gentilmente». Esa era su forma de describir la tortura —masculló Marina—. Como me expuso la Gestapo en uno de los interrogatorios al que me sometieron: «Le presentamos a nuestro especialista para que le dé un "baño"…». Era, ni más ni menos, un experto en torturas que me sacudió para que cantase…

A Marina, junto al resto de mujeres, las condujeron a empujones por los caminos de barro por los que deambulaban sombras que arrastraban sus harapos y lamentaciones en silencio.

Por última vez, la joven echó la vista atrás y observó durante unos segundos el camino y el campo estéril que rodeaba aquella cárcel. ¿Dónde estaban los trigales, las flores, los pájaros, los riachuelos, las mariposas? ¿Qué iba a ser de ellos? Solo una sombra de lo que fuimos: caras rotas, pellejos del color de la piedra, ojos arrasados por una tristeza inconmensurable. Allí no había nada que se agarrase a la vida. Miraba de hito en hito, mientras un frío helador le recorría la columna. Durante aquel viaje al infierno solo algunos días asomó un sol agrio y una luna áspera.

En lo alto de los barracones otra inscripción instruía a los recién llegados: «HAY UN CAMINO HACIA LA LIBERTAD. SUS LÍMITES SE LLAMAN OBEDIENCIA, APLICACIÓN, BONDAD, ORDEN, ASEO, SOBRIEDAD, FRANQUEZA, SACRIFICIO Y AMOR A LA PATRIA». «¡Menudo cinismo!», se lamentaba Marina.

Pronto comprobó cómo, en un solo instante, se traspasaba ese limbo hacia el averno y las recién llegadas pasaron a formar parte de un tétrico ritual iniciático. Comenzaron por desnudarlas a base de palizas y latigazos, con el sadismo como táctica de degradación y aplicado a conciencia, una fórmula eficaz de hostigamiento y debilitamiento. En un cubículo desconchado y húmedo, un centenar de mujeres desnudas, amontonadas, perdían su dignidad. En un tiempo en el que las mujeres se educaban en el pudor y la discreción, para la mayoría de las jóvenes allí presentes, que no habían visto otro cuerpo desnudo que no fuese el suyo, aquello significaba la degradación más absoluta. Marina sintió una vergüenza violenta.

Entre los sollozos y las negativas a desnudarse de las prisioneras, hicieron acto de presencia tres mujeres que les demostraron su peor talante. Eran las *kapos,* encargadas de mantener la disciplina en el interior del recinto. Se decía que aquellas muchachas eran consideradas seres inferiores a los hombres alemanes y, con el objetivo de demostrar su valía, se comportaban con las presas de forma más sanguinaria que los propios SS.

Frente a la negativa a desnudarse, una de aquellas sádicas funcionarias fulminó con su mirada a Marina y seguidamente la atizó con la vara. Aquella sacudida lacerante le cortó la respiración. Sin miramientos, la *kapo* inició su inspección palpando cada rincón de su intimidad. Ella trató de sostener la mirada digna mientras sus pies chapoteaban sobre un caldo oscuro que llegaba de los diversos desagües. La misma *kapo* la empujó hacia una de las duchas, donde otras cuatro mujeres luchaban entre sí por alcanzar con la boca un hilillo de agua parduzca; como la propia Marina, todas ansiaban aplacar la sed. Olía a putrefacto. La dignidad de la joven se coló por aquel sumidero…

Tras la ducha, la rasuraron de la cabeza a los pies y la impregnaron de polvo desinfectante contra piojos, chinches y pulgas, que escocía hasta llagar la piel. Por último, le ordenaron coger una muda de entre una enorme pila de piezas ajadas y apestosas. No le permitieron elegir la talla, pues se administraban según el triángulo adjudicado.

Minutos más tarde la registraron en una lista. La calificaron como «roja española», merecedora de estar confinada en ese espacio macabro *sine die.* ¡Una *Rotspanier*! Le parecía que hablaban de una raza canina. Sí, posiblemente, si lo pensaba, no era más que una perra digna de ser abandonada en aquel matadero.

A continuación, la trasladaron a una sala donde le tatuaron un número en el antebrazo izquierdo, la «matrícula» de identificación. Dejó de llamarse Marina y pasó a ser el número #40654. Un tormento atravesó su brazo. Las lágrimas le brotaban sin freno; no se esforzó en disimularlas. La angustia le estrangulaba la garganta, de la que apenas salía un hipido, y eso la salvó de nuevos azotes.

A la mañana siguiente, una *kapo* le ordenó, junto a un grupo de presas, descargar de un camión sacas de harina y trasladarlas a la cocina del campamento. Mientras cargaba con los pesados fardos, se fijó en la variedad de estrellas que etiquetaban a aquellas mujeres que la observaban de reojo como a una mercancía más. Una rea se aproximó a ella y le susurró:

—Española, eres nueva aquí, ¿verdad?

—¿Cómo lo sabes? —replicó.

—Porque miras sin reparos y eso no les gusta ni a las *kapos* ni a nosotras. Ándate con cuidado —le advirtió.

—¿Qué significan todas esas estrellas de colores? —preguntó Marina sin quitar la vista del resto de presas.

Las dos llegaron al almacén de la cocina, donde pudieron descargar las sacas, y dirigieron sus pasos de vuelta hacia el camión. La española, de mediana edad y gran corpulencia, inclinó la cabeza clavando sus ojos vivos y oscuros en el barro. Marina la imitó.

—Hay todo un surtido de colores donde elegir: las delincuentes comparten ese triángulo invertido de color verde. —Se lo indicó con la mirada entre murmullos. Callaba cuando olía la presencia de las guardianas—. Las políticas llevan el rojo; las lesbianas, el rosa; las testigos de Jehová y las objetoras de conciencia, el morado; el negro es para las antisociales; el azul para las apátridas como tú y yo, y el marrón para las gitanas...

—¿Y la letra del triángulo?

—Sss, ¡baja la voz! Esa curiosidad tuya te va a traer problemas. —Observó a un lado y otro del camino para comprobar que no corrían peligro—. La letra corresponde al país al que perteneces: la *S* de *Spanier* para nosotras, las españolas.

—¿En qué quedamos, españolas o apátridas? —replicó Marina sin esperar respuesta.

S de apátrida, así comenzó a describirse cuando alguna de aquellas presas le preguntaba sobre su origen. Ella ya no pertenecía a ningún lugar, carecía de identidad, había caído en el escalafón más bajo del ser humano. Le habían robado las posesiones más íntimas, entre ellas la dignidad, la habían vaciado de sentimientos y redujeron su existencia a soportar el hambre, la sed y el desconsuelo. A nadie parecía importarle.

Alma fijó la mirada en su abuela, que se mostraba conmocionada. Acercó la mano con el propósito de acariciarla, pero la anciana la apartó con un aspaviento. Se mostraba digna, taciturna, seguramente como se mostró entonces ante aquellas *kapos*. La joven la miraba con aire compasivo e intentaba tragarse las lágrimas en silencio; sentía como si una garra le estrangulase las tripas y no la dejara respirar.

—Solo cabía esperar una muerte rápida lo menos dolorosa posible —dijo Marina, como si acabase de salir de aquel horrible instante.

Alma se levantó como un resorte del sofá y salió disparada al lavabo con la mano en la boca. Su abuela la siguió, apoyó la cabeza en la puerta y pudo escuchar las arcadas que precedían al vómito.

—Alma, ¿estás bien? —Golpeó la puerta con los nudillos—. Déjame entrar, cariño…

—Pasa —musitó Alma cuando las náuseas le dieron una tregua.

Tenía la cabeza inclinada sobre la taza del cuarto de baño. Marina se agachó junto a su nieta y, con suavidad, le sostuvo la frente con una mano. Con la otra le acarició la espalda.

—Tranquila, cariño, vamos…

Alma tiró de la cadena y se levantó del suelo. Le temblaban las piernas.

—Todo esto es demasiado —admitió.

A la joven se le contraía la garganta, un nudo la ahogaba. La tensión le comprimía la mandíbula. Reprimía una cólera profunda, intensa, como una corriente imparable que arrastra todo a su paso. Conocer toda esa brutalidad le resultaba insoportable.

—Alma, cariño, deberíamos dejar esta conversación para otro momento, ¿no te parece?

—No, *si us plau,* por favor, *àvia.* —Esbozó una débil sonrisa—. Quiero saber todo lo que ocurrió. Necesito entenderlo…

—¡Dios bendito, en qué hora! —Puso los ojos en blanco mientras alzaba el rostro hacia el techo—. Con una que sufra es suficiente, ¿no crees? —Negaba con la cabeza—. ¡Ay, señor!

Se levantó y se dirigió a la cocina.

—Voy a buscar una cola, te ayudará a asentar el estómago.

Su voz llegaba apagada desde el pasillo.

Horas más tarde, tras una siesta reparadora, volvieron al punto donde lo habían dejado.

Alma reparó en los brazos de su abuela, cubiertos por las mangas del vestido; nunca había visto esos números de los que le había hablado. ¿Cómo los había logrado ocultar durante décadas? No dejaba de sorprenderla. Quizá no era el momento de averiguarlo, pero la curiosidad brotó de su boca sin freno.

—*Àvia,* los números… —murmuró— ¿los sigues teniendo? Jamás te los he visto…

—¿Me has visto alguna vez sin ropa? —repuso la anciana con acritud. De nuevo, ese amargor en el tono de su voz que la punzaba—. ¿Me has visto alguna vez ir a la playa? Ahí tienes la respuesta —sentenció crispada—. Si nunca te conté nada, no esperarías que, sin más, te mostrase esa mancha horripilante en mi piel.

Alma no tuvo en cuenta sus reproches. Poco a poco iba entendiendo muchas de sus reacciones, como también su insensibilidad. Suponía que era una vía para defenderse de aquel martirio. Es posible que aquella manera de actuar le hubiera ayudado a sobrevivir en situaciones inasumibles; quién sabe si esa violencia verbal no era más que una forma de sobrellevar la vergüenza de haber vivido ese pasado traumático.

Ante un silencio respetuoso, su abuela reanudó la conversación.

—El único que lo supo fue *l'avi*. Cuando se los mostré por primera vez, solo fue capaz de decir: «¿Quién te ha grabado este horrendo tatuaje?». Me sorprendió su actitud, su falta de tacto, y me enfadé con él. Entonces le confesé que, durante casi dos años, había estado prisionera en Sachsenhausen.

»Durante la posguerra, la gente ignoraba la existencia de los campos de concentración, menos en Alemania. Para él, fue terrible admitir que yo había estado en uno de ellos. En su opinión, solo los políticos reaccionarios y los militares fugados habían pasado por aquellos "campos de trabajo". ¡Bendita ignorancia! Le rogué que lo mantuviese en secreto y así lo hizo. No creas que le conté toda la historia; en aquel entonces desconfiaba de todo el mundo, incluso de tu abuelo…

—Ya, *àvia*…, pero el tiempo pasó… ¿Por qué ocultárselo al resto de la familia?

Los ojos de Alma se humedecieron mientras trataba de encontrar respuestas en el rostro de su abuela, a la que descubrió en ese instante como una anciana desvalida.

—Sí, el tiempo pasó, pero no la vergüenza o la cobardía. La degradación, la consternación y el tormento de las heridas me silenciaron. Me convencí de que debía aprender a vivir de nuevo. Hasta entonces había sido un simple cadáver en vida. Ni siquiera ahora, cuando me desnudo, puedo mirar esos números, porque me devuelven a aquel infierno; por eso tampoco tengo espejos en casa… Cuanto menos me vea, mejor.

Alma sentía una ternura infinita hacia aquel ser que había experimentado, de manera tan injusta, tanto dolor físico como emocional.

—Nos gritaban por el número y nosotras debíamos responder sumisas, con la vista clavada en el suelo y en silencio —explicó con un orgullo que no reconocía en ella. Sus mejillas ardían.

De manera mecánica, Marina se arremangó el brazo izquierdo. Asomó una fila de cifras irregulares, feas, inhumanas, grabadas sobre una dermis tan fina que sus venas cerúleas se enmarañaban con aquella deleznable huella azul. ¿Podía haber peor castigo que ser marcada para siempre como una res? La joven observaba aquella mancha imborrable y no daba crédito: ni una mala bestia merecía aquella ignominia. Con esta serie numérica, su abuela era el testimonio fehaciente del Holocausto nazi, que entonces muchos negaban. Todo aquello era tan real como aterrador. Podía leer el drama vivido en cada uno de los números y en cada una de las arrugas que le surcaban la piel como heridas abiertas.

Alma se recostó con todo su peso sobre el respaldo de la silla. Se sentía como si la hubieran molido a palos. Su abuela, prisionera en un campo de concentración... No era capaz de creer algo así. Nadie merece un castigo de tal tamaño.

—¡Joder!, ¿por qué? —balbuceó.

—Es difícil de entender incluso para mí. Me robaron los sueños, las esperanzas, la ilusión. Una vez salí de aquel lugar, me propuse no derramar una sola lágrima, hasta hoy. —Contemplaba a su nieta con ternura—. La fortuna de seguir viva me dio la fuerza para continuar hacia delante sin volver la vista atrás. Enterrar el dolor, olvidar, cerrar las heridas...

—Yo jamás lo habría superado...

—Nunca se supera, cariño. ¡Cuántas veces me habré tirado de los pelos, consciente de que todo aquello sucedió por un acto de amor!

—*Àvia,* pagaste un altísimo precio por ello. Nada vale este desconsuelo que te asfixia.

Asomó una lágrima y comenzó a caer silenciosa por su rostro. Alma la miraba con aire compasivo y no pudo evitar acariciarla, deteniendo su mano sobre aquellos números descoloridos, monstruosos. Esta vez sí, Marina posó su mano sobre la suya y la apretó con intensidad; las lágrimas se desbordaron dejando tras de sí regueros sobre su piel maquillada. Exhaló un lamento.

La anciana se dirigió hacia la mesa donde, un día más, reposaban decenas de sellos sobre un agua en calma. Le dio la espalda a su nieta, agarró el balde y su cuerpo comenzó a temblar, se sacudió y clamó un lastimoso: «¡¿Por qué?!». El contenido del barreño se agitaba al ritmo de sus miembros convulsos hasta que decidió liberar la tensión. La joven no supo reaccionar a tiempo. Marina dejó caer el balde sin más, provocando un tsunami de agua, y los sellos surfearon la corriente hasta desparramarse por el terrazo del salón. Marina se desplomó como un fardo sobre el suelo; gritó, gimoteó y sus lágrimas se ahogaron en el agua derramada. Alma se abrazó a ella como a una niña desconsolada. Sus llantos se confundieron con aquella corriente en retirada y las lágrimas continuaron desbordándose hasta que se evaporó la última gota. En aquel escenario de emociones desatadas, los sellos se fijaron sobre las baldosas como un pegote seco, tan intratable como aquella congoja.

Marina había transitado por este mundo como un cadáver en vida. Un pensamiento desagradable se instaló en la mente de Alma: aquellos números se irían a la tumba con su abuela.

—*Àvia*, he sido una egoísta obligándote a rememorar esta horrible pesadilla —musitó cabizbaja mientras se retorcía un mechón de cabello—. Lo siento, de veras que lo siento…

—*Filla meva*, al contrario, poner rostro a estos malditos números quizá sea la única manera de recobrar la paz. Vosotros merecéis saber la verdad… y que este pueblo sepa que me juzgaron injustamente.

—¡Qué orgullosa me siento de tenerte como abuela!

Poco a poco, la anciana se fue reanimando mientras limpiaban aquel caos y continuaba desvelando su pasado.

XV

El batallón de los patinadores

Durante dos días Marina y Alma apenas salieron de casa. Hablaron, se confesaron sus pensamientos más íntimos, desbordaron sus emociones más hondas y casi enfermaron. Entre ellas se había establecido una conexión más profunda, si esto era posible.

Sentadas en el porche, en torno a una mesa repleta de tomates, judías, patatas y cebollas, recolectados del pequeño huerto que la anciana cultivaba en el jardín trasero de la casa, abuela y nieta desgranaban guisantes de sus vainas para guisarlos con cebolla y ajito picado, pimienta, menta, butifarra negra y un chorrito de oporto, al mismo tiempo que desmenuzaban aquellos viejos relatos...

—Todos los días, hiciese frío o calor, nevase o diluviase, tenía lugar en la Appellplatz el recuento de prisioneras: decenas de seres en largas filas, de pie, a veces durante horas. Una a una debíamos pronunciar en un perfecto alemán nuestro número, una cantinela que todavía hoy retumba en mi mente. —Suspiró—. *Vier, null, sechs, fünf, vier...* #40654. Era el momento «sublime» de las *kapos*: inspeccionaban los barracones y delataban a aquellas que habían escondido una patata o un anillo, daba igual el tamaño del hallazgo. El castigo, un balazo aleccionador delante de las demás. Un intento de fuga se arreglaba con la horca, otro motivo más para el espectáculo en aquella plaza del horror...

»Todos los días varias presas eran objeto de humillación con el saludo del *lager*, de cuclillas y con los brazos extendidos, mirando al frente hasta desfallecer. Aquella degradación podía llegar a extremos insospechados. —Resopló la anciana—. No era necesario devanarse mucho los sesos para doblegar a cualquiera de nosotros.

»Sachso, así llamábamos los españoles al campo, o *lager*, estaba tan cerca de Oranienburg que, muchas veces, sus habitantes paseaban por el otro lado de la cerca y nos observaban como a animales en un zoo, sin un atisbo de rubor. Si había suerte, nos tiraban trozos de pan por encima de la alambrada. Los vigilantes dejaban que nos peleásemos como alimañas por aquellos mendrugos. Si nos ofrecían agua potable, la irracionalidad de los más fuertes los capacitaba para aniquilar a los más débiles. Los *kapos* no se quedaban atrás. Era obligatorio recoger cualquier cosa que cayese al suelo, aunque no fuera de una. Si la infractora no aparecía, ellos cogían la gorra de una de nosotras al azar y la lanzaban contra la cerca electrificada. Si la víctima trataba de recogerla, se achicharraba; si, por el contrario, se negaba a cumplir la orden, era abatida a tiros.

»Aquellas escenas diarias en el campo despertaban en mí destellos de locura y me invadía un deseo irrefrenable de correr hacia los miles de voltios y asarme *com un pollastre a l'ast*. Unos minutos de tormento y todo habría concluido. ¿Cuánto tiempo llevaba agotada de inanición?, ¿cuántos meses sufriendo la angustia, la humillación y las palizas? No obstante, un pensamiento me mantenía activa: sobrevivir. Me lo repetía una y mil veces como un mantra. Supongo que esa determinación me dio la fuerza para continuar batallando, si bien eran muchos los días que anhelaba acabar con todo, que una mañana simplemente no despertase, poner fin a todo ese horror…

Una madrugada lluviosa, del color de los pijamas carcelarios, Marina estaba preparando el mortero con el que se fabricaban los ladrillos, cuando escuchó el grito de un niño que no contaría más de cuatro años. Al parecer, un oficial le había propinado una patada y se había golpeado la cabeza contra el suelo. La joven dejó lo que estaba haciendo y corrió hacia el pequeño. Observó la brecha que se había abierto en la cabecita del chiquillo, que lloraba desconsolado, y con la ayuda de un trapo sucio y su saliva limpió la herida retirándole la tierra y los hierbajos. Una guardiana la interceptó y le clavó una patada en los riñones. Marina cayó y se quedó turbada en el barrizal, sin moverse. Entonces, la guardiana le levantó la cabeza con ayuda de la vara.

—¡Tú, guarra! ¿Sabes curar heridas? —La observó con desprecio.

—*Ja* —respondió Marina en un tono apenas audible, con la mirada dirigida al barro que cubría sus pies hasta los tobillos.

—¡Deja a ese cerdo judío y ven conmigo!

La guardiana se acercó al crío que gimoteaba y lo vapuleó con el cayado.

—¡*Raus*, bazofia!

La *kapo* la guio hasta una zona de barracones cuya existencia Marina desconocía. Descendieron a un sótano lúgubre que semejaba un recinto hospitalario, y la condujo entre pasillos, donde la joven atisbó un quirófano y varios despachos. En aquel lugar una humedad gélida calaba los huesos.

Entraron en una sala de curas donde un hombre con un grueso abrigo militar auscultaba a un paciente esquelético. La *kapo* colocó a Marina frente al matasanos.

—A partir de ahora esta presa trabajará bajo sus órdenes.

No esperó contestación y se marchó deshaciendo sus pasos.

El matarife era el doctor Baumkotter, jefe del hospital. Desnudó a Marina con una mirada aviesa y, a continuación, la interrogó sobre su experiencia profesional.

—Bienvenida a la enfermería —terminó diciendo con una sonrisa mordaz.

Más tarde, las presas del barracón le aclararon que llamaban a aquel «lugar de la muerte» el *revier*. Había que tener mucha desvergüenza, decían, para hablar de aquello como una enfermería.

En el *revier* se hacinaban los pacientes que debían pasar la cuarentena antes de trabajar en el campo. Junto a ellos, enfermos desatendidos durante días esperaban la visita de un médico o de una enfermera. Dos hileras con una veintena de literas se alineaban a lo largo de la sala: cada camastro estaba ocupado por dos o tres hombres; algunos de ellos, veteranos del campo, apenas dibujaban lastimosas sombras de huesos y pellejo sobre el colchón.

Marina todavía no sabía si se le había presentado la fortuna de frente o había caído en desgracia al ser escogida como auxiliar de enfermería. Todos los días curaba o, quizá sería mejor decir, trataba de aliviar con escasos recursos gangrenas, hernias, fracturas abiertas, infecciones pulmonares o sarna, entre otras muchas enfermedades... Aquel lugar era un escalón más de bajada al abismo. Nadie en su sano juicio quería dejarse visitar por uno de aquellos matarifes, a los que llamaban «doctores de la muerte».

Como enfermera, la joven se veía viviendo un paso más allá de la muerte que el resto de los prisioneros. Lejos de aliviarla, aquello le abochornaba. Aguantaba como podía, fuera de las miradas vigilantes, a pesar de que aquel matadero era su salvoconducto para la supervivencia.

Marina acompañaba siempre al doctor Baumkotter en sus curas. Esa mañana le había visto administrar cloruro de magnesio en el corazón a un paciente que se quejaba de dolor en las extremidades, y gasolina a otro desgraciado que, extenuado, se negaba a trabajar en la cantera.

—Tenemos que rentabilizar el *lager* —expresó sin contemplaciones.

Para ella, recién llegada a aquel infierno, todo era un despropósito, una locura. Y lo peor es que su vergonzoso silencio se hizo cómplice de aquellos sanguinarios actos. Marina trataba de suplir su cobardía atendiendo a todos los enfermos hasta el último aliento.

Una noche, a escondidas y a riesgo de morir, se acercó a una presa polaca, embarazada de seis meses, que desfallecía en su litera, y le susurró al oído:

—Mañana, tras el recuento en la plaza, acompáñame. ¡No digas ni mu a nadie! ¿Entendido?

Al día siguiente, instaló a la polaca en una litera en el *revier* y la hizo sudar bajo varias mantas, haciendo creer al personal que tenía fiebre. Pasó tres días descansando y alimentándose hasta que recuperó fuerzas para volver a la fábrica de armas.

Cuando se presentaba la ocasión, Marina también robaba material médico para curar las heridas de algunas muchachas del barracón, que se negaban a ingresar en el hospital:

—Antes la muerte —se lamentaban.

En una ocasión, interpeló al doctor Baumkotter.

—¿Por qué matan a esas personas?

El matarife estudió minuciosamente la cara de Marina con una mueca torcida, como si no valiese nada.

—Los judíos son el origen de todos los males en este mundo, son los culpables de esta guerra, nuestra desgracia. ¿Le parece poco? —replicó con una frialdad sobrecogedora y, sin vacilar, inyectó una jeringuilla de éter en el cuerpo de un prisionero sano, fingiendo un examen médico.

A Marina le subió por la garganta una náusea y tuvo que apartarse para no vomitar encima del doctor. Para ella, como para todos los prisioneros, aquello era una escuela del horror dirigida por matasanos sin escrúpulos que violaban a las mujeres que se negaban a ser exploradas o esterilizaban a las gitanas y a las lesbianas, a fin de evitar su descendencia porque consideraban que de ellas solo podían nacer descerebrados.

Eran numerosas las madres que Marina atendía, con criaturas famélicas, desnutridas, tan debilitadas que apenas emitían un llanto o un gemido.

Otro acto espeluznante, del que fue testigo con el doctor Baumkotter, era exponer a los prisioneros al contagio de enfermedades que afectaban a los soldados en el campo de batalla, como la fiebre amarilla, la tuberculosis o la fiebre tifoidea, para lograr nuevos medicamentos.

Asimismo, operaban a reclusos que eran objeto de un interés particular, con los que realizaban pruebas abominables, sin medidas de higiene ni curas paliativas adecuadas. En muchas ocasiones, la anestesia brillaba por su ausencia y los enfermos infartaban de dolor. Únicamente se protegía a los individuos necesarios para el buen funcionamiento del *lager* y de las trincheras. «El resto, *kaput*».

Una noche de crudo invierno llegó a la enfermería un prisionero delirando de fiebre, con ampollas infectadas en las plantas de los pies. Marina no comprendía cómo se las había producido, pero no halló respuesta en el paciente que deliraba.

En el barracón, una rubia belga, compañera de litera, le desveló la causa.

—Hay una pista de atletismo destinada a probar el calzado militar de la Wehrmacht, que se fabrica en una de las naves del *lager*.

—No entiendo… ¿Cómo llegan a hacerse esas úlceras?

—Algunos prisioneros se niegan a trabajar en la cantera y los castigan a marchar entre veinticinco y cuarenta kilómetros diarios por la pista, dependiendo de la gravedad de la falta —susurró la belga con sus ojos grises desorbitados.

—¡Qué horror! ¿Y cómo aguantan?

—Ja, ja, pues ya lo ves, les llaman el batallón de los patinadores, por cómo se arrastran por la pista. Al que deja de caminar lo liquidan con un tiro en la cabeza.

Con la excusa de llevar una medicina a un oficial, Marina se acercó a la pista de atletismo. Había una veintena de prisioneros caminando en círculo; algunos se arrastraban apoyando su cuerpo contra el de otro prisionero. Escuchó unas risotadas que provenían de una grada. Cuando localizó el origen de las burlas, observó cómo varios soldados apuntaban con sus rifles y se divertían como si estuvieran jugando en una atracción de feria. Estallaron los disparos, provocando una sacudida en Marina. A cada detonación, caía muerto un prisionero sobre la ceniza gris de la pista. La joven retiró la vista aterrada y continuó su camino hacia las oficinas de los oficiales.

Abuela y nieta pelaban patatas y cebollas, conmovidas por lo que acababa de relatar la anciana.

—Cuando regresé a España, decidí no volver a trabajar de enfermera porque haberlo hecho junto a aquellos matasanos me colocaba en una delicada posición. —Marina sacudía su sombrero de paja para alejar un par de moscas que revoloteaba por la mesa—. Muchos veían a los que habíamos trabajado para las SS como colaboradores de aquella brutalidad, y no era para menos…

—Trabajaste obligada por unos criminales y también para sobrevivir. No te dieron otra opción —repuso Alma mientras le acercaba un vaso de limonada a su abuela.

—Debías aceptar lo que te ordenaban —afirmó sujetando el vaso con fuerza—, y dabas gracias a Dios porque aquello significaba que despertabas al día siguiente. Sí, era una privilegiada frente al resto. La amenaza de morir siempre estaba presente en cada uno de nosotros.

»Mis heridas son como las ampollas de aquellos pobres condenados, que no lograban cicatrizar. Ahora que, de nuevo, rememoro cada detalle, estas vuelven a abrirse y sangran. Construí en mi memoria un rincón donde esconder mis miserias, la monstruosidad de la guerra y del exterminio, los cuerpos sin vida persiguiéndome como espectros en las noches de Sachso, el hambre crónica, la crueldad de aquellos nazis…

Alma tenía los sentidos embotados de escuchar tanto espanto, notaba una opresión en el pecho que la ahogaba.

—He sido una cretina. —Resopló avergonzada—. ¿Cómo has dejado que yo te diese consejos sobre cómo enfrentarte a tus recuerdos?

—*Estimada*, el horror no se olvida. A veces, negar los hechos te transporta a una zona en la que crees apreciar cierta seguridad, pero la realidad no es así. Ni los puedes negar, ni los puedes controlar. Es agotador tratar de borrar de la mente esas aterradoras imágenes que reaparecen una y otra vez…

Así pasaron ambas los largos días de aquel estío, atando los cabos del olvido, arañando la memoria… Marina volvió a rescatar sus recuerdos, como si armase las piezas de un puzle inconcluso.

Algunos de los prisioneros que pasaban por la enfermería compartían con Marina sus inquietudes en el campo; todos necesitaban un cómplice con el que exorcizar los demonios que los atrapaban día a día. Gracias a ellos, la joven española iba descubriendo algunos secretos de aquel campo en el que todos intentaban transitar con más o menos fortuna. Uno de ellos era Ramón Foz, apodado el Gallego, un hombre fibroso, con mucho nervio, tozudo y resistente como una mula. Se le reconocía por sus orejas de soplillo, sus manos de hierro y un humor negro muy particular. Ramón era un recluso popular entre los cientos de exiliados españoles que había en Sachso.

—Tras huir de España, me detuvieron en Francia. Era miembro de la Resistencia contra los nazis. Salvé el pescuezo gracias a esto. —Señaló los potentes músculos que emergían cuando doblaba los brazos y hacía fuerza con los puños—. Me destinaron a la cantera, el menor de los males…

—Aunque los músculos no te protegen de las heridas —convino ella mientras le desinfectaba varias ampollas en pies y manos.

Aquel hombre sentía una tremenda morriña por Galicia y una preocupación constante por su mujer, de la que le separaron al llegar al *lager*.

—Le prometí que haría lo que estuviera en mi mano por encontrarla. Seguramente la tengan trabajando como una esclava en una de esas fábricas, como hacía en Vigo.

Sus ojos negros no se apartaban de la mirada de Marina, como si esperasen una confirmación a sus deseos.

—A los españoles no nos dejan estar juntos, temen que nos rebelemos. Y están en lo cierto, lo intentaremos siempre, ¡con un par de huevos! No vamos a esperar a que nos frían a balazos o nos degüellen como a corderos —fanfarroneaba con desparpajo—. Por eso, nos llaman cerdos españoles. —Prorrumpió en una risotada—. Porque olemos como cerdos. Y a mucha honra, ¡puercos ibéricos! ¡Sí, señora!

Para Marina, Ramontxu —así le llamaba— era un personaje lleno de razones, sabio, aun con sus limitaciones intelectuales. Ella le profesaba un especial afecto porque era el único allí dentro capaz de provocarle la risa con cualquiera de sus salidas histriónicas.

Fue de él de quien escuchó por primera vez que los españoles tenían fama de organizarse y de ser valientes y solidarios.

—¿Organizados?, ¿valientes? ¡Bah! —soltó la joven con una risotada.

Ramontxu se lo explicó con claridad meridiana:

—Durante la guerra en España nos curtimos en la batalla. Estos idiotas inician ahora la suya. Esa es nuestra ventaja frente a ellos; aprovecharemos cualquier oportunidad para masacrarlos o, en el mejor de los casos, huir. No se dan cuenta de que los españoles controlamos el almacén, la cocina y ahora el *revier*. —Su boca se torció en una mueca de mofa.

En eso el gallego llevaba razón: Marina también sustraía medicinas y alimentos para otras presas. Era la manera de no sentirse una privilegiada frente a los demás.

A veces, no sabía qué pensar de Ramontxu. Dudaba de si todo aquello que le contaba era producto de sus delirios o del deseo de pasar más tiempo en la enfermería. A la joven le daban igual sus tretas; ella también buscaba una voz amiga y, como él, mitigar la soledad, a pesar de estar rodeada todos los días de decenas de personas.

El gallego le enseñó cosas tan simples como a bajar la mirada o a mantener la boca cerrada, clave para la subsistencia de cualquiera en aquella prisión.

—Aparta la vista de las *kapos,* no llames la atención —insistía—. En este maldito lugar, la suerte juega a tu favor solo si sobresales en algún oficio, como tú, mujer, gracias a los conocimientos médicos que demostraste con aquel *rapaciño*. De lo contrario, tienes los días contados en las fábricas, donde se trabaja de sol a sol, hasta quedarte sin aliento… O lo peor que te puede ocurrir, consumirte como yo en la cantera, de donde pocos salen vivos. No bajes la guardia, al menos yo no me lo puedo permitir; sé que, si me abandono, seré carne de cañón para esos cabrones. Hace mucho tiempo que ya no pienso en el calor, el frío o el hambre, ni siquiera siento las tundas; mi mente trabaja para largarme de este infierno como sea. ¡Si no vales nada, *kaput*! —El gallego simuló dispararse la sien con los dedos—. ¡Final del trayecto! ¿Entiendes?

A Marina le latía el corazón como una apisonadora.

—¿Y cuáles son esos oficios tan buscados de los que hablas?

—¡Te sorprendería, mujer! —le susurró al oído—: fotografía, dibujo o cualquier actividad artística. Y, ahí, los reyes son los judíos. Ja, ¡es la leche en vinagre! —Marina sentía su aliento espeso y agrio de tan próximo como lo tenía—. Esto que te voy a contar, ¡a nadie! ¿Eh? ¡Júralo!

Marina hizo el gesto de besarse los dedos índices colocados en cruz, como le pedía. Le intrigaba tanta efusión. Ramontxu bajó tanto el volumen de la voz que ella apenas le oía.

—Un grupo de judíos falsifica, por orden de los nazis, moneda esterlina y dólares con el propósito de engañar al enemigo. Ya *rulan* millones de esos boletos por ahí… Muchos de esos judíos no tienen ni idea de esos curros, pero a la hora de fabricar dinero son los más avispados. —Torció la boca con sorna—. Se presentan voluntarios para alargar su vida aquí. ¡No son espabilados los muy jodidos! En fin, todos tenemos derecho a resistirnos a la muerte, ¿o no, mujer?

En aquellos días, la muerte se convirtió en un hecho cotidiano. En el *lager* se declaró una epidemia de tifus que los médicos se negaron a atajar, así que muchos prisioneros caían como moscas. Resultó ser más barato el tifus que las balas o las duchas de gas. Los cuerpos desaparecían sin dejar huella...

Marina, aun siendo una auxiliar en el *revier,* no lograba entender cómo, de un día para otro, desaparecían los casos más graves, sobre todo los enfermos infecciosos. Era todo un misterio. Ramontxu, antes de morir, le resolvió el enigma.

—Ante la llegada de numerosos judíos y ante el hecho de que el tifus no se reduce, las SS han decidido construir un horno crematorio. El plan: aniquilar de manera fulminante y discreta los cuerpos, muchos de ellos todavía con vida...

Marina comprendió entonces de dónde salía aquel olor dulzón y nauseabundo que despedían las chimeneas.

—El humo negruzco con el que también ascienden las cenizas de restos humanos ha delatado a esos criminales —cuchicheó Ramón.

Ese día, el gallego le contó también a Marina que Himmler había encargado construir Sachso cuando España iniciaba su propia guerra. Desvió la mirada hacia la puerta para comprobar que estaba cerrada, observó a un lado y a otro de la estancia y se cercioró de que nadie los escuchaba:

—Este era un lugar de reclusión para presos políticos y soldados enemigos, también para aquellos alemanes que traicionaban a la patria o comulgaban con ideas comunistas —susurró mientras apilaba cajas de suministros en el almacén de la enfermería—. Con el avance de la guerra, se fue transformando en un campo de matar... —Acercó su cuerpo al de ella y, en murmullos, le anunció una noticia desalentadora—: Somos demasiados reclusos y, como la guerra se complica, los nazis han decidido acelerar nuestra extinción... Eso sí, aún existe un orden de prioridades: presos políticos, judíos, gitanos y homosexuales; finalmente, el resto. Sin previo aviso, con un tiro en la nuca, en la horca, con una paliza monumental o en la cámara de gas, que ya funciona las veinticuatro horas del día...

—¿Quién en su sano juicio es capaz de esa atrocidad?

A Marina se le desbocaba el corazón mientras miraba horrorizada a aquel hombre que parecía saberlo todo. El gallego la observó incrédulo meneando la cabeza de un lado a otro.

—Esto no es nada, mujer... Tú no llegaste a conocer a Rudolf Höss, el primer oficial de las SS al mando de Sachso. Ahora dirige otro *lager,* Auschwitz, ¡eso sí que es una fábrica de matar! —susurró casi escupiendo, de la intensidad con la que le salían las palabras de la boca—. Ahí terminaremos todos. Mujer, ni mu a nadie, ¡¿entendido?! Nos podemos meter en un buen lío... Ahora, nuestra misión es salvar al mayor número de prisioneros...

Marina terminó de aplicarle una pomada en las ampollas que supuraban, sin poder disimular un repentino temblor en las manos.

—Eres una mujer afortunada. —Respiraba hondo para aguantar el tormento.

—¿Por qué? —Arqueó las cejas.

—Mujer, no llevas la estrella amarilla de los judíos.

Ella asintió abatida.

—Ellos están en el punto de mira.

—¿Y eso me debe consolar? —exclamó en un ronco balbuceo—. ¿Cómo diablos haces para estar al corriente de todo eso?

—La cantera es una mina de información...

Alma, cargada con una olla de verdura, siguió a su abuela, que se dirigía a la cocina.

—No entiendo —la interrumpió—. Entonces, ¿por qué ese afán de eliminar a los judíos, si resultaban tan valiosos?

Hubo un largo silencio hasta que Marina, concentrada en la preparación de las verduras, respondió:

—No quieras saberlo...

—¡Y dale, *àvia*! Quiero saberlo todo.

—Voy a sacar el mantel. Ocúpate tú del arroz, anda, que no se queme —se quejó—. ¡Ya veo que hoy comeremos tarde!

Alma la siguió al interior de la casa.

—¿Qué ocurrió finalmente con el gallego? ¿Se salvó?

Marina bajó los ojos y negó con la cabeza.

—Esa fue la última vez que lo vi. —Marina miró a su nieta con los ojos húmedos—. Jamás pensé que el destino me iba a plantear un juego tan siniestro, en el que los más afortunados vencerían las partidas. Todavía me pregunto por qué las gané todas…

XVI

El plan del hambre

Una mañana, Alma se despertó con la necesidad de volver a ver a Hans. Consideraba que no era ella quien debía juzgarlo y quedaban muchos interrogantes por responder.

Lo esperó en la recepción del hotel y, cuando salió del ascensor, Hans la saludó con una sonrisa de alivio.

Habían vuelto los días brillantes y corría una suave brisa, así que decidieron caminar hasta la playa de la Fosca y almorzar en una de las terrazas frente al mar. Cuando llegaron, la bahía vibraba con los bañistas y el agua cristalina era una invitación a zambullirse. Observó que Hans estaba más callado de lo habitual. La joven imaginó que todavía se sentía incómodo debido a la última conversación mantenida entre ambos, la que la había llevado a alejarse de él.

—Hans, si no te apetece hablar, picamos algo y regresamos a Palamós.

—No, *absolutely not*. Confieso que estoy ansioso por ver a Marina.

—Entiendo… Todavía no sabe que nos estamos viendo —musitó Alma—. ¡Me va a matar! Estos días estamos sumergidas en una especie de terapia a dos; ella ha vivido una pesadilla insoportable. No te puedes hacer una idea… Hemos llorado lo que no está escrito. En fin, temo que al verte le dé un soponcio.

—*I see.*

Una sombra de tristeza planeó sobre el rostro del alemán. Un cigarrillo se consumía en su boca. Lo aspiró y seguidamente tosió.

—Siento lo del otro día… Conocer vuestra vida pasada, de viva voz, me rompe por dentro. Necesito ser sincera contigo. No dejo de comerme el tarro con toda esta historia y algunas dudas me inquietan…

—Lo comprendo —murmuró afligido—. Estás en tu derecho…

—Iré entonces al grano. El otro día me removió tu participación en la guerra… Y sigo sin entender por qué has tardado tanto en confesarme que habías sido un nazi.

Se acercó un camarero y Hans pidió dos cañas. No habló hasta que trajeron las bebidas. Alma esperó paciente a que el anciano se tomase un largo trago. Este actuaba como si le hubiera llegado el momento de enfrentarse a una verdad ineludible de la que ya no podía agazaparse.

—Por cobardía. —El anciano hizo otra larga pausa, como si necesitase meditar cada palabra que pronunciaba—. ¿Crees que es fácil pasar por ello y asumirlo? ¿Cómo explicar la culpa? Hay que tener muchos arrestos para repudiar a tu propia familia y desligarte de la tragedia de la guerra…

»Aquel chaval, con su uniforme de las Wehrmacht, se diluye ante mí como una sombra. Enfrentarme a él duele. Fue una tremenda estupidez honrar a mi familia, les obedecí ciegamente y, por ellos, dejé mis estudios y me enrolé en el Ejército. La guerra es una más entre las guerras que vive un soldado. A mí me afectó de una manera que no sé explicar. Todavía huelo aquel hedor a gas, a pólvora, y en mí retumban los cañones, el silbido de las balas y el crujido de los huesos seccionados por el estallido de una mina. Sin embargo, hasta que no estuve en el cuartel de la Gestapo no fui consciente de los actos criminales que los alemanes estábamos cometiendo, al margen de la lucha armada en la que masacramos a millones de personas. Fue entonces cuando nació en mí una vergüenza insoportable, que fue creciendo a medida que se iban conociendo todas las atrocidades cometidas por nosotros.

»Si te soy honesto, no realicé este viaje con intención de buscar el perdón, pero tú me has removido muchas cosas por dentro y la presencia viva de Marina ha sido un *shock* para mí. Sin embargo, a medida que han ido pasando los días, el deseo de buscar el perdón se ha convertido en una necesidad. Los alemanes fuimos los autores de aquellos actos atroces durante la Segunda Guerra Mundial, los asesinatos del Holocausto son nuestra responsabilidad. Es un episodio muy triste y desgraciado de mi vida...

Alma se revolvió en el asiento.

—Sí, lo que hicisteis fue repugnante, pero tú ya asumiste tu parte de culpa y fuiste consecuente con ello, ¿no?

—Fui un temerario, un necio. —La mirada triste del anciano se tornó turbia, distante—. Arriesgué mi vida y la de otros, embelesado por los sueños de un loco. Volver a ser un imperio, ¡qué absurdo! Admito que, al principio, a muchos nos subyugó esa idea enajenada. No merecemos misericordia. Por suerte para todos, Alemania perdió la guerra. Aquello no debe volver a repetirse... Nunca. —Alzó la voz con amargura.

—Hans, tampoco te fustigues. Fue una tragedia para el mundo. El tiempo pasa y, aunque no debemos olvidar, ahora solo queda mirar hacia delante y no volver a tropezar con la misma piedra. Eso es lo que trato de decirle a mi abuela...

—Querida, lo último que desearía es lastimaros.

—Lo sé —repuso—. Haré lo que esté en mi mano para que os podáis ver, tienes que darle tiempo.

—Me estoy muriendo. —Su hilillo de voz sonó cansado, quebrado.

En su mano derecha se consumía un cigarrillo, del mismo modo que lo hacía el cuerpo de aquel ser. Un silencio sepulcral se adueñó de ambos. La noticia noqueó a Alma.

—No hace falta que digas nada. —Parecía leer los pensamientos de la joven—. Tranquila, hace tiempo que lo tengo asumido. Por eso estoy aquí: quiero morir con dignidad, en el único lugar en el que un día fui feliz. Llegar hasta aquí me ha hecho ver que pertenezco a este punto del Mediterráneo...

—¿No existe alguna posibilidad de…? —dijo incapaz de finalizar la frase.

—No, este cáncer no perdona y ha vencido la última batalla.

Unas lágrimas surcaron el rostro de Alma.

—Querida, ahórratelas. —Le secó una lágrima con un dedo tembloroso—. Esto no tiene nada de triste. —Le sonrió con los ojos achinados—. He vivido intensamente… Y, ahora que sé que Marina sigue viva, mi cuerpo rebosa de una ilusión que antes del viaje había perdido…

—¿Qué puedo decir? ¡Soy una idiota! —balbuceó.

—*Look,* conocerte ha sido toda una revelación. Y lo que estás haciendo por nosotros dice mucho de ti. ¿Qué más puedo pedir?

—Ver a mi abuela, ¿no? —convino mientras en su cara asomaba una sonrisa agridulce.

—Sí, la verdad es que no me queda mucho tiempo. —Acercó su rostro al de Alma y sonrió cómplice—. Además, tengo algo para ella.

Alma alzó las cejas y sus ojos chispearon. Por un momento, Hans volvió a ver en la joven a aquella *beautiful lady*…

—¡Paciencia, *lady*!

—*Touché!* —respondió resignada—. Hans, ¿quién es la mujer que te acompaña?, ¿es tu esposa?

—No. Ann se fue hace mucho tiempo. —Enmudeció por un instante—. Robin es su hermana, una buena amiga. No hay nada entre nosotros, ¿eh? —El anciano sonrió como un pillo—. Ella quiso acompañarme. ¡No se fiaba de mí!

El anciano tosió como un perro.

—Hans, ¿tienes hijos?

—No, no quise tenerlos, y Ann estuvo de acuerdo. Fue una decisión que tomé cuando la guerra terminó. No quería traer al mundo a unos seres que iban a cargar con el peso de la culpa y la repulsa cuando descubriesen que eran descendientes directos de nazis.

Hans extrajo un pitillo del paquete de tabaco. Le ofreció uno a Alma, pero ella lo rechazó; procuraba no fumar delante de él, no quería incitarle más de la cuenta.

—El tabaco te matará...

—¡Ja! ¿A estas alturas de la película? Ya no. —Aspiró una bocanada del nuevo cigarrillo que colgaba de sus labios y sus ojos se estrecharon en una línea, como si buscase respuestas.

—Hans, he sido una grosera: debería haber invitado a Robin a unirse a nuestros paseos.

—No, *no way!* Es un asunto que nos concierne a nosotros y a Marina. *Of course!* De todas formas, para tu tranquilidad, mi cuñada está *crazy* por esta costa. Es su primera vez aquí y no perdona un día de sangría, tapas y playa.

—Me alegro entonces. ¿Quieres que volvamos al punto donde dejamos la conversación?

El anciano carraspeó, chafó el pitillo a medio consumir en el cenicero y sorbió otro trago de cerveza.

—Hans, ¿qué ocurrió cuando volviste del frente?

—Tras aquellos meses interminables, nos dieron una semana de permiso para visitar a las familias. Mis padres, henchidos de un orgullo patrio, me recibieron con una fiesta para celebrar mi regreso. —Su mirada se volvió de acero—. Ignoraban cuáles eran mis intenciones, alejadas totalmente de sus deseos. Herido en la moral, agotado mental y físicamente, me enfrentaba a todos aquellos oficiales y sus esposas ajenos a la verdadera realidad de la guerra, que presumían de sus medallas fumando habanos, comiendo caviar ruso a cucharadas y liquidando la bodega. Yo solo quería encerrarme en mi habitación, dormir y olvidar...

En esos días de relativa paz en Berlín, el joven Hans le expresó a su padre el sinsentido de aquella contienda y de no saber por qué ideales luchaba, la angustia de morir por nada.

—Estoy convencido de que Hitler conduce a Alemania a la ruina. Lo he visto con mis propios ojos en el campo de batalla... Lo siento, padre, no voy a continuar en el Ejército con el único fin de alimentar la megalomanía del *Führer* —dijo enfrentándose a la mirada oscura de su padre.

Klaus Ritter recibió aquellas palabras como si fueran sables clavándosele en la espalda y lanzados a traición por su propio hijo, su primogénito.

—¡No sabes lo que dices, Johannes! —Ahí estaba, llamándole por su nombre original. Sí, estaba muy cabreado—. ¡Eres un oficial de la Wehrmacht!, ¡un militar de las fuerzas armadas del Reich bajo el mando del jefe supremo, Adolf Hitler!

Klaus Ritter no podía disimular la rabia. Su propio vástago, sangre de su sangre, quería desertar del Ejército; estaba eludiendo el deber a la patria y pretendía dejar en la estacada a sus camaradas en el campo de batalla. ¡Simplemente por ignorar cuál era la razón por la que combatía! Su ira se iba acrecentando.

—No creo que sobreviva por más tiempo en la primera línea de batalla, más aún cuando la guerra ha perdido todo su sentido —argumentó Hans apesadumbrado—. No entiendo sus ideales…

—¡¿No entiendes nuestros ideales?! —El rostro de Klaus se sofocó hasta adquirir un tono granate mientras trataba de contener la cólera para que la discusión no llegase a oídos del servicio—. Es bien simple, debes acatar las órdenes de tus superiores, cumplir con los deseos del *Führer*. —Golpeó la mesa con el puño—. ¿Cómo te atreves a contradecir las órdenes que llegan de lo más alto?, ¿cómo osas dudar de este destino que se te ha encomendado? Estás poniendo en juego todo lo que tu madre y yo planificamos para ti. ¡El honor de formar parte de una cruzada que cambiará el rumbo de la humanidad!

—No quiero matar a gente inocente, ¿no puede entenderlo? —respondió con vehemencia.

—Veo, hijo, que careces de agallas. —Su mirada de desprecio se tornó distante y glacial—. Los que huyen en el momento crítico ante los primeros disparos, los que desertan de las trincheras, los que saltan de los botes, no son más cobardes que los que se achican ante el compromiso. ¿Eres uno de esos? —le interpeló con desdén, sin esperar respuesta alguna.

Klaus Ritter sacó un habano de una caja de plata y se lo encendió lentamente mientras lo hacía crujir y lanzaba bocanadas de humo. Le señaló con el puro entre sus dedos.

—Tu cobardía mancilla el buen nombre de nuestra familia, un nombre hecho a base de la heroica reputación de una estirpe que combatió en cientos de batallas. ¡No me valen tus dudas ni tus excusas! —balbuceó entre profundas caladas—. Lo que más me duele es que yo te he educado para que seas un oficial con coraje para la guerra, como en su día lo fueron tus nobles antepasados.

Sudaba copiosamente. Con una rabia que iba *in crescendo,* se desató la corbata y el primer botón de la camisa mientras continuaba arrojando piedras sobre Hans, al que todo aquello le sonaba como un ataque exacerbado por un orgullo absurdo.

—No pretendo huir de mis compromisos —rebatió—. Pienso que hay otras maneras de ser útil al *Führer,* como cumplir con funciones que no se realicen desde una defensa, con un fusil en la mano o lanzando granadas. No fui a la universidad para acabar masacrando a gente inocente…

Klaus Ritter estudiaba minuciosamente la cara de su hijo, con la violencia de un toro a punto de entrar a matar.

—¡Tú no serás nunca un burócrata de oficina! ¡¿Me oyes?! ¡Harás lo que yo te mande! ¿Te queda claro? —rugió con los ojos vidriosos y los iris agitándose con la furia de un caballo desbocado—. A tu madre la matarás del disgusto. Como yo, no te podrá mirar a la cara sin menospreciarte.

Hans notaba como si cientos de arañas le recorriesen el cuerpo por dentro. Desconocía esa faceta arrogante e intransigente de su padre. Capituló en silencio. Allí mismo, comenzó a distanciarse de él. Aquel hombre, al que ya no reconocía, era un cínico: Hans debía cumplir con el papel que él no había desempeñado como ciudadano; por el contrario, su padre obtenía honores y prebendas gracias a sus negocios en los distintos frentes. ¡Claro! Para desempeñar el deber militar ya tenía a su hijo, pero su primogénito no era capaz de cumplir con sus expectativas. Había educado a un cobarde.

—¡De veras que no lo comprendo! —Klaus Ritter continuó escupiendo bilis, desencajado, alzando la voz—: Que tantos hombres tengan que morir por esta causa y tú, como una damisela, me vienes con estas ideas absurdas, deshonrando a nuestro linaje. ¡Es indigno de alguien como tú! ¿Crees que serás más hombre rellenando documentos oficiales que con una bazuca dirigiendo nuestro destino? ¡Lo dudo!

Su decepción iba en aumento, pero, por mucho que aquel hombre rabiase a causa de la debilidad de su hijo, sabía que debería actuar con discreción. Si una sola de esas frases llegaba a oídos de algún oficial, con toda probabilidad acusarían a su hijo de traidor a la patria, ordenarían un juicio sumarial y, finalmente, lo decapitarían; un asunto que enturbiaría para siempre sus relaciones empresariales con las más altas instancias.

—Hans, yo no te juzgaré… Lo hará la historia.

Esas palabras aguijonearon el alma de Hans, sobre todo viniendo de su padre, un oficial de boquilla. Sí, Klaus Ritter había participado durante unas semanas en la Gran Guerra, hasta que una bala en la rodilla le apartó oportunamente del servicio militar. Ahora, se limitaba a proveer al Tercer Reich con sus transacciones comerciales, algunas de dudoso origen, y sus contactos en las más altas esferas. Les ofrecía apoyo económico y material de guerra y, a cambio, recibía sustanciosos privilegios. Era un hombre con autoridad y sus lacayos obedecían a ciegas. En aquellos días oscuros para todos, sus negocios florecían, cosa que le permitía a la familia Ritter continuar con su vida glamurosa. Ya se lo avisó en aquel avión de viaje a España: «las oportunidades hay que cazarlas al vuelo…». Nunca mejor expresado… Aquel hombre hecho a sí mismo se consideraba alguien trascendental debido a sus relaciones con la cúpula militar y a los títulos nobiliarios que le ofrecía estar casado con su esposa Eva, honores que ejercía a su libre albedrío.

Hans se encerró en su habitación. La conversación con su padre, si se podía calificar así, le había producido un dolor de cabeza punzante. Decidió tomarse una de esas pastillas que el equipo militar médico daba para aplacar los desvaríos de las jóvenes milicias en las trincheras y el pánico que les impedía conciliar el sueño. Lentamente, como si le pesara su propio cuerpo, además de la conciencia, se desvistió, se abrochó el pijama y se acostó. Cerró los ojos y escuchó el repiqueteo de la lluvia en los cristales, pero no encontró sosiego. Se removía en la cama sin lograr encontrar la paz deseada. La acusación de su padre martilleaba su cerebro como una cantinela: «Yo no te juzgaré, lo hará la historia… Yo no te juzgaré, lo hará la historia…». La noche se convirtió en un duermevela agónico. La acusación de ser un traidor aguijoneaba sus sentidos y la pesadilla se hacía cada vez más inquietante, más real: su familia, como grotescas figuras de feria, le acosaba con burlas por un laberinto de ramas afiladas que se enredaban a su paso, le rasgaban la ropa y le arañaban la piel; en la lejanía, se escuchaban las chanzas y los alaridos distorsionados de su padre. Y en esa maraña delirante, continuaban los disparos de los fusiles de combate, el cuerpo a cuerpo con el enemigo, el terror en las zanjas, con las bombas reventando el terreno, los rostros estremecidos de aquellos imberbes, rígidos sobre la nieve, la masacre de civiles inocentes… El soldado con grado militar volvía a ser un chaval que había perdido el valor, un crío que no tenía nada de héroe; los proyectiles explotaban en su lecho y veía a su alrededor los rostros de sus amigos muertos…

Hans se despertó jadeante, empapado en un sudor frío. Se había orinado como un chiquillo. Se sentía sucio, no porque hubiera mojado las sábanas con su propio orín, sino porque se consideraba un ser despreciable. Deshizo la cama, se desvistió y se bañó a conciencia. Pasó de la angustia al desconsuelo más absoluto. Se rompió. Lloró hasta que se quedó seco de emociones.

La madrugada le atrapó deshaciendo el equipaje. Abrió un cajón del secreter, con la finalidad de guardar sus objetos personales, cuando una de sus manos palpó la rugosidad de un sobre. Lo acercó a la luz de la lámpara y leyó el remitente. Era una carta de Marina. ¡¿Qué hacía ahí?! Comenzó a leerla primero con sorpresa y, segundos después, con una violencia irrefrenable. Había estado allí, en casa, con su familia. La carta era una desconsolada despedida.

En pijama y descalzo, Hans bajó las escaleras a trompicones y avanzó como un perro furioso hacia la sala donde desayunaba la familia. A sus espaldas escuchaba:

—*Herr* Johannes, ¿necesita algo?

Solo el servicio, los desconocidos y su padre, fuera de sus casillas, le llamaban de ese modo que él no reconocía como propio.

Entró en la sala como un huracán, barriendo el silencio que la invadía.

—¡¿Qué significa esto?! —le increpó a su padre mientras agitaba el sobre ante sus narices—. ¡Dígame!

—No sé de qué me estás hablando —titubeó ante la reacción violenta de su hijo—. ¡Compórtate, Hans!

—¡¿No pensaban contarme que Marina ha estado en esta casa?!

Klaus y Eva von Schnitzler se miraron de soslayo. El gesto engreído de su madre la delató. Observó que su padre la conminaba a hablar. Eva von Schnitzler dejó de comer y arrugó la nariz.

—Querido, esa muchacha no te conviene —dijo con pasmosa tranquilidad—. Es una roja bolchevique, además de una pueblerina malcarada.

—¿Cómo se atreve, madre? ¡Usted no la conoce!

—¡No tolero que me grites de esa forma! ¿Quieres que seamos el hazmerreír del servicio? —Alzó la voz petulante, mientras se incorporaba y dejaba la servilleta hecha un ovillo en el plato todavía lleno—. Ni siquiera vas vestido para el desayuno, ¡vergonzoso!

—¿Marina ha estado aquí? —Lanzaba las preguntas como dardos, ofuscado, observando de hito en hito a cada uno de los miembros de la familia—. ¿Por qué nadie en esta maldita casa me ha dicho nada?

Las tres hermanas de Hans miraban abochornadas hacia los platos.

—¡Niñas, fuera! Hora de ir a la escuela —ordenó la madre.

Las tres se esfumaron, incapaces de hacer un reproche y ciertamente aliviadas.

—Hans, escucha —dijo Klaus tratando de calmar las aguas—. Conrado y su mujer están refugiados en Francia, cerca de la frontera con España. Él me pidió que alojase durante unos días a Marina. No me pude negar…

—Normal… ¿Y ahora dónde está Marina?

—Donde debe estar —replicó su madre con arrogancia.

—Tu madre la denunció a la Gestapo…

—¡¿Qué?! —Hans se dejó caer en una de las sillas de sus hermanas y ocultó su rostro tras las manos—. ¿Qué han hecho?

Se enfrentó a los dos con los ojos vidriosos.

—Tu padre trató de proteger a su socio, que decidió fugarse de España, y en esta casa no acogemos a criminales.

—¿Están locos? —clamó trémulo—. ¡Quiero verla ya!

—Imposible. —Eva von Schnitzler levantó con superioridad su rostro—. La Gestapo nos ha informado de que en París los franceses la denunciaron y decidieron expatriarla de nuevo a Alemania. Está en un campo de trabajo. Allí le bajarán los humos a esa proletaria comunista. Es una amenaza para nuestro Estado.

Violentado por sus bravatas, Hans se dirigió hacia su madre, la agarró por los brazos y la agitó como a un monigote.

—¡No se atreva a hablar así de Marina!

En su fuero interno, Hans deseaba lastimarla y doblegarla ante su padre y el servicio. Estos últimos observaban la escena como estatuas, con las manos cubriendo sus bocas abiertas, sin poder articular palabra ante aquel altercado que traspasaba los límites del decoro. A Hans las lágrimas le caían como a un bebé indefenso.

—¡Es usted una chiflada! ¿Cómo ha podido…? ¡¡Es indigna de ser nuestra madre!!

—¡¡Basta, Johannes!! —Klaus golpeó la mesa con el puño—. ¡Te prohíbo que hables así a tu madre! Estoy harto de enmendar todos vuestros desaguisados. Mi paciencia se está agotando, así que no me pongáis a prueba…

—Querido, ¿no ves en lo que te ha convertido esa engreída? —le advirtió su madre con impertinencia—. No te reconozco. Esa joven ha sido para ti la peor influencia posible. No te enviamos a España para que te convirtieras en el pelele de una roja. Y ahora esta salida de tono tan insolente…

Era tal la furia de Hans que acercó su rostro al de su madre y le hizo el gesto de ahogarla con las manos. Eva, henchida de orgullo, se echó hacia atrás, alejándose de él.

Hans ya no soportaba la mera presencia de su madre. Se dejó caer en la silla con la mirada perdida, hundido, y con un único pensamiento que zumbaba en su cabeza: «¿Cómo auxiliar a Marina?». Le preocupaba que estuviera sufriendo en aquel campo de trabajo que, por vez primera, oía nombrar. Debía averiguar dónde se encontraba y sacarla de inmediato de aquel lugar. Desde ese momento, su familia pasó a un segundo plano y su madre al olvido.

Una vez más, los contactos de Klaus Ritter hicieron su trabajo. Hans abandonó la primera línea de batalla y fue trasladado a la Oficina Central de Seguridad del Reich en Berlín, *de facto,* el aparato represivo del régimen nazi, que incluía las oficinas centrales de la Gestapo, la policía criminal Kripo y la SD, el servicio de inteligencia política nazi. El joven ignoraba el alcance real de aquellos despachos.

Hans debía encargarse de los asuntos administrativos del *Kommandant* Ernst Kaltenbrunner, un armario de casi dos metros de altura cuyo rostro estaba marcado por una cicatriz, en forma de uve invertida, que recorría como una serpiente su mejilla izquierda. Cuando se sulfuraba, aquellos ojos de rapaz lanzaban destellos y la cicatriz parecía tomar vida sobre el pómulo provocando una horrenda mueca. Hans aceptó el cargo a su pesar, acorralado de nuevo en territorio hostil, aunque fuera tras la mesa de un despacho. Su único consuelo era que, al menos, desde esa posición le resultaría más fácil socorrer a su amada. En su mente solo cabía averiguar en qué campo se encontraba presa y hacerse con un salvoconducto para su liberación. Y eso únicamente lo lograría congraciándose con su jefe, un hombre siniestro al que nadie querría encontrarse en un callejón oscuro.

Una mañana, el comandante le encargó «un servicio de seguridad nacional» que exigía su total confidencialidad.

—Esta va a ser, sin duda, su misión, solo a la altura de hombres avispados y leales —recalcó Kaltenbrunner con pedantería—. Usted ha estado en primera línea de batalla, tanto en Polonia como en el Frente Oriental, así que está sobradamente capacitado para afrontar este mandato sin problemas. Además, esto le ayudará a ascender de manera fulgurante en el escalafón de oficiales.

Aquel hombre repulsivo estudiaba con minuciosidad cada una de las reacciones del joven administrativo: necesitaba asegurarse de que ese «niño de papá» iba a ser leal a su causa…

—El objetivo de su servicio no es otro que reducir a la mínima expresión la población de los territorios conquistados y anexionados: Eslovaquia, Hungría, Croacia y Rumanía. Usted deberá encargarse, junto con otros oficiales destinados en cada uno de estos territorios, de hacer cumplir el Plan del Hambre: deben desviar los suministros de alimentos de estos países a la Wehrmacht, en el Frente Oriental, y a las colonias alemanas. Seguidamente, las ciudades serán arrasadas y los campos se transformarán en suelo agrícola, ocupados por nuestros colonos.

—Eso significa condenar a la muerte a la población de esas naciones —manifestó alarmado.

—Chico listo, lo ha entendido a la primera —reconoció el comandante con un cinismo que la sutura de su malar acentuó de manera grotesca—. Pero ahí no concluye su misión… —Continuó su explicación del programa, como si mencionase un simple formulario administrativo—: A fin de participar en el plan deberá cumplir con un corto periodo de entrenamiento tras el cual viajará a Polonia, terreno sobre el que pondrá en práctica lo aprendido. Una vez allí, rastreará a esa escoria judía. La consigna es delatar a cualquiera que levante sospechas de estar ocultando su fe. Se eliminará a todos los varones judíos de entre quince y cuarenta y cinco años. Me da igual cómo, ¿me comprende? —Afiló su mirada de cuervo—. Al resto de la población judía se la trasladará al *lager* de Auschwitz, en Cracovia.

»Esta última fase del programa la coordinará usted en el propio campo, bajo la directriz de su superior, *Kommandant* Rudolf Höss, quien se ocupará de ejecutar la Solución Final de la cuestión judía de manera inminente. Usted no debe cuestionar nada de lo que se haga allí, solo acate las órdenes. Supongo que no hace falta que le explique más —comentó mientras le daba una palmada en la espalda.

Hans se removió en el asiento. Aquel oficial le estaba descubriendo el lado más siniestro de la política nazi. Lo que le planteaba era una monstruosidad, le quería hacer partícipe de un plan macabro. Aquel criminal pretendía consumar un acto atroz sin mostrar el menor atisbo de rubor.

—O ellos o nosotros —concluyó con un mohín de insolencia, al tiempo que se servía un *whisky*.

Hans se resistía a estar en el mismo bando que esa bestia, a convertirse en un simple peón de esa maquinaria criminal. Y lo peor de todo era que, sin quererlo, ya formaba parte activa de ese maléfico plan. No quería colaborar con ese criminal ni un minuto más. Cegado por el arrebato, cometió una temeridad.

—*Herr Kommandant*, no puedo hacerlo —declaró mientras se levantaba y se ponía firme delante del oficial—. Va en contra de mis principios…

A aquel superior que le observaba sacando pecho se le fue desencajando el semblante por momentos. Kaltenbrunner era la clase de mezquino al que no le gustaba recibir un no por respuesta y no trató de disimular la rabia que se iba apoderando de él. Pasó del estupor a la incredulidad y, seguidamente, a la ira.

—¡¿Con quién se cree que está hablando?! —Su rostro se sulfuró, sus labios se contrajeron en una fina línea blanca y sus afilados ojos negros comenzaron a arrojar destellos.

Un tenso silencio ahogó la estancia. Sin dejar de observar el aplomo de aquel joven insolente y loco, Kaltenbrunner realizó una llamada de teléfono:

—¡Preséntese de inmediato en mi despacho!

Hans ignoraba que cualquier oficial de las SS tenía la potestad de decidir sobre la vida y la muerte de todos los alemanes sin la obligación de justificar sus actos. Ese canalla estaba por encima de la ley. Sí, se había comportado como un loco insensato.

Dos cabos entraron en la sala y saludaron con un sonoro «*Heil Hitler*». Kaltenbrunner les ordenó detener a Hans y allí mismo le relevó de sus funciones. Su rostro desquiciado se acercó peligrosamente al del joven, le observó con ojos acuosos y, mientras le clavaba el dedo en el pecho, masculló:

—¡Es usted indigno de pertenecer a este cuerpo de élite! No lo mato aquí, y en este momento, por respeto a su padre. Usted no le merece.

Acto seguido, se dirigió a los soldados:

—¡Llévenselo de aquí! *Raus!!* —bramó.

Hans no recordaba los días que permaneció retenido en aquel calabozo frío y mugriento, sin higiene, sin apenas comer, a la espera de un consejo de guerra que lo iba a condenar a una muerte segura. Deambulaba de un lado a otro con la desesperación del reo a punto de ser conducido al cadalso. En su mente, como único consuelo, Marina. Se lamentaba por no haber sido capaz de auxiliarla. ¿Estaría sufriendo malos tratos? Con su traslado a las oficinas de las SS le habían servido en bandeja la ocasión de ayudarla y él había lanzado esa ocasión por la borda. Rememoraba la discusión con su familia. Percibía la falta de aire y una opresión en el pecho. Su madre había traicionado a Marina, con su padre de cómplice. ¿Cómo habían llegado las cosas hasta ese extremo?

Klaus Ritter apuraba una calada de su habano, sentado en la mesa de despacho de la biblioteca de su casa. Levantó el auricular del teléfono y solicitó una conferencia con uno de los destacamentos militares en el Frente Oriental.

—¿General Walther von Brauchitsch? ¿Cómo va todo? Sí, claro, ¡cómo no! En este caso, no te llamó para hablar de negocios, aunque tu último pedido de ametralladoras Browning M1919 y granadas de fragmentación MKII está en camino, en un par de días las tienes… Esta vez necesito un favor. ¿Recuerdas a mi hijo Johannes? Sí, es cierto, abandonó como un traidor el campo de batalla… Sí, los médicos le han tratado sin éxito y la prisión lo está volviendo loco. Yo mismo me voy a encargar de internarlo en un sanatorio en Ginebra. Solo te pido, si puedes interceder por él en el tribunal, parar la ejecución… Sí, claro, te lo debo con creces… ¡No lo olvidaré! ¡Gracias!

Klaus Ritter colgó y observó una foto enmarcada en la que aparecía su mujer jugando con el pequeño Hans. Acarició con su dedo la imagen pasando el índice por el rostro de aquel niño tan despierto en su infancia…

Dos semanas más tarde, Klaus Ritter y su hijo, vestido de oficial y con un petate, salían del Mercedes negro. Se hallaban frente a un puesto de control alemán en Gau Westmark, en la línea de demarcación de la zona francesa ocupada por el Ejército nazi.

—En esta zona de Francia pasarás desapercibido… No intentes regresar a Alemania —le advirtió—. Has deshonrado a tu familia y a tu patria y has podido comprobar por ti mismo cómo la cobardía se paga con la muerte. Una vez más te has librado, pero yo ya no te puedo proteger más…

De nuevo, Hans escuchó de su padre aquellas palabras mortificantes, acusadoras, de haber eludido sus obligaciones como alemán y oficial, de ser desleal a la nación y al ideario nazi, de traicionar a su familia.

—Padre, necesito pedirle una última cosa —dijo con la mirada puesta en el asfalto de la carretera.

—¿No he hecho suficiente por ti? —rebatió indignado.

—Por favor, se lo ruego… Saque a Marina de ese campo.

—Veré qué puedo hacer —masculló.

—Gracias, padre…

Klaus Ritter no abrazó a su hijo, ni le dio una palmadita en la espalda, ni un mal beso de Judas. Se introdujo en el vehículo conducido por su leal Helmut y se marchó sin más.

Hans nunca más volvió a verlo, ni al resto de su familia. Por supuesto, nunca regresó a Alemania.

XVII

Chris

La última noche de verbena Alma le propuso a su abuela subir al terrado, una atalaya desde donde se dominaba la bahía de Palamós para contemplar el castillo de fuegos artificiales que clausuraba la fiesta patronal del pueblo. Iluminó con velas y farolillos la terraza y preparó la mesa con el postre tradicional de las fiestas: una coca de *Sant Joan* con crema y frutas escarchadas acompañada de champán. Sonaban habaneras, canciones nostálgicas que cantaban los pescadores en las frías noches en alta mar.

Desde esa cima privilegiada, abuela y nieta observaban los pueblecitos arremolinados del litoral, puntos refulgentes sobre el valle; al fondo, como una cortina irregular, se dibujaban las sombras de las montañas. La luna llena destilaba una estela plateada sobre un mar apacible en el que se mecía un ejército de botes, yates y veleros, con sus tripulantes celebrando las fiestas. La bahía se iluminó con los primeros destellos pirotécnicos, despertando los aplausos y exclamaciones de un gentío que se arremolinaba en el paseo marítimo, la escollera del puerto y el rompeolas hasta el faro.

Ni siquiera el ambiente festivo era capaz de alejar a Alma de su desasosiego. Observaba el espectáculo con su mente viajando lejos de allí.

Esa misma mañana había recibido una llamada de Chris. Como siempre que escuchaba su voz a través del auricular, se le contraía la garganta. Ella sabía que aquello no tenía vuelta atrás, pero carecía de la fuerza necesaria para poner fin a aquella relación.

Una eclosión de palmeras amarillas, anaranjadas y verdes vibró en el cielo oscuro. Marina dio un respingo; siempre le pasaba con la primera explosión de aquellos fuegos, no lo podía evitar. Podían pasar años, pero aquellas detonaciones la transportaban a tiempos de guerras que nada tenían de celebración. Se repuso del susto y se mantuvo impasible ante su nieta.

—¿Quién te ha llamado esta mañana? —inquirió Marina a sabiendas de que solo una persona lo hacía durante los últimos días, de manera insistente, para intentar arreglar cosas que parecían no tener solución...

—Nadie —replicó la joven todavía alterada.

—Me alegra ver lo bien que te defiendes en inglés, aunque yo no entienda una sola palabra —dijo tratando de apaciguarla—. Eso sí, he notado tu tono triste y enfadado, y eso no me gusta.

Alma se sintió aliviada al saber que no había entendido el cruce de reproches y acusaciones.

—Todo se arreglará, *filla meva*. —Le pasó el brazo por la cintura y la acercó hacia sí para confortarla.

—No. Esto ya no tiene arreglo. —Contuvo las lágrimas—. Me he enamorado de la persona equivocada. No sé cómo lo hago, siempre lo estropeo todo...

—*Filla meva*, ¡tienes toda la vida por delante! Ya llegará ese príncipe azul que te ame como deseas, sea aquí o en Londres, aunque confío en que un día vuelvas para quedarte...

Marina la achuchó con el brazo y la besó en la mejilla.

—En todo caso, princesa...

Decenas de petardos casi apagaron su respuesta. Cabizbaja, trataba de evitar, sin éxito, que por su rostro brotase la rabia contenida. Se sentía minúscula.

—*Filla, estimada,* ¿me quieres contar qué te pasa? Ahora te toca a ti abrir el corazón a tu abuela.

La joven dejó transcurrir unos segundos mientras observaba cómo el firmamento estallaba en cientos de brillantes colores.

—*Àvia,* Chris es una mujer. Me he enamorado de una mujer. Es la dueña del café donde he trabajado hasta ahora como camarera, mientras estudiaba en la universidad. Tras dos años de relación tempestuosa debido a sus infidelidades, en junio me harté y rompí con ella. Este es uno de los motivos por los que estoy aquí; necesitaba olvidarla, pero no sé cómo… Estoy totalmente colgada por ella, a pesar de toda la mierda que me he comido por su culpa. Hoy me ha llamado para confesarme que, finalmente, está con Terry.

—¿Quién es Terry?, ¿un joven?

—Nooo, a Chris le gustan las mujeres… como a mí —dijo con un hilo de voz—. Cuando Chris me conoció ya estaba con Terry, que estudiaba un doctorado en los Estados Unidos. Mientras estaba lejos, yo era su segundo plato… Yo no supe de esa relación hasta hace poco. Me ha mentido, ha jugado conmigo y aún tiene el valor de decirme que me echa de menos. ¡Hala!, ¡con un par…! Le he dicho que se acabó y entonces la muy… me ha despedido, dice que así soluciona mis dudas sobre la relación. Eso no se le hace a alguien a quien quieres, ¿no? —Gimió desconsolada.

Marina la escuchaba atentamente. Conocía bien el carácter de su nieta; igual que ella, Alma también se había acostumbrado a existir en una vida de reservas y secretos. ¡En eso eran dos gotas de agua!

—Esta es una de las cosas que más temía cuando te fuiste a Londres, que tu decisión hubiera sido por amor, como un día yo lo hice por Hans.

—Siento que me muero…, que no valgo para nada, que nada tiene sentido…

—No te castigues así. ¿Me oyes?

—¡Estoy hecha una mierda! La amo y seguidamente la odio… Me pregunto mil veces por qué lo nuestro no ha funcionado, cómo la puedo recuperar y lograr que olvide a esa chica. —Se retorcía un mechón de cabello—. No consigo sacármela de la cabeza…

Hubo un silencio que se podía mascar con los dientes. La anciana la contemplaba consternada.

—¿Debería regresar a Londres y arreglarlo con ella? —Un pinchazo agudo en el pecho le impedía respirar y razonar con cordura—. Lo sé… Es de género estúpido, ¿no? —Arrugó el ceño—. Chris lo es todo para mí… ¿Qué hago ahora con mi vida?

—Ahora no pienses en ello. Estás dolida y es normal que te falte el aire, que sientas un vacío… Recuperarte te llevará tiempo, forma parte del duelo. Es lo que tiene el desamor, *filla meva*. Sé lo que es pasar por ello y te entiendo…

—Debería ir a Londres para recoger mis cosas y firmar el finiquito, pero no me veo capaz de enfrentarme a ella…

—Si la ruptura con esa mujer es definitiva, aléjate de ella. No respondas a sus llamadas, ni tampoco la llames tú. De lo contrario, solo sufrirás. Además, esa firma podrá esperar unos meses o, si no, que te envíe los papeles. Cuanto más te distancies, más sencillo será olvidarla.

—*Àvia,* lo siento.

—¿Qué sientes, *filla meva*? —preguntó Marina con una extrema ternura mientras le acariciaba el cabello.

—Agobiarte con mis problemas cuando tú ya tienes suficiente con los tuyos… Siento no haber sido honesta contigo y haberte provocado la sensación de que Chris era un hombre, nada más lejos de la realidad, no hubo para nada una intención de ocultártelo. Debe de parecerte raro que haya hablado tan poco de Chris cuando solo pensaba en ella —reconoció, y se dio la vuelta en la baranda dando la espalda a su abuela, evitando así su mirada inquisidora—. Quizá todo es fruto de mis inseguridades, de mis miedos. Puede que, de manera inconsciente, temiera que cuando descubrieses la verdad me quisieras menos…

Marina se tomó unos segundos para responder. Se acercó a ella y cogió sus manos. Frente a ellas una gran cascada de estrellas doradas se desbordaba crujiendo en el firmamento.

—Eres mi vida, cariño… Para qué te voy a engañar, esto no es lo que querría una abuela para su nieta. Yo ya soy perro viejo y veo claramente que este tipo de relaciones solo te traerá disgustos, pero ¿quién soy yo para decirte a quién amar? —La miró fijamente a los ojos—. Hace décadas, antes de la guerra, quizá te hubiera contestado una simpleza, pero hoy… ¿Te hace feliz? Pues adelante. Y, si no, ya encontrarás a otra… No hagas como yo. Yo no pude elegir la vida que quería. O quizá no supe… ¿Vas a vivirla como yo? Sola y atormentada —dijo con la barbilla temblorosa—. ¿O junto a un hombre al que no ames para contentar a los demás? ¡De ninguna manera! ¡Con una desgraciada en esta familia es más que suficiente!

Se sentaron a la mesa y bebieron un largo sorbo de champán, cada una sumida en su mutismo. De nuevo, las atrapó el estallido multicolor de sauces llorones, buscapiés y palomas que ascendían entre una lluvia de estrellas, hasta que una estruendosa traca dejó al cielo sin aliento. Seguidamente, una explosión de aplausos y vítores en la lejanía las devolvió a la realidad de la noche.

—Alma, *estimada*, me costó tiempo aprender que todos tenemos derecho a amar a quien queramos. Es horrible cuando alguien te desprecia por este motivo. No quiero eso para ti, ¿me oyes? —balbuceó.

—*Àvia, t'estimo moltíssim!*

—Alma, aunque malhablada y rebelde, eres mi nieta y te he criado como a una hija. —Sonrió—. Hemos vivido muchas cosas juntas y nada de lo que yo siento por ti cambiará por el hecho de que ames a una mujer. Estoy orgullosa de ver cómo has crecido y en qué te has convertido. Siempre tendrás mi apoyo y mi amor incondicional.

Chocaron las copas y siguieron contemplando el horizonte marino.

—No tengo remedio, soy una idiota —dijo Alma—. Sé que Chris nunca me ha querido como yo la amo. Sí, bueno, durante un tiempo he sido su plato favorito del restaurante y su distracción en la cama. Perdona, *àvia*, que sea tan bruta…

—Alma, eso no es amar.

—¡Lo sé! Menuda paleta… Chris se debe de estar riendo de mí…

Se levantó de la mesa y abrazó desconsolada a su abuela. La anciana levantó la cara húmeda llena de lagrimones de su nieta y le estampó un beso sonoro en la mejilla.

—Sss, ¡ánimo, cariño! Ya...

—Este es uno de esos momentos en el que me gustaría que mamá estuviese aquí para consolarme. —Sollozó—. Nunca está cuando la necesito...

—¡Vaya! Ya sé que no es lo mismo —dijo en tono jocoso—, pero aquí me tienes.

—Es que nunca pensé que acabaría hablando de todo esto contigo, *àvia*...

—Pues yo me alegro de que, por fin, seas tú misma y me cuentes tus cosas.

—Ya, ¿y qué pensará el resto de la familia?

—Pero bueno, ¿desde cuándo te importa lo que opine la familia? *Filla*, deja de vivir una vida de mentiras. Así nunca serás feliz. ¡Sal ahí fuera y cómete el mundo! Bastante difícil es todo como para complicarnos la existencia... ¿No crees?

—A eso, en la jerga homosexual, lo llamamos salir del armario —puntualizó la joven con sarcasmo—. El problema es saber si estoy lista para dar este paso. Tengo la autoestima a la altura del betún.

—¡Ay, cariño! Nunca se está preparada para estas cosas. Sí te puedo decir que, si amas, hazlo con valentía.

—¿Y cómo se hace eso?

—Primero, si quieres luchar por alguien, tienes que ser fuerte. A pesar de esa fachada rebelde, eres demasiado sensible para lidiar con este mundo injusto. Me temo que aprenderás a base de golpes, pero tú sé fiel a ti misma. Persigue tus sueños. En fin, haz aquello que yo no hice y que me impidió ser feliz.

—*Àvia*, ¿nunca has temido equivocarte? Pareces tan segura...

—¡Claro que sí! Me he equivocado muchas, demasiadas veces, si bien de los errores también se aprende. Tú misma lo estás viendo.

Aunque en mi caso no ha sido así, conforme vas madurando los temores se van apaciguando.

—¿Eso es lo que te sucedió con Hans?

—Esa es otra historia…

—¿No sospechabas lo mío? —disparó Alma.

—¿Que te gustan las mujeres?

—¡No me has visto con un novio en la vida! Bueno, he tenido rollos, claro, pero nada especial…

—Bah, no sé, *filla meva*, siempre has sido muy exigente con las cosas del querer. Sí, posiblemente lo intuía. —Le guiñó un ojo.

—Siempre me he visto distinta a las demás niñas, a mis amigas… Me cuestioné mi sexualidad durante mucho tiempo. Por eso me largué a Londres, pensando que sería más libre en una ciudad donde casi todo se permite. Y entonces apareció ella… ¿La he amado? Sí. ¿Podría amar de la misma manera a un hombre? Hoy sé que no…

Marina escuchaba a su nieta mientras degustaba a pellizcos la coca de frutas y disfrutaba del champán a sorbitos.

—Lo mejor que te puede suceder en esta vida es enamorarte; lo peor, que te impidan amar o que no te amen como mereces. No hay nada peor que el que alguien te impida vivir plenamente ese amor. Es un verdadero suplicio no poder expresarlo. —Buceaba en su memoria—. Déjame que te cuente una historia que ocurrió hace mucho tiempo y que a mí me abrió los ojos…

XVIII
El triángulo rosa

En el campo de concentración de Sachsenhausen, la joven Marina conoció a varios hombres y mujeres homosexuales cuyas historias trastocaron sus cimientos. Con ellos pudo comprobar que no había nada peor que ser judío y homosexual en la Alemania nazi.

Los *kapos* debían cumplir con los preceptos de las SS que, en su búsqueda de la perfección de la raza aria, iniciaron una persecución contra los homosexuales. Si a los judíos se los clasificaba como «escoria de la humanidad» y debían ser exterminados, los homosexuales eran la última inmundicia de esa escoria: los consideraban hombres débiles y afeminados, incapacitados para aumentar la tasa de natalidad, fundamental para el dominio de la raza aria en el mundo.

Una fría tarde de invierno se presentaron en el *revier* dos *kapos* arrastrando a un joven cuyo cuerpo semidesnudo estaba empapado y cubierto de enormes moratones, laceraciones y sangre seca. Marina se encargó de lavarle y curarle las heridas. El muchacho permaneció dos días inconsciente. Se llamaba Dieter, un alemán que no pasaba de los veinte años y que ansiaba ser escritor. Tras una monumental paliza, el joven confesó ser judío.

—Pero no que era homosexual —manifestó llevándose los dedos al labio inferior, hinchado como un capullo de rosa.

La joven le acercó un vaso con agua.

—No deberías hablar, necesitas descansar. —Con ayuda de una cucharita dejaba caer el agua en la ranura de su boca amoratada.

—Fue por despecho... Uno de los reclusos con el que yo... había tenido una... y para ganarse el favor de un *kapo,* me traicionó...

—Duerme, anda...

Como si hubiera escuchado las palabras mágicas, Dieter se durmió.

Al día siguiente, Marina llevó a su paciente, todavía maltrecho por la tortura, una lata con brebaje cocinado en el campo. Lo encontró sentado en la litera.

—Buenos días, ¿cómo está mi chico escritor?

—¿Cómo sabe usted eso de mí? —Intentó hacer una mueca de sorpresa con su rostro macilento, pero se quedó a medio camino sucumbiendo al dolor lacerante que le sobrevenía con cada movimiento.

Marina se acercó a su rostro, como si fuera a decirle algo, y le introdujo en el bolsillo del pijama una pastilla.

—¡Hablabas en sueños! Anda, tómatelo todo, te sentirás mejor. —Le guiñó un ojo.

Esta vez fue capaz de alimentarse por sí mismo. Respiró tranquilo e hizo un amago de sonreír.

—¿Quién te ha puesto así? Lo que te han hecho es una salvajada...

—Esto no es nada... No hay día que no me humillen. —Con los dedos retorcía una esquina de la manta que lo cubría—. A veces, los *kapos,* otras, cualquier preso que teme que le «contagie»...

—¿El qué? Si tú no estás enfermo...

—Soy homosexual, además de judío...

Marina comenzó a tratarle las heridas con un desinfectante y soplaba para aliviarle el dolor que le ocasionaba.

—Eso no se contagia...

—Me han aislado en el barracón de los triángulos rosas y me han obligado a trabajar como un esclavo en la cantera. Pocos resisten la dureza de cargar con enormes piedras por esa enorme escalera…

Marina sabía por otros pacientes que habían pasado por *el revier*, como Ramontxu, lo que significaba trabajar en aquel lugar.

—Me han prohibido acercarme a otros presos… Pero eso no es lo peor, me obligan a estar desnudo en el patio a temperaturas bajo cero durante horas, recoger nieve con las manos o ducharme con agua helada hasta que me desmayo. —Lágrimas silenciosas recorrían su rostro.

—Es horrible… Descansa, yo me ocuparé de que aquí te traten como mereces. —Le acarició la frente.

El muchacho volvió a caer en un profundo sueño y solo cuando llegó la hora de la cena, Marina le despertó.

—Tómate el caldo, he conseguido que le añadan algo de carne y verduras. —Le ayudó a levantar el torso para que pudiera comer y le introdujo otra pastilla en el bolsillo—. Esto te entonará…

Tras la frugal cena, el paciente se animó y Marina aprovechó la cura de las heridas para hacerle compañía.

—Dieter, me ha comentado un médico que te castraron. ¡Qué animales!

—Accedí a que me hiciesen experimentos. Una escapatoria más para no morir en la cantera. No me puedo quejar, muchos no lo cuentan…

—Lo siento. Trataré de que te quedes el máximo tiempo posible aquí, pero tienen que ver que estás enfermo. Me entiendes, ¿verdad?

El joven intentó sonreír y agradeció poder desahogarse con alguien sin recibir a cambio una paliza.

—¿Sabes que aquí hay oficiales nazis que son homosexuales y entre ellos no lo ocultan? —dijo el joven alemán con un gesto de sorna—. Se les acepta mientras mantengan una fachada honorable frente a los demás. Algunos tienen familia e hijos. Lo que hagan tras esa máscara de mentira es su problema…

—¡Vaya hipocresía! No te preocupes, conmigo estás en buenas manos. Anda, intenta dormir un poco.

Alma escuchaba aquella historia en silencio mientras limpiaba el marisco para la paella que iba a cocinar su abuela.

—¿Qué fue de ese chico?

—Al acabar la guerra, los homosexuales como Dieter eran perseguidos y encarcelados en sus países de acogida. ¡Imagínate el horror de ser homosexual! Salían de un infierno para entrar en otro.

—Y en España, ¿cómo se les trataba?

—Lo que son las cosas, durante la guerra supe por compañeras del Socorro Rojo que en la República se instauró el primer movimiento de mujeres —dijo mientras cortaba una cebolla en juliana—. Era tan revolucionario que cuestionaba la familia clásica y promulgaba el amor libre, que incluía el amor entre mujeres y la liberación de estas en todos los sentidos.

—¡Vaya! ¡Erais más liberales que nosotras a punto de entrar en un nuevo milenio!

Marina esbozó una sonrisa mientras colocaba la paella al fuego e iba añadiendo las piezas de marisco limpias para dar sabor al aceite.

—Pues sí, ya lo puedes decir, tu abuela ha sido más moderna que muchas de vosotras con esos aros en la nariz y los pelos de colores. —Sonrió—. Pero, cuando perdimos la República, volvimos a los años más oscuros. Acabaron con nuestras libertades y, desde luego, los homosexuales se llevaron la peor parte. Les hacían la vida imposible porque se consideraba un vicio deleznable; hasta las propias familias los denunciaban o los internaban en hospitales para «corregirles» esa perversión. Al que descubrían infraganti, lo arrestaban y lo torturaban. Así que, al final, tenían que vivir en la clandestinidad para salvarse de la deshonra o del repudio social. Nos enseñaban que aquella manera de amar era impura, contra natura, un extravío de una persona enferma a la que se debía curar o encerrar...

—Nadie se salvaba en aquellos campos de concentración…

—*Ai, filla!* Allí aprendí que todos éramos víctimas de un mismo verdugo, solo cambiaba la manera de morir según tu origen… En aquel infierno, todos ansiábamos lo mismo: rescatar nuestra dignidad de seres humanos. Esa fue mi primera lección: no existe la vida sin libertad.

Junto al fuego, la paella se iba cociendo y las dos saboreaban una copa de vino blanco. Alma miró a su abuela a los ojos sin entender la capacidad que esta tenía para sobrellevar tanta carga emocional.

—De ese campo me llevé algo mucho más importante. Dieter me hizo ser más abierta y generosa, me enseñó a respetar a todos por igual. Eso es lo que yo quiero para ti. —Besaba a su nieta con sus ojos brillantes y húmedos—. Alma, cielo, no te rindas nunca, por muchos obstáculos que te encuentres en el camino…

Poco a poco, las dos fueron recomponiendo las grietas de su corazón. Sin duda, Alma sabía que las de su abuela iban a ser difíciles de cerrar. Ahora le tocaba a ella aprender a lidiar con los embates de la vida.

XIX

La niebla de la noche

Una mañana, Marina despertó a su nieta más temprano de lo habitual. Llamó con suavidad a la puerta de su habitación, asomó la cabeza y le susurró:

—*Filla,* tienes una llamada...

Sin tiempo para desperezarse, el cuerpo de Alma se tensó y un pinchazo en el estómago le previno.

—¿Te ha dicho quién es? —dijo visiblemente alterada.

—No, es una mujer y no domina nuestra lengua...

La joven agarró temerosa el pesado auricular.

—¿Sí? —vaciló con un nudo en la garganta.

—*Hablo* Robin, *amigo* Hans. Hans hospital...

Cuando llegó al hospital encontró al viejo Hans postrado en la cama, conectado a una bolsa de suero y a una máquina que controlaba sus constantes vitales.

—¿Se puede? —dijo cauta.

—*Of course, lady!*

—¿Cómo estás?

—Aburrido... Este gato salvaje ansía la calle...

Sonrieron al unísono.

—Me ha contado Robin que te desmayaste. ¿Qué ha dicho el médico?

—Nada nuevo, el maldito cáncer sigue su curso. —Sonrió con sorna—. *Darling*, ¡cambia esa cara de funeral! Todavía me queda algo de energía para combatirlo, je, je, este cáncer no me liquidará tan fácilmente.

—Veo que no has perdido el sentido del humor.

—*I see*. Crees que voy a estirar *la pierna*...

Alma no pudo evitar reírse. Con una indicación de la mano, el anciano la invitó a sentarse en el sofá.

—¿Quieres que te siga contando mis batallitas?

—Sí, ¡claro! ¡¿De veras tu padre te abandonó en la frontera con Francia?!

Hans desvió la vista evitando la de la joven y frunció el ceño, enredando su mirada abatida en los relieves de la colcha.

Cuando Hans llegó a París, las fuerzas de la Wehrmacht ocupaban el norte y el oeste de Francia. El resto del país seguía en manos de los franceses, con el Gobierno instalado en Vichy.

Durante días, Hans vagó por la ciudad, desorientado y abatido tras el repudio de su propio padre en territorio enemigo.

París era un enjambre de nazis que habían hecho suya la ciudad. En los bares y tabernas, camisas pardas y negras con la esvástica se sumergían en enormes jarras de cerveza hasta perder el sentido. Prostitutas y jóvenes francesas, alentadas por los marcos imperiales, se rifaban al enemigo. Hans también temía relacionarse con los franceses; denunciar se había convertido en un recurso fácil para obtener a cambio cualquier tipo de privilegio, y él no estaba en posición de mostrar sus cartas, ni ante unos ni ante otros.

El joven decidió vivir una vida lo más anónima posible, así que lo primero que hizo fue hospedarse en una sencilla pensión de un barrio periférico de la ciudad donde pasar desapercibido. Permanecía la mayor parte del tiempo en la habitación, sobre todo cuando la noche caía sobre la ciudad y sonaba el toque de queda. ¿Cómo había ido a parar a aquel agujero? ¿Se merecía el castigo que le había infligido su familia? ¿Era realmente un traidor a su patria? Esos interrogantes sin respuestas le machacaban una y otra vez. Cuando parecía que se apaciguaba, entonces soñaba con Marina. ¿Cuál era su situación? ¿Cumpliría su padre con la promesa de liberarla? A Hans ya no le quedaba un resquicio de fe al que agarrarse.

Una tarde, mientras tomaba un café en un bar cerca de la pensión, escuchó una conversación entre varios franceses. A duras penas entendía el acento arrabalero que empleaban, pero la discusión giraba una y otra vez en torno a la idea de unirse a la Resistencia. Uno de ellos defendía que la forma más segura de hacerlo era a través de la Embajada de los Estados Unidos. A Hans se le encendió una lucecita en la cabeza, ¡claro!, ¿cómo no se le había ocurrido? Por primera vez, desde su llegada a la capital francesa, asomó una amplia sonrisa en su cara. Posiblemente, aquel era uno de los escasos lugares donde él podía solicitar ayuda. Los Estados Unidos mantenían relaciones diplomáticas con el Gobierno francés de Vichy, suministraban armamento y colaboraban con la Resistencia francesa.

A la mañana siguiente, Hans se presentó en la embajada norteamericana, el único sitio seguro para un desertor. Solicitar asilo era la opción más plausible. Comprobó que no era el único alemán que se había refugiado en el denominado «territorio libre». La embajada le propuso unirse a la *Alliance*, la red de resistencia de las fuerzas aliadas.

Una enfermera entró en la habitación para tomarle la tensión al anciano. El rostro de Hans estaba pálido como la ceniza de sus cigarrillos, que ahora no podía fumar, y su mirada estaba vidriosa. Alma se daba cuenta del frágil estado del anciano.

—Fue una cuestión de supervivencia y, con los días, comencé a tomar conciencia de que Hitler estaba llevando a Alemania al desastre y solo cabía una posibilidad: aniquilarlo. ¡Lo que son las cosas! Sobrellevé la última parte de la guerra luchando contra el *Führer*, en combates directos contra mi propia patria, a la que seguía amando. Poco a poco, mi misión se hizo más compleja: me encomendaron recabar información del enemigo y debilitar las redes de comunicación alemanas. Planificaba operaciones de sabotaje contra depósitos de abastecimiento y trenes procedentes de Alemania; volaba puentes, líneas telegráficas y lugares clave para el paso del enemigo.

—Vamos, ¡eras un santo bendito! —dijo Alma burlona.

Hans estalló en una carcajada que le provocó la tos, hasta que se recompuso.

—Yo diría que fui un temerario. Arriesgué mi vida por unos ideales: primero en Alemania, por unas ideas equivocadas; y luego en Francia, contra un loco. Amaba Alemania, pero no con Hitler en el poder. —Los ojos del anciano se endurecieron—. ¿Sabes? Dejó de asustarme la muerte. Pensaba que mi existencia no tenía valor alguno, así que arriesgaba la vida sin pensar en las consecuencias. Me había rebelado contra el régimen nazi, una ideología más peligrosa que la propia guerra. Aquello me espeluznaba, pero no eludí mi responsabilidad. Entonces combatía por una razón: la defensa de la libertad. Fue la única vía que hallé para expiar mis pecados, si alguna vez lo logré…

»Muchos años después, en Alemania, nos querían de vuelta para recibir nuestro castigo como traidores a la patria, ansiaban que nos evaporásemos "como la espuma del mar en el océano", en palabras de los nazis…

—Ahora que mencionas Alemania, ¿qué fue de tu familia?

—Lo perdí todo: mi familia, mi país, mis sueños… Esa fue mi condena. La guerra me convirtió en un ser mutilado, no en lo físico, sino en lo espiritual. Mi alma estaba rota.

—Fuiste muy valiente, Hans. ¿Cuántas personas son capaces de tomar una decisión así? Eso te redimió, ¿no crees?

El anciano observaba cómo las gaviotas se posaban en los tejados y se vociferaban unas a otras ante la llegada de los barcos a puerto. Respiró hondo.

—Pocos meses después, en una misión de espionaje, la Gestapo me capturó. Con ellos supe lo que era el terror.

Para la Gestapo detener a disidentes del Estado como Hans Ritter, oficiales alemanes que estaban en el punto de mira, era toda una victoria, sobre todo cuando sospechaban que podía estar colaborando con la Resistencia francesa o junto a los Aliados. Dos policías de la secreta lo condujeron a una sala en un sótano lúgubre y lo obligaron a sentarse en una silla donde lo ataron de pies y manos. En la misma estancia otro agente, con cara de sádico y la camisa negra arremangada, ponía orden a sofisticados instrumentos de tortura para provocar corrientes eléctricas, quemaduras o heridas abiertas en cualquier parte del cuerpo. En un rincón había una tina de hierro con agua. Uno de ellos le vendó los ojos. En aquel momento solo se podía valer de los oídos para estar alerta ante lo que allí sucedía. Escuchó cómo aquel carnicero preparaba su instrumental y afilaba algo metálico. Un calor opresivo comenzó a penetrar por cada poro de su piel, estaba sediento y sudaba como un cerdo.

—Bien, señor Ritter, como sabemos de qué pie cojea, iremos al grano: ¿para quién trabaja?

—No sé de qué me habla —replicó tratando de controlar los nervios.

Los dos gigantones le agarraron de los brazos y lo llevaron al vuelo en dirección a la bañera.

—Esto le refrescará la memoria —dijo impasible el sádico, que seguía con su manipulación del instrumental de tortura.

Seguidamente, presionaron su cabeza hasta sumergirla en el agua helada de la tina. Hans se resistió, pero aquellas manos enormes lo empujaron con fuerza durante un tiempo que le pareció eterno. Le agarraron del pelo mojado y lo extrajeron del agua.

—¿Está a su gusto, señor? ¿Lo dejamos aquí y nos cuenta para quién trabaja o seguimos insistiendo?, ¿qué le parece?

Hans intentó recuperar el aliento a marchas forzadas porque sabía que aquello solo era el principio. Se mantuvo imperturbable y no dijo nada.

Una vez más, zambulleron su cabeza en el fondo de la tina y sintió la enorme presión de los brazos musculosos que le impedían salir. Se le oía quejarse bajo el líquido, que únicamente expelía burbujas. A punto de la asfixia, volvieron a sacarlo, de nuevo las mismas preguntas y otra inmersión, así hasta varias veces en las que casi perdió el conocimiento.

Finalmente, lo arrastraron hasta una celda iluminada con luz blanca para privarle del sueño.

Al día siguiente, continuó aquella tortura macabra contra Hans, esta vez jugando con fuego, con el que quemaban uno a uno sus dedos o aplastándole colillas en el pecho y la espalda.

—¿Cuál es su función dentro del aparato de la Resistencia?

No obtuvieron respuestas por parte del prisionero.

Días después lo deportaron a Struthof-Natzweiler, en Alsacia, un campo de exterminio donde, bajo el decreto de «Noche y niebla», se ejecutaba a los prisioneros alemanes que habían participado en la Resistencia aliada contra Alemania.

El anciano sorbió con una pajita un vaso de agua que le acababa de servir Alma. Tras la ventana se podía ver cómo la tarde avanzaba con un cielo invadido de nubes espesas.

—Para los nazis no había nada más despreciable que el que un soldado alemán luchase contra su propia nación desde las líneas enemigas —explicó Hans mientras se secaba las comisuras de los labios con una servilleta—. Se nos aplicó «el principio de exterminio» y se nos castigó a trabajo forzoso en la cantera hasta que llegase el día de la ejecución.

»Nos destinaron al barracón número trece, aislado de todo el campo por una doble alambrada electrificada. Allí comenzaron a llegar presos de otros campos, como el de Sachso, superpoblado y sin la capacidad de matar con la eficacia de otros campos. Y sucedió algo que nunca pude llegar a imaginar… —El anciano tragó saliva y los ojos se le humedecieron—. Allí me encontré con varios prisioneros republicanos españoles que habían conocido a la enfermera española Marina Estragués…

—¡¿Cómo es posible?! —exclamó la joven con los ojos abiertos como platos.

—Esas cosas pasaban, los campos de concentración se llenaban y se trasladaba a los presos a otro campo, normalmente para su extinción… En fin, aquellos españoles hablaban de ella con respeto. Sí, se había ganado la confianza de todos. Alababan su dedicación a auxiliar a muchos prisioneros, a fin de evitar que cayesen en manos de los «doctores de la muerte».

»Sí, sin duda, era Marina. La imaginaba perfectamente salvando la vida de esas personas. En sus primeras cartas, las pocas que recibí, me hablaba de su intención de alistarse como enfermera en el Socorro Rojo español. Entonces, me pareció una locura, pues yo la veía como una niña a la que proteger; en cambio, se había convertido en una mujer, mucho antes que yo en un hombre…

—¿Y qué pasó? —insistió Alma excitada.

—Un día no volvieron a verla más por el *lager*. Ellos estaban convencidos de que había terminado en los hornos crematorios. Entonces yo no quería, ni podía, asumir la pérdida de ese amor…

Hans parecía viajar a ese momento, sumido en las emociones que le asediaron al saber de la pérdida de Marina…

—Esa y muchas otras noches, lloré desconsolado en mi camastro, tragándome las lágrimas mientras trataba de asumir que nunca más la volvería a ver, que nunca más la podría tener entre mis brazos. Y yo, insensato de mí, no había sido capaz de liberarla. Me sentí más avergonzado que nunca. Silencié mi culpa, me tragué la vergüenza. Fue un duro golpe asumir su muerte. ¡Imagínate! La había fallado. La había perdido para siempre. En mis cartas le había insistido en que fuese a Alemania para así estar juntos. Fui un egoísta porque, en ese tiempo, yo luchaba fuera. Dejé la decisión en sus manos y el resultado fue su condena, una muerte horrorosa que no merecía…

—Por suerte, Hans, no fue así…

Hans volvió a la realidad… Se limpió los goterones de sudor que asomaban en su frente.

—Solo me quedaré tranquilo cuando me reencuentre con ella… Necesito pedirle perdón, con mis rodillas secas clavadas en la tierra —dijo con el rostro apagado—. Ella también merece saber la verdad. Solo entonces me podré ir en paz…

Alma se levantó de la butaca y, excusándose, se dirigió al servicio. Se apoyó con las manos en la pila y dejó correr el agua. Frente al espejo, dejó ir las lágrimas que había estado conteniendo durante largo rato. Bebió varios sorbos, se lavó la cara y se secó. Sacó de su bolso un pañuelo y maquillaje para retocarse las mejillas. Abrió la ventana y aspiró una bocanada de aire tratando de serenarse.

Cuando la joven entró de nuevo en la habitación, Hans intuyó que había llorado, pero se limitó a mirarla con sus ojos achinados, sonrientes.

—¿Cómo lograste sobrevivir en aquel infierno?

—Salvé milagrosamente la vida porque Struthof-Natzweiler fue el primer *lager* que fue liberado por los Aliados. La División Cactus rescató a los pocos que nos ocultamos con el fin de no ser deportados a Dachau, donde la intención era exterminarnos a todos. Me uní a esa división americana hasta el final de la guerra.

—Me duele mucho lo que te ocurrió, Hans…

—Querida, esta es mi verdad —dijo con el rostro anegado de lágrimas.

Alma, esta vez sin poder disimular las lágrimas, le cogió las manos y le dio un beso largo en la frente.

—Permíteme que te explique el resto de mi historia. —Se secó las lágrimas con un pañuelo y carraspeó para aclararse la garganta—. Una de las cosas que aprendí en la guerra es que el tiempo coloca las cosas en su sitio… Así, descubrí aliviado que muchos alemanes como yo se habían enfrentado a los nazis. Algunos corrieron mi misma suerte, otros perdieron la vida en los campos de exterminio de la manera más atroz y una gran mayoría fue ejecutada como traidores a la patria. Sí, después de todo, fui un afortunado. Con ello no quiero minimizar los espeluznantes sucesos que llevó a cabo mi país ni nuestra deuda histórica.

Hans dirigió la mirada al exterior, como si buscase volver a aquel tiempo entre aquellas nubes cada vez más oscuras.

—Repudiar a mi familia y desligarme del horror nazi fue desgarrador. Me convencí de que mi conciencia no estaba limpia, de que no había hecho lo suficiente para pagar por mis errores, una carga con la que he vivido el resto de mi vida. —Carraspeó—. Si hubiese podido, te aseguro que habría matado con mis propias manos a Hitler y a sus fanáticos seguidores.

Alma se levantó del sofá, cogió la botella de agua que Hans tenía en la mesilla y le sirvió un vaso. Hans mostró una media sonrisa y se tomó el agua. Ella abrió una lata de cola que había traído de la cafetería.

—Cuando todo terminó, yo no sabía qué hacer con mi vida ni a dónde ir. Ya no tenía una patria a la que regresar o una familia con la que compartir mi futuro. Ni qué decir de mi amada Marina... Los Aliados me ofrecieron una nueva vida en los Estados Unidos. Conseguí la ciudadanía como reconocimiento a los servicios prestados junto a las tropas aliadas. Ese fue mi salvavidas.

Hans miró a Alma fijamente y ella evitó su mirada emocionada, limpia, honesta. Durante unos minutos a ambos les invadió un silencio reparador.

—Alma, *please,* ¿podrías sacar mi maleta del armario? Traje conmigo varios recuerdos para que me acompañasen en este viaje...

Alma colocó una Samsonite gris sobre el sofá y la abrió.

—¿Ves la caja roja? Tráemela, por favor.

Hans la abrió con dedos temblorosos. En su interior había un sobre, una medalla y la vieja foto de Marina sentada en una roca.

—Como ya te conté, esta foto siempre la he llevado conmigo —dijo con los ojos enrojecidos—. Quiero que se la entregues a tu abuela. —Con las manos trémulas acarició la medalla—. De aquel periodo, es de lo único que siento verdadero orgullo. —Se la entregó a Alma—. Me la concedió el Congreso de los Estados Unidos por mis méritos en la defensa de la libertad. Esta es la prueba de mi honestidad. Todo lo que te he contado está en esta medalla y quiero que también la tenga Marina. Ella la merece más que yo…

—Hans, siento haber dudado de ti…

—Olvídalo. Estabas en tu derecho.

—¿Y el sobre? —Como siempre, la dominaba la impaciencia.

—También es para ella… *Darling*, si ella lo desea, que te lea el contenido.

Lo miró a los ojos. Temblaba. Ninguno de los dos podía disimular la emoción.

—Hans, ¿regresaste alguna vez a Alemania?

—No. Siempre viví bajo el temor de ser descubierto y que me extraditasen para someterme a un juicio sumarial.

—Hans, ¿qué pasó con tu familia? —le interrumpió.

—Tras la guerra, los busqué a través de la Embajada de Alemania en los Estados Unidos. Quería saber si aún vivían, al fin y al cabo era mi familia. Tiempo después, el Consulado en Los Ángeles se puso en contacto conmigo. El abogado de mi familia me enviaba el testamento, aunque había algo más: una carta y los certificados de defunción… Los cinco habían muerto. Aquella noticia me acabó de hundir.

»Tras el armisticio, mis padres no superaron estar en el bando de los perdedores y, como muchos otros alemanes, se quitaron la vida con una dosis de cianuro, como Hitler les pidió, y se llevaron por delante a mis hermanas…

—¡Qué horror, Hans!

—Caí en una depresión. Me parecía repulsiva esa manera de acabar con todo, como si fueran samuráis emulando el arte del harakiri, persuadidos de morir de forma honorable. Simplemente, evadieron la justicia de la manera más cobarde y no pagaron por sus actos criminales. Hasta eso lo hicieron mal. Todavía hoy me duele pensar que mis hermanas no tuvieron derecho a elegir su futuro.

—¿Y el testamento?

—Lo rechacé.

—¿Y eso? —preguntó Alma sorprendida—. ¿No tuviste curiosidad por saber qué te había dejado tu familia?

—No. *Not at all!* Consideré que esa herencia estaba manchada de sangre y, si mi familia me había repudiado, yo no aceptaría jamás aquel patrimonio. De todas maneras, por lo que he podido comprobar en Palamós, sería poca cosa. —Se le oscureció la mirada—. Berlín fue destruida por completo y lo que quedó de la fortuna no me interesó en absoluto. Es la mejor decisión que he tomado en mi vida. Limpié mi conciencia y, desde ese día, duermo más tranquilo.

Se produjo un largo silencio entre ambos. Los dos parecían reflexionar sobre las últimas palabras pronunciadas por el anciano y se tomaron su tiempo antes de verbalizar sus sentimientos. La joven se compadecía de aquel hombre postrado en su lecho de muerte que parecía expiar sus viejos pecados. Sintió una gran tristeza al verlo tan solo en esa cama de hospital y le pareció que ya no podía seguir retrasando el momento en el que Hans volviese a ver a su abuela. ¿Cuánto tiempo le quedaba a Hans para arreglar sus cuentas antes de irse? Quizá era cuestión de días, o solo de horas… ¿Quién era ella para decidir sobre aquellas almas destinadas a encontrarse una vez más?

XX

Viento de primavera

—*Àvia*, ¿te apetece que caminemos hasta Cala Margarida? Hace un día perfecto para pasear.

—Me parece una idea estupenda, me sentará bien salir de casa... Además, necesito algunas hierbas.

Marina se cubrió la cabeza con un sombrero de rafia de ala ancha, a juego con unos amplios pantalones de algodón blanco, y una camisola a juego; estaba radiante. Una vez se hubo colgado al hombro un capazo de mimbre, se acercó a la ventana de la cocina y observó el cielo y los árboles que se mecían al son de una fresca brisa matinal.

—Aprovechemos el día... sopla *vent de Llevant*... Esta tarde tendremos tormenta...

—¿Me estás vacilando, *àvia*?, ¿cómo te puedes anticipar al parte meteorológico así, sin más? —preguntó la joven mientras colocaba un rollo de película en la cámara—. Y lo mejor es que siempre aciertas.

—Es esta dichosa artrosis que me anuncia la llegada de una borrasca. Bueno, y vivir tantos años en este pueblo es un grado. —Le pellizcó la barbilla—. *Apa, anem!*

El sol quemaba la tierra y amodorraba a las salamandras. Difícil de vaticinar que, en unas horas, el mar oscurecería, se llenaría de líneas de espuma cabalgando las olas en plena resaca y el viento azotaría las nubes hasta desmoronarlas sobre el pueblo.

Por el camino, entre los riscos pelados, Marina se entretenía recogiendo romero, hierbabuena e hinojo entre las zanjas del sendero. Con unas tijeras de jardinero seccionaba con delicadeza largos tallos amarillos de retama que brotaban de las heridas de las rocas.

—Confeccionaré un hermoso ramo para la galería y, cuando se seque, lo usaré como infusión para aliviar este reumatismo que me mata —masculló sin apartar la vista de su labor de recolectora.

Se respiraba un aire sereno que, de cuando en cuando, se rompía por el vigoroso cricrí de los grillos y los roncos y ásperos graznidos de las gaviotas que planeaban sobre el mar, vigilantes de su territorio. Alma no quería interrumpirla, abstraída por los tesoros que le brindaba la naturaleza, disfrutando como una niña de las transformaciones de la campiña que las acercaba, sin remedio, al ecuador del verano. Temía ese instante en el que había de decirle que se estaba viendo con Hans.

—*Àvia*, ¿qué sucedió tras tu paso por el campo de concentración?

A regañadientes, la anciana se sentó en una roca plana frente al mar. Su nieta la imitó. Con la mirada fija en el horizonte marino, reanudó el relato que había dejado a medias.

—Tras casi dos años encerrada en aquel campo de la muerte, ocurrió un suceso inesperado…

Una mañana de primavera, Marina, trataba de aliviar los síntomas del tifus que arrasaba a los pacientes del recinto hospitalario. En la mayoría de los casos la fiebre alcanzaba los 40 ºC e iba acompañada de una fuerte jaqueca, escalofríos y dolores corporales. Todos presentaban manchas rojas por el cuerpo, salvo en la cara, las palmas de las manos y las plantas de los pies. Una *kapo*, que se tapaba la boca con un pañuelo, gritó desde la entrada:

—¡Estragués! ¡Marina Estragués! —repitió malhumorada, pronunciando exageradamente las erres.

La joven se presentó ante la *kapo*. Llevaba en sus manos una bandeja de instrumental para las curas.

—¡Deje lo que está haciendo y acompáñeme!

—Pero estoy en medio de una cura —replicó Marina con la mirada baja.

La *kapo* dio un manotazo a la bandeja, que cayó con estrépito al suelo, y agarró a Marina del brazo hasta provocarle un contenido aullido de dolor.

La joven comenzó a temblar impulsivamente como una hoja a punto de caer de una rama. Esperaba lo peor, creyó que su momento de desaparecer de allí había llegado.

Cruzaron los barracones y la Appellplatz hasta llegar al edificio de la comandancia donde se hallaban los despachos de los oficiales. Algunos presos las miraban con un gesto de aceptación ante lo que parecía que iba a ocurrir: que una *kapo* te arrastrase de esa forma, en dirección a la alta comandancia, anunciaba un pésimo augurio.

La *kapo* llamó con los nudillos a la puerta del despacho de Fritz Suhren. Se escuchó un grito que provenía del interior:

—¡Pase!

Sentado en una lujosa butaca se hallaba el comandante estudiando varios documentos. La funcionaria colocó a Marina frente al oficial. Fritz Suhren ni la miró. Sacó unos papeles de una carpeta de piel y ribetes dorados y se los entregó. Marina no supo qué hacer con ellos. La *kapo* le propinó un codazo, cogió la pluma y le transmitió la orden del oficial:

—Firme el salvoconducto y el juramento de silencio.

Marina no sabía si había entendido bien aquellas palabras, pero no osó alterar a la funcionaria, que rabiaba ante la ineptitud de la prisionera. Asintió sumisa y dejó su rúbrica en aquellos documentos. Una corriente fría le recorrió la columna. Se estremeció.

El comandante Suhren continuó con su trabajo, ignorando su presencia. Marina no osó moverse, no sabía qué hacer y prefirió no cometer un error. Entonces el oficial la observó de reojo y, sin apartar la vista de los papeles, hizo un gesto despectivo con la mano indicando la puerta.

—*Raus!* —dijo por fin.

Marina, atrapada por un terror inconsciente, no lograba transmitir a su cuerpo la orden para que se moviese. Irritada ante la estupidez de la prisionera, la *kapo* la empujó con la punta de la vara en la espalda para que avanzase hasta la puerta y, una vez fuera de aquel despacho, descargó una patada en los riñones de la joven. Ahogada por el dolor, trataba de recomponerse para regresar a la enfermería.

—¿A dónde crees que vas, cerda repugnante? —La fustigó con la vara.

Marina temblaba como una posesa.

—Vuelvo al trabajo —balbuceó sin osar levantar la mirada.

—¡Se acabó! ¡Largo, antes de que me arrepienta!

La agarró del brazo y, arrastrándola, la custodió hasta la salida del *lager*.

—¿Puedo despedirme…?

—¡¿Quieres recibir otra vez o prefieres largarte sin rechistar?! —aulló la *kapo* mientras aproximaba peligrosamente su semblante fiero al de Marina.

Dos guardianes le abrieron la verja, la misma que dos años antes le había dado la «bienvenida» al *lager*.

Sin volver la vista atrás, Marina atravesó la cancela y esta se cerró tras de sí. Se quedó parada sin saber qué hacer. ¿Le iban a disparar desde alguna de las torres?, ¿se trataba de otro juego macabro de los nazis?

—¡Largo *Rauusss!!!* —gritó uno de los guardianes que le había abierto la puerta—. ¿A qué esperas, *Spanier*? ¡Eres libre!

Marina le observaba aturdida. Por su cara comenzaron a resbalar lágrimas silenciosas. Seguidamente, su boca expelió una incontenible carcajada. Lo siguiente que salió de su garganta fue un llanto convulsivo, histérico. Era la respuesta a un largo periodo de tribulaciones, subsistiendo como una esclava; esperando en cualquier momento una sentencia de muerte; sufriendo el hostigamiento, continuo y a placer, de aquellos verdugos; agonizando de inanición; soportando el terror a contagiarse de cualquier enfermedad en aquella carnicería que llamaban, de manera insultante, hospital. Gemía y reía de alivio, de una alegría olvidada, de una salvación que nunca esperó que llegase. ¿Era libre para regresar a casa y reencontrarse con los suyos? Síií, ¡libre para respirar, para comer, para hablar, para ir a donde quisiera! ¡Libre, por fin! ¿Sí?

De aquel campo de matar salía otra Marina que nada tenía que ver con la muchacha que llegó en un convoy para morir. Ahora, era una mujer madura, con callos en las manos y grietas en el alma. Era una extraña, perdida, vacía pero exultante...

Alzó la mirada a un cielo de azul impoluto. Cerró los ojos y respiró hondo el viento de primavera. Le dio tiempo a asimilar todas las emociones que bullían en su interior. Por primera vez distinguía el silbido de los pájaros en pleno vuelo, el siseo de los mosquitos, el crujir de la hojarasca al caer de los árboles, el balanceo de las cañas en el campo, rumores que nunca llegaron a atravesar los muros, como si aquellos seres vivos conociesen sus límites.

Abrió los ojos y contempló a su alrededor los trigales, los huertos y el camino hacia Oranienburg, el lugar que le iba a conducir a una nueva vida.

Llegó a aquella ciudad desorientada, ansiosa, vigilante, con sus harapos y la suciedad adherida a su piel a capas. Encontró un parque que, a esas horas de la mañana, permanecía desierto. Se sentó en un banco. Le asombró el verde de los abedules, las hayas y los robles, el amarillo de las manzanillas y el rosa intenso de las dedaleras. ¿Era libre como esas flores? Tenía la sensación de que en cualquier momento una *kapo*, con una mueca burlona, le doblaría la cintura con una enorme risotada, la agarraría del pelo y la golpearía con la vara para que volviese al campo. En cambio, no vio ningún pijama ni ningún uniforme amenazador.

Se levantó del banco, atravesó el parque y continuó deambulando por las calles desiertas con casas unifamiliares de piedra gris y tejados rojos a dos aguas. Caminaba arrastrando los pies, ausente de aquella realidad que la observaba de soslayo, que la interrogaba con la mirada, que la rehuía. Nadie se molestó en hablar con ella, en ofrecerle auxilio; al contrario, los pasos se hacían presurosos y huidizos ante aquella presencia espectral.

No sabía cuántas horas había vagado como una autómata, remolcando sus miserias y recordando desconsolada a sus compañeras de barracón y a sus colegas del hospital. ¿Qué iba a ser de ellos? Se hizo el firme propósito de no olvidarlos nunca, como si de esa manera, con su recuerdo, pudieran vivir, como ella.

Asomó frente a ella un complejo de casas de color gris rata, con sus tejados y una cruz roja pintada sobre una de las fachadas. Exhaló un hondo suspiro, sus hombros se despegaron de sus orejas y se relajaron. Se inclinó y apoyó las manos sobre las rodillas mientras sonreía lo que le permitían sus labios resecos y agrietados.

Llamó débilmente a la puerta de entrada del complejo. Una enfermera le abrió la puerta y la invitó a pasar:

—Bienvenida al sanatorio pulmonar de la Cruz Roja alemana —le dijo como si esperase su llegada.

Se trataba de un espacio aséptico y silencioso. Las enfermeras y los médicos se movían como si flotasen.

La sanitaria, sin cuestionarle nada, le indicó con una mano que la siguiese. Llegaron a una cocina industrial, la invitó a sentarse y la misma enfermera sacó de una cámara una botella de leche y una barra de pan negro. Calentó la leche y se la ofreció. Marina la cogió con sus dos manos temblorosas y trató de sonreír con la mirada.

—¿Viene del campo de Sachsenhausen? —preguntó en un susurro para no alterarla.

Marina asintió mientras bebía la leche a pequeños sorbos.

—Es usted una afortunada... Pocos salen vivos de ese lugar —añadió mientras observaba el estado lamentable de la prisionera—. No se preocupe, aquí está a salvo... Me llamo Lida. ¿Y usted es...?

La joven intentó dibujar una sonrisa con sus labios agrietados.

—Marina...

—Marina, ¡qué nombre más bonito! —Aquellos ojos grises, amables, sonrieron a sus ojos verdes, ahora apagados—. Voy a prepararle una habitación y enseguida podrá descansar.

Cuando Marina llegó a la habitación, no pudo evitar que por sus mejillas se deslizaran dos ríos de lágrimas. La cama tenía sábanas limpias que olían a tomillo y espliego, tal como olían las sábanas de su madre. Ella las secaba sobre esas hierbas para que tomasen ese olor característico a campo.

—¿Quiere darse un baño antes de dormir? Se lo preparo. Luego le traeremos una bandeja con la comida.

¿Estaba soñando? Necesitaba corroborar que la libertad que estaba viviendo era real.

Permaneció un buen rato sumergida en el agua caliente, sin mover un solo músculo. Volvió a llorar, esta vez de una alegría inconmensurable. Allí, en aquella bañera de hierro pintada de blanco, limpia, abandonó su yo salvaje, su costra de inmundicia. Observaba aquel cuarto de baño con suma atención, intentando tomar conciencia de la realidad: las burbujas de jabón, la esponja, las cortinas, la ventana sin rejas, las baldosas blancas... En un taburete, la enfermera le había dejado ropa de su talla que olía a lavanda. Su cuerpo era un pellejo. Todavía perdida, volvía a notar la sangre corriendo por sus venas y el latido armónico de su corazón. Percibió que, de nuevo, era alguien.

Esa noche durmió arropada por lágrimas de felicidad.

Al día siguiente, cuando se despertó, arropada por la manta de lana, percibió la ligereza tras el descanso y cierta energía para comportarse con la dignidad de un ser humano. Se aseó y se vistió con un atuendo abrigado que le proporcionó el personal sanitario. Desayunó un vaso de leche caliente con migas de pan, haciendo un verdadero esfuerzo por alimentarse, pues apenas le entraba nada en su reducido estómago.

Pasó una revisión médica que certificó una buena salud, pese a padecer una desnutrición grave, que desaparecería con una alimentación adecuada.

Allí permaneció varias semanas hasta que Marina estuvo preparada para afrontar el largo viaje de regreso a España. Mientras esperaba los papeles, daba paseos por el amplio jardín del complejo, reposaba en las hamacas de la terraza, leía en la biblioteca o hacía ejercicios básicos de gimnasia sueca con un grupo de pacientes que, como ella, tenía que fortalecer los músculos y ganar peso. Cada día podían salir durante media hora a pasear por los alrededores del barrio. Marina, que todavía padecía pesadillas de su paso por el campo de Sachso, no se atrevía a alejarse más de lo debido, recelosa de que la realidad se esfumase como el humo de un cigarro.

Niños, mujeres y ancianos esquivaban su mirada y se apresuraban a caminar hacia el lado contrario. Creían vivir ajenos a lo que ocurría en el *lager*. Aquellos seres no iban a mover un dedo para cambiar el destino de aquellos que estaban confinados en aquel campo de exterminio. Quizá incluso algunos de los presos fuesen familiares, amigos, colegas de los que caminaban por la ciudad, ajenos a aquella macabra realidad…

Cada día, las fumaradas espesas de las chimeneas dominaban el paisaje y hasta ellos llegaba ese tremendo hedor dulzón a cuerpo calcinado que se quedaba impreso en el cerebro como una huella indeleble. «¿De verdad son inmunes a todo aquello?, ¿cómo pueden pasear por los caminos y observar impasibles a aquellos espectros carentes de vida?», se preguntaba la joven. Muchos de ellos se habrían convencido de que merecían ese castigo; otros, acaso una minoría, se compadecían y arrojaban esos mendrugos secos por los que un día Marina también mostró sus garras. Probablemente, resultaba más sencillo mirar hacia otro lado, sin darse cuenta de que, con ese gesto, se convertían en cómplices de aquel horror. El infierno estaba con ellos. Vivir fuera de las alambradas era tan dantesco como hacerlo en el propio *lager*.

* * *

Invadida por una vergüenza lacerante, Marina ocultó el rostro entre sus manos. Como un erizo, encorvó su delicada espalda y se enroscó como si necesitase defenderse de un peligro, con las púas listas para el ataque. Su nieta la acariciaba tratando de consolarla.

—Hasta que no salí de Alemania no me sentí segura. Tiempo después supe que había sido una afortunada, puesto que los últimos prisioneros en abandonar los campos de concentración nazis en Europa fueron los españoles apátridas como yo. —Alzó la voz solviantada, ruborizada también al exponerse tan frágil ante su nieta—. La mayoría eran republicanos o comunistas. No teníamos derecho a volver a nuestro país. Franco nos había usurpado nuestra nacionalidad.

—¡Despreciable! —replicó una Alma que se sentía muy pequeña frente a la grandeza de su abuela—. Atado y bien atado, ¿no, àvia?... Y a los demás nos han tenido engañados como a tontos.

XXI

El país del silencio

Al cabo de una semana, Marina se unió a un reducido grupo de supervivientes que, como ella, iban a ser repatriados a Francia y, en su caso, después a España. La Cruz Roja alemana tramitó el visado y los salvoconductos, además de organizar un convoy. Tras varios días de viaje, a Marina la esperaba una guía de la Resistencia francesa en Portbou, quien le entregó unos harapos de pastora para pasar desapercibida por el monte y la ayudó a cruzar, en la oscuridad, la frontera hacia España. Temblaba, se mordía las uñas, se retorcía las greñas. La asaltaban las dudas, pues no sabía lo que se encontraría en su país.

Al llegar a Palamós halló un pueblo que no reconocía. No quedaba nada excepto el hambre y la ruina de la guerra marcadas en las calles, los huertos, las casas y la gente famélica que hacía colas con sus cartillas de racionamiento. Se podía palpar la tristeza y la vergüenza en cada cara. No restaba nada de aquel pueblo alegre y trabajador, ahora invadido por el miedo y la ignorancia. Los que lograron regresar a España, como Marina, sufrieron la incomprensión de los que se quedaron en el pueblo. Paisanos y vecinos rechazaban a los que volvían del exilio, considerados fugitivos de la ley; nadie quería saber de ellos, ni de su fortuna ni de su infortunio. No había piedad para los vencidos ni para los que huyeron.

* * *

Una mañana en que Marina estaba guardando cola en la panadería recibió el codazo de una mujer que se colocó delante de ella.

—Oiga, señora, respete la cola —se quejó Marina.

La mujer se giró, reparó en ella con burla y la desafió con la mirada.

—¿Respeto?, ¿a ti? ¡Vaya con la roja! —Soltó con una risotada.

—Pero ¿quién se cree que es para hablarme de esta manera? —replicó Marina con el ceño fruncido.

—¿Que quién soy yo? ¡Vaya con la pajarita que huyó abandonando incluso a sus padres!, ¡ya no recuerda ni la cara de sus vecinos! —Lanzó una risotada que fue coreada por otras mujeres que estaban en la cola de espera—. ¡Y ahora se las da de mosquita muerta! ¡Que te zurzan!

La mujer le dio la espalda y continuó sin moverse de su sitio. Desde el final de la cola se escuchó la voz de un hombre:

—¡Aquí no hay pan para cobardes!, ¡largo de aquí, roja de mierda!

Marina no daba crédito a lo que le estaba sucediendo y decidió no pasar por alto el incidente.

—¿Me estáis condenando por haber huido con mis padres? —Pronunció con retintín estas últimas palabras—. ¡Nos fuimos, como mucha otra gente, por miedo! ¡Mi padre murió de tifus en el exilio!

—¡Porque lo abandonaste, mala hija! —gritó otra mujer oculta entre la fila.

Marina se tragó las lágrimas, que no creía que volvería a derramar tan pronto.

—¡Yo no abandoné a mis padres! Mis padres estaban protegidos por un amigo. Si cometí un error fue ir en busca del amor de mi vida...

—¡Un nazi! —le increpó otro hombre.

—¿Quiénes sois vosotros para juzgarme? Nosotros lo perdimos todo y yo fui apresada injustamente. Pasé dos años de mi vida en un campo de exterminio, donde cada día asesinaban a gente inocente. Muchos morían de hambre o como esclavos en las canteras o los mataban con experimentos horribles… Yo salvé muchas vidas en aquel infierno. Lo que vi allí no se lo deseo a nadie… ¿Y vosotros qué hicisteis? Muchos huisteis a las montañas…

Por el rostro de Marina caían lágrimas amargas. Se había apartado de la cola y miraba a todos de frente, enojada y desconsolada.

—¡Las guerras me han robado la juventud, lo mejor de mi vida, mis años felices en esta tierra! ¡He perdido a mi padre y a mi gran amor de juventud! Los nazis me usurparon la identidad, la dignidad, el ser. Y ahora, ¡¿no tengo derecho a rehacer mi vida?! ¡¿Vosotros me lo vais a impedir?!

El silencio y la tensión de aquel momento se podían mascar. Nadie se atrevió a replicarla. Tampoco querían escuchar sus lamentaciones y le giraron la espalda. Los pocos que le sostenían la mirada, mostraban su bajeza o su rencor. «¿En qué se han convertido estos seres?», se preguntaba la joven.

Abatida, Marina regresó a su casa, donde su madre estaba cosiendo unas coderas a las mangas de una rebeca. Se desmoronó en el sofá y la bolsa de la compra, vacía, cayó al suelo.

—Hija, ¿qué has hecho con la compra?

—No he podido… La gente ha comenzado a insultarme…

—Sss, baja la voz. Están las ventanas abiertas y te van a oír…

—¡Usted también! Desde que he llegado no ha querido saber nada sobre lo que me pasó…

—¿Ya estás otra vez? La gente no quiere escuchar tus historias —dijo con tono de sonsonete, sin levantar el rostro de la costura.

—Madre, no puede olvidar de un plumazo todo lo que nos pasó —replicó con los ojos brillantes y los labios formando una línea fina.

—Lo siento, hija, pero te tendrás que acostumbrar… De eso no se habla. —Marina se dio cuenta de que esa última frase comenzaba a escucharla demasiado a menudo, pero no la esperaba de su madre—. Acostúmbrate como he hecho yo: nada de hablar de guerras, de muertos o de lo que nos pasó fuera… Lo pasado, pasado está…

—¿Tampoco me contará lo que sucedió durante su exilio en Francia, ni me hablará sobre el trágico final de padre…?

—Me voy a hacer la cena, que ya es tarde…

Mientras observaba cómo su madre imponía su silencio, Marina advirtió que existía un acuerdo tácito entre las familias de no hablar de lo ocurrido, tampoco de los campos de concentración nazis. Callaban como si esa acción les sirviese para negar la realidad. Para la joven era como retornar al tétrico escenario de Oranienburg. Revivía con amargura el desconcierto, el desaliento, la ira de aquellos momentos, el resquemor. En esos días perdió la fe en el ser humano. Para ella, aquel fue el tiempo de la vergüenza, del deshonor. España era el país del silencio. Así comprendió que la idea de olvidar no era tan descabellada. Nada podía ser más aterrador que rememorar aquellos años pasados entre guerras.

Abuela y nieta caminaron cogidas del brazo, serpenteando un estrecho sendero entre acantilados, calas de agua cristalina y playas de arena de grano grueso, en dirección a Cala Margarida. De cuando en cuando, paraban y descansaban sobre una roca frente al mar o recogían hierbas aromáticas que crecían en las zanjas del camino junto a los bosques de pinos.

—Así fue como entre mi madre y yo creció un muro enorme. Hablar de la guerra, de lo que me sucedió en Alemania, del exilio, incluso de política, era tabú: «De eso no se habla». Tras la muerte de mi padre, mi madre se encerró en su propio mundo. Pasó tiempo antes de que descubriera que mi madre veía con buenos ojos aquella «paz», aunque fuera con un dictador en el poder. Las miserias de cada una nos alejaron. Ella no abandonó el luto hasta el día en que los desvaríos de la guerra se la llevaron. Mi padre, aunque ya muerto, era de otra pasta y se habría sentido orgulloso de mí, igual que muy decepcionado con su socio o con la falta de empatía de mi madre…

—¡Qué triste, *àvia*!

—*Pensa, filla,* que muchos de los supervivientes de aquella barbarie se suicidaron porque no soportaban la vergüenza, el sentimiento de culpa por haber sobrevivido. ¡Imagínate! Nosotros, las víctimas, creyéndonos culpables... ¡Absurdo!, ¿verdad? Pero así fue y así lo vivimos.

»Con el tiempo entendí que todos habíamos transitado por una angustia indescriptible. Aquellos campos de la muerte... Las guerras... Cualquier contienda es un desastre; una guerra civil entre hermanos, ¡una barbarie! Fue un fracaso total, incluso para los vencedores. ¡Y qué decir de la posguerra!, ¡fue cruel con los vencidos! Lo más triste era que todo aquello no sirvió de nada porque nada cambió.

»En esos años, escasos de libertad, me invadió también la angustia de ser denunciada si hablaba sobre lo ocurrido en Alemania. Hiciese lo que hiciese, me sentía prisionera. Así que aprendí que, si quería sobrevivir, debía mentir sobre las razones por las que fui arrestada y llevada a un campo de concentración nazi. Mi instinto de conservación me condujo a ocultar de forma selectiva las experiencias más penosas de mi vida. Algunos de los supervivientes necesitaban recuperar la memoria; en cierto modo, muchos vivían obsesionados con la idea de que, al morir ellos, sus historias caerían en el olvido. Era razonable, en realidad la respuesta más lógica y, sí, la más sanadora. Por el contrario, yo anhelaba que se esfumase cualquier rastro de mi memoria. Mirar hacia atrás era una carga insoportable. Me convencí de que el silencio me haría libre, la única manera de olvidar lo inolvidable.

Tras esas duras palabras, Alma comprendió por qué su abuela había sido tan desgraciada.

—¿Y qué pasó con tu trabajo? —se le ocurrió preguntarle.

Para Alma era una novedad saber que su abuela había sido enfermera durante las guerras.

—Ni me dejaron ni yo quise volver a trabajar en un hospital. Lo que vi en el *revier* del campo de concentración me dejó traumatizada.

Volver a ejercer esa profesión hubiera supuesto recordar cada día los peores momentos de mi vida —dijo con un punto áspero en la voz—. Supongo que dejé a un lado mis traumas cuando me casé y tuve hijos. Fue crucial centrarme en vivir el presente. No tenía sentido darle vueltas al pasado.

Alma no se atrevía a mirarla por temor a llorar. Recostó un momento la cabeza sobre su hombro.

—Lo siento, *àvia*… No sé qué decir… No tengo palabras de consuelo para ti…

—*Filla meva,* ¿me comprendes ahora?, ¿crees que habría sido honesto por mi parte transmitiros todo este dolor? No quería ser una infeliz que vacía su tormento sobre los seres que ama. Con una persona transitando por ese infortunio era suficiente. Por el contrario, ansiaba un mundo mejor para vosotros y esa ha sido mi lucha diaria, mientras trataba de dejar atrás los fantasmas del pasado.

—Ahora entiendo muchas cosas —repuso Alma afligida.

—Esta es mi historia, cariño: las guerras, el campo de concentración, la posguerra; la barbarie del ser humano, la miseria más absoluta, la pérdida de mis antepasados. *Estimada,* no se lo deseo ni a mi peor enemigo.

Marina sonrió con dulzura a su nieta mientras posaba una mano sobre su hombro.

—Los primeros años de casada fueron de una extraña inquietud… Me asolaban sentimientos dispares, de ser inadecuada como madre y esposa, de mucha soledad. Pese a todo, tuve una vida tranquila. Me casé con un hombre bueno que me quería, que me dio tres hijos a los que amo y unos nietos maravillosos. Yo le quise a mi manera. —Una lágrima rodó por su mejilla—. A *l'avi* le expliqué lo justo, a fin de que comprendiera mi mal humor, mi congoja, mis pesadillas, mi retraimiento, mi ira… A mis hijos, lo indispensable para salir del paso, frases hechas reproducidas por una memoria selectiva de la guerra; un relato que, con el tiempo, se hizo cansino para ellos y aburrido para la siguiente generación. Cuando llegasteis vosotros, los nietos, solo quería ser la abuela que os abrazaba y os procuraba todos los mimos y caprichos.

»Aquella vida que traté de ocultar hoy resuena como un murmullo en mi interior. Todo contribuyó a que me fuese alejando de manera inconsciente, primero de tu abuelo y después de tu madre y de tus tíos. Ellos también sufrieron; por eso no les recrimino nada. Como ves, *filla*, no existen madres perfectas. Yo tampoco lo fui.

A Alma conocer el pasado de su abuela la estaba ayudando a entender a su madre. Ahora comprendía que, para su madre y sus hermanos, no debió de ser sencilla la convivencia con su abuela, vegetar entre silencios que sobrevolaban como cuervos cada estancia de la casa, con la necesidad de pronunciar palabras que ni siquiera se susurraron a escondidas. Ahora Alma podía entender las huidas de su madre hacia cualquier lugar que no fuera Palamós y la casa familiar, sus frustraciones y su necesidad de ser amada; una carencia que habían sufrido todas las mujeres de la familia, una falta de amor sedimentada en los genes, como el poso del café en una vieja cafetera.

—*Àvia*, ¿no crees que ha llegado el momento de contarlo?

—Quizá sí. Sí, la familia merece conocer mi verdad, que también es la vuestra. —Parecía meditarlo en voz alta con la mirada perdida—. Yo no tengo fuerzas para reavivar mi memoria. ¿Lo harías por mí, *filla meva*?

—¿Yo? —masculló incrédula.

—Tú eres lo mejor de mí, ¿quién si no tú para ser mi voz? Haz lo que quieras con esta historia. Quizá podrías escribir sobre ella. Confío en ti.

—¿Y si no soy una buena escritora?

—Esta es también tu historia. Sabrás contarla. Tienes madera y sensibilidad para ello.

Alma abrazó a su abuela. Se balancearon ensimismadas durante un largo lapso.

—*Àvia, t'estimo moltissim!*

Así, Marina le pasó el testigo de su pasado a su nieta, quien lo aceptó como un enorme desafío, pero también con orgullo. Supo comprender que su abuela no debía llevar sola esa carga.

—¿Llamamos a mamá para que venga un día de estos? —propuso Alma.

XXII

La última carta

Sentadas sobre una roca, Marina y su nieta se concentraron en el batir rítmico de las olas y en sus crestas blancas sobre los peñascos.

—*Àvia*, he visto a Hans —se atrevió a decir de pronto Alma, casi en un murmullo…

Marina la miró incrédula.

—No sé si lo quiero saber. —Se le nubló la mirada.

—Déjame que te explique… Hans leyó tu carta…

—¿Qué carta?, ¿de qué hablas? —preguntó impenetrable, extraviada en la profundidad añil.

—¿No te acuerdas? La carta que escondiste en la habitación de Hans, el día que abandonaste la casa de la familia Ritter.

—Sí, claro. ¡Cómo olvidarlo…! —repuso frunciendo el ceño.

—Bien, pues en un permiso, tras una sangrienta batalla en el Frente Oriental, Hans volvió a Berlín. Esa noche no pudo dormir, consumido por las pesadillas de la guerra. Deshaciendo el petate descubrió tu carta. Al pedir explicaciones a su familia se enteró de que habías estado en la casa y de que ellos te habían denunciado a la Gestapo. El señor Ritter logró un puesto de administrativo para su hijo en las SS. Hans tuvo la esperanza de poder, desde esos despachos, lograr un salvoconducto para tu liberación.

—Entonces, ¿fue Hans quien me liberó de Sachsenhausen?

—Me temo que no. Su jefe, un oficial de la policía secreta, le ordenó formar parte de la Solución Final de los judíos. Él se negó. Una vez más, el señor Ritter se las agenció para librarle de una ejecución sumarial. Él mismo se encargó de expulsar a su propio hijo del país, la única vía para que no le ahorcasen. Hans nunca regresó a Alemania, ni volvió a ver a su familia.

—No entiendo… Y, entonces, todo este tiempo…

—Verás… Hans logró llegar a París. Allí luchó en la Resistencia contra la Alemania nazi, contra los suyos…

—Entonces, si no fue él, ¿quién me liberó de aquel infierno?

—No lo sé. Hans también estuvo en un campo de concentración, en Alsacia, una zona francesa ocupada por los nazis. Iban a liquidarlo cuando los americanos llegaron y liberaron a todos los presos.

—¿Y por qué nunca me buscó?

—En ese campo de exterminio Hans supo por varios presos republicanos españoles, llegados de Sachsenhausen, que un día habías desaparecido sin dejar rastro. Creyeron que habías muerto en las cámaras de gas. Hans tuvo que asumir que nunca más volvería a verte. Fue muy duro para él. Estaba convencido de haberte fallado por no haber sido capaz de auxiliarte. Te amaba, àvia…

—¿Y qué hizo tras su liberación? —preguntó inquieta.

—Se alistó en la misma división del Ejército norteamericano que le había salvado de una muerte segura. Cuando acabó la guerra se fue a vivir a los Estados Unidos, donde le concedieron la ciudadanía con honores… Esto es para ti…

Alma le entregó a su abuela el paquete de Hans. Marina lo agarró con manos temblorosas. Lo observó por un segundo y lo rasgó con determinación. De él sacó la vieja fotografía de ella posando en las rocas. La anciana temblaba.

—La llevaba siempre en la cartera —le contó Alma—. Me la mostró el primer día que nos vimos y ha querido que te la quedes.

Seguidamente, Marina sustrajo del paquete la medalla con un lazo que representaba la bandera de los Estados Unidos.

—*Àvia,* esta es la prueba de que no nos engaña —murmuró—. Como puedes ver en el dorso, se la otorgaron por defender a los Estados Unidos de la Alemania nazi.

Y, finalmente, Marina extrajo un sobre, ajado y amarillento por el paso del tiempo. En la portada, escrita a mano, decía: *Für meinen Sohn Johannes,* Para mi hijo Johannes...

—No entiendo... Esta carta no es para mí...

—Hans me ha pedido que la leas... *Si us plau, àvia.*

Berlín, 5 de mayo de 1945

Lieber Sohn:

Cuando leas estas palabras, estaré muerto.

Mi alma está inquieta cuando el momento de irme es inminente. Escucho desde nuestro salón los últimos estertores de la batalla. Los rusos han invadido Berlín y lo están saqueando todo. Son un atajo de criminales que se permiten jugar con nosotros a matarnos como a ratas cada vez que salimos de nuestro escondrijo... Yo, que he contemplado la guerra desde la mejor posición, enriqueciéndome con ella, no alcanzo a vislumbrar aquello por lo que debes de haber pasado. ¿Dónde estás, hijo? Espero que a salvo de este infierno...

Desde aquel día en que te abandoné en la frontera nada volvió a ser igual. Fracasé contigo, hijo mío. Tu madre nunca me perdonó que te abandonase de esa manera tan cruel. Lo admito, fue inadmisible. Cayó un muro entre los dos, insondable, insalvable. Me despreciaba delante de tus hermanas y del servicio, sin dirigirme la palabra, sin importarle mi sufrimiento. Sin embargo, ese ha sido uno de los males menores.

En este momento final, me enfrento a mis demonios y compruebo que morir es lo único acertado. La cobardía y la culpabilidad viajarán conmigo allá donde vaya...

Tu madre ha decidido seguir los pasos indicados por nuestro Führer. *Una vez más. Su devoción es ciega, tanto que ha sido incapaz de ver otra salida para la familia: «Si Adolf nos aconseja buscar una salida digna a este desastre, no seremos nosotros quienes le contradigamos», repite una y otra vez. Pues que así sea, una muerte rápida y silenciosa. Hoy es el día. Ya está todo preparado: cenaremos todos juntos, como de costumbre, con nuestras mejores galas. Llegado el momento, las niñas no serán conscientes. Unas gotas en el agua y zanjado el problema. Tus hermanas no merecen vivir en el mundo que les hemos dejado.*

No me queda mucho por decir, querido hijo, excepto rogarte el perdón y llorar tu ausencia, mientras me quede aliento. Sé bien que estas palabras no me exculparán de mis faltas, ni de mis ofensas, pero necesito tu clemencia.

Perdóname, hijo mío, por no haberte dado la posibilidad de una vida próspera, de poder decidir por ti mismo lo que más te convenía. No merecías menos. Te abandoné a tu suerte, te expulsé de Alemania y de tu familia. Te podía haber dejado en la Suiza neutral y, en cambio, elegí Francia, donde serías un desertor. Me dejé llevar por un desprecio pueril, impulsado por una rabia absurda, sin comprender que eras solo un muchacho al que le había tocado luchar en una guerra impuesta por nuestra generación. Aborrezco haberte causado tanto daño; al fin y al cabo yo solamente debía protegerte.

Por último, lamento haber impedido que amases a fräulein *Marina. Fue deleznable nuestra manera de comportarnos con ella. No la protegimos, tal como me solicitó su padre. Era nuestro deber. Les fallamos a Marina y a Conrado, mi socio y camarada. Te fallamos a ti, hijo mío. ¡Que Dios nos perdone!*

Querido hijo, creo que solo acerté a hacer una cosa bien. Envié el salvoconducto a Sachsenhausen, tal como me solicitaste, para liberar a Marina. No sé si llegué a tiempo...

> *Te deseo una larga y próspera vida.*
> *Humildemente, tu padre,*
>
> Klaus Ritter

Marina tenía el rostro desencajado.

—¿Desde cuándo sabes todo esto? No entiendo por qué me lo has ocultado. —Una sombra de indignación asomó en sus ojos.

—*Àvia,* el paquete me lo dio ayer. No sabía cómo decirte que me estaba viendo con él. Temía que te afectase, como aquel día que viste a Hans mientras comíamos en Cal Pep. Tu reacción me asustó. Quise buscarle y saber en qué tipo de hombre se había convertido con la guerra, qué hacía en Palamós… Quería protegerte, no sé, supongo que también me pudo la curiosidad. Uf, ¡qué mal rollo! ¡Lo siento mucho, *àvia*!

—Y, cuando ya lo sabías todo, ¿por qué entonces no me lo contaste…? ¿A qué esperabas, a que lo descubriese yo misma? —Escupía las palabras como bilis, y su mirada, de un verde intenso, lanzaba dardos.

En medio de la nada, frente a aquel lugar que tanto amaban las dos, Marina se puso en pie frente a ella. Alma se levantó y, sin esperarlo, recibió una bofetada de su abuela. Se llevó una mano a la mejilla. Ardía. Era la primera vez que le levantaba la mano.

—*Àvia,* solo pretendía ayudarte —musitó—. No sabía cuándo sería el mejor momento para que os encontrarais.

Marina ocultó su rostro abochornado entre las manos.

—Quiere verte, al menos una vez —susurró.

—Ahora mismo tengo mis razones para no querer verlo…

—*Àvia,* se está muriendo…

La anciana palideció y las manos empezaron a temblarle.

—No sé si estoy preparada —balbuceó apagada—. Hace demasiado tiempo que todo aquello se derrumbó… Las guerras borraron aquel mundo que juntos creamos. Los años pasaron como un huracán, arrasando todo a su paso. —Gimió—. Todo aquello que habíamos sido, los sueños que habíamos compartido, el futuro que anhelamos construir se desvaneció bajo las bombas…

—*Àvia,* no te enfades conmigo, *si us plau.*

Frunció el ceño y la observó con recelo.

—¿Temes ver al hombre que un día amaste? —se atrevió a preguntar.

—Ahora mismo siento una extraña mezcla de indignación y tristeza…

—Ya…

—Siempre pensé que él era, en parte, responsable de lo que me sucedió en Berlín. —Las lágrimas recorrían sin freno su rostro—. Desde el primer momento, ya en Palamós, *frau* Von Schnitzler fue cruel conmigo. Quedó reflejado en las cartas. Hans no lo evitó o quizá no supo cómo actuar para ayudarme… Cuando abandoné Alemania, decidí no volver a verlo más, no tanto por su conversión nazi como por el temor a que el daño que me había profesado su familia me hiciese detestar su mera presencia…

»Ciertamente, compartimos lo mejor de nuestras vidas. Un amor que yo nunca he olvidado. Cuando le vi aquella mañana en el paseo de la playa, fue como si el tiempo se hubiera detenido… Fue como ver un espíritu. Lo creía muerto y la sorpresa me sacudió como una descarga eléctrica. Al regresar a casa, volvieron a mí todas aquellas emociones olvidadas. Me di cuenta de que nunca había dejado de amarlo y de lo desgraciada que había sido sin él…

Por primera vez, Alma vio luz en los ojos de su abuela.

—Hans era un poeta, veía la belleza en todos los rincones. Era un joven inconformista, un romántico idealista. ¿Cómo podía haber luchado en un ejército de criminales? —Negaba con la cabeza.

A las dos les costaba entender que un muchacho como Hans, tras su vuelta a Alemania, hubiese cambiado su manera de pensar tan drásticamente, aunque hubiese sido bajo la influencia de unos padres dominantes y manipuladores, capaces de desahuciar a su propio hijo por no someterse a las órdenes de un Estado fascista.

—Supongo que siempre le querré, de otro modo, quizá… Sin duda, con suficiente ímpetu como para no olvidarlo…
—¿Y si despejas esas dudas viéndolo una vez más?
Alma ansiaba que se reencontrasen.

XXIII

Como la espuma del mar en el océano

Una semana después, y a petición suya, Hans fue trasladado en ambulancia al hotel donde se alojaba para recuperarse; ansiaba «tomarse el tiempo con calma». Ocupaba una *suite* amplia y luminosa, decorada con un toque marinero, con un salón donde relajarse y una amplia terraza donde disfrutar de vistas al mar espectaculares. A Hans le gustaba madrugar para ver el amanecer sobre la bahía de Palamós. Al final de la tarde, se dejaba acompañar por su cuñada Robin o por Alma y gozaba de la brisa marina, al tiempo que se dejaba hipnotizar por el sol rojizo del crepúsculo.

Una mañana llamó a la puerta la joven Alma, con la que había quedado para seguir conversando sobre el pasado.

—¡Buenos días, Hans! ¿Cómo te encuentras?

—¡Mejor que nunca! Dispuesto a salir de esta bonita cárcel para dar un paseo. ¿Cómo lo ves?

—Precisamente vengo con una propuesta «deshonesta» que, difícilmente, podrás rechazar. ¿Quieres saber de qué se trata? —Le guiñó un ojo.

Hans aceptó con una amplia sonrisa y su índice se alzó aceptando la proposición.

Alma se dirigió a la puerta y la abrió. El anciano observaba expectante. Tras ella asomó Marina, quien avanzó unos pasos hacia la habitación y saludó a Hans con sus ojos esmeralda brillantes de emoción.

Alma desapareció en silencio, discreta, emocionada, dejando todo el espacio y la privacidad para ese reencuentro tan demorado en el tiempo.

—Hola, Hans —murmuró Marina.

El anciano sintió una excitación que le desbordaba el alma. Ahora sí, ahora sabía que existía una razón para haber llegado hasta ese instante, hasta ese lugar.

—¡Quién, sino tú, Marina! ¡Ansiaba que llegase este momento!

—Sí, creo que mi nieta ha cumplido muy bien con su misión —dijo sonriendo con los ojos brillantes.

—¡Me alegro de que por fin se haya dado cuenta de que soy inofensivo! —Rio clavando sus ojos acuosos en los de Marina—. *Well*, parece que, al final, el destino ha conspirado para unirnos de nuevo.

—El destino o más bien la terca de mi nieta...

Los dos avanzaron para buscarse y cuando se tuvieron a un palmo de distancia se pararon uno frente al otro y no se dijeron nada más que lo que se podía expresar con la dicha. Parecían dos viejos sabuesos que se olían antes de rozarse, que se observaban buscando las sensaciones que sus cuerpos les transmitían. Hans le acarició el rostro con una mano trémula, muy delicadamente, desde la frente al mentón, como si estuviese comprobando que era real y no un fantasma, con la mirada tan próxima a la de Marina que le permitió percibir su tristeza, pero también una ternura inconmensurable.

—¿Cómo estás?

—Ahora mismo, ¡radiante! —Achinó sus ojos azules mientras reía abiertamente—. Querida Marina, saber que estabas viva fue como volver a recuperar mi ánima perdida.

El anciano presentía que ese tiempo con Marina lo iba a superar todo.

—Hans, necesito disculparme por mi reacción aquel día en el paseo, por no haber sido más valiente contigo, sobre todo ahora que sé que estás enfermo —masculló.

—No, querida, eso sería injusto. Si acaso, debería ser yo quien pidiese tu indulgencia por todo lo no vivido, por no haberte buscado lo suficiente como para rescatarte y protegerte de aquel infierno que viviste, por no traerte de regreso a casa. —Hizo una pausa y observó su rostro lleno de arrugas. Aquellos ojos llenos de vida, tan verdes, tan oscuros, le invitaban a sumergirse en ellos—. ¿Te das cuenta de que es la primera vez que hablamos de verdad entre nosotros?

—Lo que vivimos nadie nos lo podrá arrebatar...

Unieron sus manos arrasadas por el tiempo. Hans las contemplaba arrobado.

—El simple roce de tu mano me devuelve a aquel estado de embriaguez permanente cuando te tuve entre mis brazos en aquel baile. Entonces, con toda la vida por delante... Eras tan inocente, tan inalcanzable. He mantenido aquellos momentos vivos en mi corazón, ardientes. Siempre te he llevado junto a mí.

—Es injusto que nos quede tan poco tiempo...

Los dos se abrazaron, Marina apoyó la cabeza en el hombro de él. Los dos se seguían amando, de otro modo, sin duda, pero con suficiente intensidad y ahora libremente. Marina le acarició los labios con los suyos.

—Ahora que veo la muerte de frente, me siento más vivo que nunca... Mi alma se nutre de este regalo maravilloso que significa volver a abrazarte de nuevo, sintiendo que puedo pasar el resto del tiempo que me queda a tu lado, sin otra razón que amarte. ¿Sabes? Siempre imaginé una vida de arrugas, de canas y de nietos junto a ti. Este momento contigo lo supera todo.

—¡Es tan hermoso lo que dices! Con tus palabras regresa a mí nuestro pasado más feliz, todos aquellos sentimientos que nos unieron, incluso el tiempo aquel en el que sufrí lo indecible por ti, por tu ausencia, por el anhelo de encontrarte.

—¡No imaginas el tiempo que he pasado imaginándote como mi compañera, mi amiga, mi espíritu protector en mi último viaje, en este punto azul donde fui plenamente feliz contigo y donde no pensé nunca encontrar un final más dichoso que este...!

El abrazo se hizo más intenso. Volvieron a besarse, esta vez de forma apasionada.

—Creo que durante los últimos tiempos a los dos nos ha acompañado un punto de luz en tanta oscuridad —dijo Marina mientras ambos recuperaban el aliento. Hans le guiñó un ojo—. Una persona que ha sido capaz de escucharnos y de hacer suya nuestra tragedia; nuestra guía hasta unirnos hoy. Mi querida nieta me ha dado la confianza necesaria para vencer mis miedos, para estar hoy aquí, contigo…

—Sí, *of course, lady* Alma, a la que ya considero parte de mí. Dicen que uno no elige a su familia. Yo, sí.

Hans miró a los ojos a Marina.

—Ahora me siento en paz conmigo mismo y ya puedo partir con todo resuelto.

Marina le silenció colocando el índice sobre sus labios. Volvieron a besarse y Hans la estrechó de nuevo entre sus brazos, como si temiese perderla de nuevo.

—Marina, mi faro de luz en este punto azul…

Cuando llegó el momento inevitable de una despedida que ya se tocaba, de tan cerca que estaba, Hans partió exactamente como siempre anheló, sumergiéndose en ese punto azul del Mediterráneo que tanto amó, meciéndose sobre las olas, desapareciendo entre la espuma del mar sin dejar rastro… Sucedió solo cuando él eligió irse: una mañana de verano resplandeciente como nunca, para abrazar su calor. Marina en lo alto del promontorio, junto al faro, abrazando sus reliquias con el rostro sereno y el alma en paz; Hans, en la profundidad del mar infinito.

El destino conspiró para unirlos de nuevo. Ahora, el mar los redimía.

Los restos de Hans se mecieron en su lecho, de un turquesa apabullante, envuelto entre lienzos de espuma, hasta sumergirse en el fondo añil, nítido, apacible, silencioso. Se diluyó en él como la espuma del mar en el océano.